멘토르Mentor는

그리스신화에 나오는 오디세우스의 친구입니다.

오디세우스는 트로이 전쟁에 출정하면서 아들 텔레마쿠스를
친구인 멘토르에게 맡깁니다.

이후 멘토르는 엄격한 스승이며 지혜로운 조언자,
때로는 아버지로서 필요한 충고와 지도를 하여
텔레마쿠스를 강인하고 현명한 왕으로 성장시켰습니다.

오늘날 멘토 또는 멘토르는 충실하고 현명한 조언자
또는 스승이라는 의미로 쓰이고 있습니다.

멘토르 출판사는 독자 여러분의 인생에 좋은 길잡이가 되는
책을 만들고자 늘 노력하겠습니다.

고전문학
읽은 척 매뉴얼

고전문학 읽은 척 매뉴얼

— 김용석 지음

메멘토

왜 이런 책을 만들었냐는 질문을 받곤 한다.

아마도 책의 제목 때문에 그럴 것이다. '고전문학 읽은 척 매뉴얼'이란 제목은 읽어보지도 않은 고전을 읽은 척하게끔 도와주는 허장성세의 처세서쯤으로 해석될 공산이 클 테니 말이다. 그런 해석을 전면 부정하려는 것은 아니다. 먹고사는 문제만으로도 숨이 벅찰 이웃들에게 이 책이 그런 쓸모라도 있다면 나름 보람찬 일이라 하겠다.

하지만 이 책은 그런 의도로 만들어진 것이 아니다. 크게 두 가지 기획 의도가 있다.

하나는 당연히 '고전'에 대해 얘기하기 위해서다.

고전을 읽는 것은 기본적으로 유익하다. 그전에 책 읽기 자체가 대체로 유익하다 말하고 싶다. 책을 읽는다는 것은 '경청'과 마찬가지로 누군가의 생각을 이해해보려는 매우 적극적인 행위이기 때문이다. 책 읽기의 결과물이라 할 수 있는 '감동' 혹은 '비판'은 결국 남을 이해해보려는 '의지와 관심'의 산물일 뿐이다. 책을 읽음으로써 뭔가 거대한 진리를 얻으리라 기대할 수도 있겠으나, 거대한 진리는 바로 남의 생각을 헤아려보려는 일견 사소해보이는 마음가짐 그 자체에서 시작되는 것이기도 하다. 그런 '의지와 관심' 없이는 아무리 좋은 책을 손에 쥔다 해도 무의미한 독서가 될 가능성이 높다.

그 반대의 경우도 있다. 남을 이해해보려는 마음이 충만한 사람이 읽는 책이라고 해서 모두 명작일 리는 없다는 얘기다. 당연하다. 오히려 명작은 드물 수도 있다. 남의 생각을 헤아려보려는 마음가짐은 상대의 좋은 점을 발견해 공감하는 데도 쓰이지만 숨겨진 모순을 발견해 반감을 갖는 데도 매우 효과적이니 말이다. 그런 면에서 '고전 읽기'는 가장 안전한 형태의 책 읽기라 할 수 있다.

또 하나는 고전을 대하는 '편견'에 대해 얘기하기 위해서다.

'고전(古典)'은 문자 그대로 오랫동안 많은 사람에게 널리 읽힌 작품, 그래서 현대인도 한 번쯤 접하면 좋을 추천도서 정도의 의미라 할 수 있다. 하지만 다수에게는 고전이 무슨 용이나 유니콘, 산삼 정도로 통용되는 게 현실이다. 한 번쯤 얘기는 들어봤지만 실제 본 사람은 아무도 없는 그런 전설 속의 존재 말이다.

'읽은 척'이라는 허세 가득한 어법을 쓰게 된 이유가 여기에 있다. 고전은 진부할 것이라 생각하는 다수의 고전적 편견 앞에서, 그건 편견이라며 정색해서 외치는 것만큼 진부한 건 또 없을 테니 말이다. 이미 만연한 편견을 오히려 적극 활용한다면 색다른 고전 읽기 가이드가 탄생할 수도 있을 것이라는 취지에서 이 책이 기획되었다.

2009년 초판이 출간된 이후 5년 만에 개정 증보판이 나왔다. 초판에는《시크릿》,《칭찬은 고래도 춤추게 한다》등의 소위 자기계발서와《상실의 시대》,《연금술사》등의 베스트셀러를 수록했지만 이번 개정 증보판에서는 뺐다. 대신《에덴의 동쪽》,《그리스인 조르바》,《데미안》,《목로주점》등의 중요 고전을 추가했다. 고전 읽기에 대한 거대한 한 편의 농담이라 할 수 있는 이 책이 다시 출판될 수 있도록 애써준 멘토르 출판사에 진심으로 감사 말씀 올린다.

끝으로, 왜 이런 책을 만들었냐는 질문에 정색해서 답변을 해보고자 한다.

고전은 재밌다. 어렵고 진부할 것 같지만 단언컨대 고전은 재밌다. 재미없는 책이 오랜 시간 많은 사람이 읽는 고전이 될 가능성은 거의 없다. 그런 재밌는 고전을 가장 재밌게 소개하기 위해 나름 고심한 결과물이 바로 이 책이다.

contents

삶의 의욕을 상실했을 때

1

1분 이상 한곳에 눈동자를 모으기 힘들 때

2

자아에 치명상을
입었을 때

3

읽은 척의 정의

'읽은 척'이란 대개의 경우는 고의로, 아주 드물게는 착오에 의해 어떤 책을 전혀 읽지 않았음에도 읽은 것처럼 행세하는 모든 행위의 통칭이라 정의할 수 있으며, 일반적으로 다음과 같은 유형들이 있다.

유형 1 _ 읽지 않았다는 사실이 부끄러운 방어적 읽은 척

'방어적 읽은 척'은 대한민국 공교육의 강압적, 획일적 교육 방식의 부작용과 깊은 연관이 있을 것으로 짐작되는 유형이다. 즉 책을 많이 읽어야 공부를 잘할 수 있고, 그럼으로써 좋은 대학을 갈수 있으며, 그래야 또 당연히 훌륭한 사람이 될 수 있다는 미친년 널뛰기적 삼단논법에 길들여진 나머지, 타인들 앞에서 책을 읽지 않았다는 사실이 드러난다는 건 그만큼 자신이 훌륭한 사람으로 오해받을 수 있는 가능성이 줄어드는 것이라는 피해의식에서 비롯된 읽은 척이라 할 수 있다.

따라서 방어적 읽은 척은 가장 많은 사람들이 행하는 보편적 형태의 읽은 척이라 할 수 있는데, 고의성은 있지만 다른 사람에게 피해를 주려는 악의는 없다는 점에서 도덕적으로 큰 문제는 없다 말할 수 있다. 하지만 그러한 악의 없음이 때로는 사전 준비가 전혀 없는 허술한 읽은 척을 자행케 함으로써 그 어떤 읽은 척보다 끔찍한 결과를 낳을 수 있다는 데 함정이 있다.

방어적 읽은 척은 대체로 누군가가 "○○ 책을 읽어는 봤냐?"라고 물어왔을 때 가동되며, 흔들리는 눈빛을 동반한 대략 0.5초간의 망설임 후에 "응, 물론 읽어봤지"라는 식의 구체적 서술이 아닌 "응? 으응……"라는 식의 대답인지 신음인지 모를 애매한 의사 표시를 취하는 게 특징이다.

방어적 읽은 척은 다시 적극적 방어와 소극적 방어, 유동적 방어로 나눌 수 있다. 적극적 방어는 전혀 모르는 책 혹은 바로 당일 아침에 출간되어 달리 읽어볼 사이도 없었을 책이라도 누가 물으면 일단 읽은 척을 하고 보는 유형이다. 소극적 방어는 읽지 않았다는 사실이 스스로도 믿겨지지 않을 만큼 너무도 유명한 책이거나, 모든 사람이 자기처럼 이미 읽었을 것이라고 가정하고 느닷없이 책 얘기를 꺼내는 상대의 야만적 화법 때문에 읽지 않았다고 고백할 사이도 없이 본의 아니게 읽은 척하는 유형이다. 그리고 유동적 방어는 읽다가 중도에 포기한 책을 읽었다고 해야 할지 말아야 할지 몰라 갈팡

질팡하는 유형이다.

유형 2 _ 오히려 한술 더 뜨는 공격적 읽은 척

어느 날, 사람들 앞에서 어딘가 주눅이 든 표정으로 잘 알지도 못하는 책을 읽은 척하고 있는 자신을 발견하고는 스스로가 너무나 미워(진짜로 책을 읽는 데까지는 생각이 미치지 못한 채) 좀 더 공격적이고 지능적으로 읽은 척을 구사하는 파괴적 유형이다.

어떤 의미에서는 방어적 읽은 척의 발전적 형태라 볼 수 있겠으나 다른 관점에서 보면 언젠가는 파국을 맞을 수밖에 없는 '에라 모르겠다' 식 세계로의 진입이라 할 수도 있다. 공격적 읽은 척 유형은 다시 다음과 같은 패턴들로 분류할 수 있다.

- 가공의 세계를 탄생시키는 작가적 읽은 척
- 먼저 질문을 날림으로써 상대의 정보를 정탐하는 스타크래프트의 '오버로드'적 읽은 척
- 모든 책이 무의미한 까대기적 읽은 척
- 상대도 읽지 않았음을 간파한 새디스트적 읽은 척

첫 번째로, 읽은 척의 경지가 일종의 샤머니즘 형태로까지 발전하여 마치 부두교의 주술사가 죽은 시체를 좀비로 살려내듯, 없는 얘기도 그럴듯한 구라로 지어냄으로써 읽은 척 자체가 하나의 거대한 작품 탄생과 다를 바 없는 작가적 읽은 척을 들 수 있겠다. 이와

같은 작가적 읽은 척은 때로 보리떡 다섯 개와 물고기 두 마리로 오천 명을 배불리 먹였던 '오병이어(五餅二魚)의 기적'처럼 책의 제목과 작가의 성향 등에 관한 한 줌 정보만으로 실제 그 책을 읽은 사람보다 정확하게 핵심을 짚어내는 경이로운 수준의 소 뒷걸음질을 연출하기도 한다.

하지만 가령 일본 작가 무라카미 류의 《69》 같은 소설을 상대해야 할 경우, 제목으로 보나 작가의 성향으로 보나 '부부 체위 대백과 사전'임에 틀림없을 것이라 오판한 채 읽은 척을 구사하는 위험천만함이 도사리고 있다. 참고로 《69》는 록 음악과 극좌 적군파들의 학생운동으로 상징되는 1969년도의 일본 사회를 배경으로 한 소설이다.

두 번째로, 공격이 최선의 방어라는 전략적 판단에 근거해서 마치 숙제 검사를 하는 선생님 같은 눈빛으로 특정 서적에 대해 먼저 질문 공세를 퍼부음으로써 상대에게 '설마 읽어보지도 않은 사람이 저렇게 화난 듯이 물어볼 수는 없지 않겠는가' 하는 신뢰감 혹은 두려움을 심어주는 기선 제압의 읽은 척이 있다.

이는 때로 스타크래프트에서 게임 시작과 동시에 적을 정찰하기 위해 오버로드를 날리듯, 선제 질문으로 얻은 대답을 통해 상대방의 지적 수준을 염탐함과 동시에 혹여 상대가 질문을 날릴 때는 앞서 받았던 답을 고스란히 되돌려주는 형식의 일석이조가 가능한 읽은 척이 될 수도 있다 하겠다. 다만 스타크래프트에서 적군 역시 오버로드가 날아온 방향을 통해 아군의 위치를 짐작할 수 있는 것과 마찬가지로, 수준 이하의 질문들이 오히려 자신의 무지를 먼저 공개하는 자충수가 될 위험성도 크다 하겠다.

　세 번째로, 어떤 유명 작가의 책이건 어떤 문학상을 받은 책이
건 간에 일단은 정치판의 당대변인 같은 비난 성명을 구사하며 작가
와 작품의 품격을 한껏 바닥에 패대기치고 나서야 후사를 도모하는
까대기적 읽은 척이 있다. 물론 이러한 읽은 척에 일관된 논리나 나
름의 소신 있는 가치관이 판단 근거로 작용하는 경우는 거의 없다.
이를테면 도스토옙스키의 책은 기독교적 세계관을 극복하지 못했다
는 이유로 까대기를 하고, 니체의 책은 감히 인간 나부랭이가 신이
죽었다고 자기 마음대로 신의 부고장을 돌리는 신성 모독을 저질렀
다며 까대기를 하는 식으로 말이다.

　게다가 오직 까대기만이 있을 뿐 그래서 대체 읽었다는 얘기인
지, 아니면 읽을 필요가 없기 때문에 읽지 않았다는 얘기인지를 분
명히 하지 않는다는 것과 무슨 얘기를 해도 어떻게든 화낼 준비가
되어 있다는 것이 까대기적 읽은 척의 큰 특징으로, 예를 들자면 다
음과 같다.

　　영희 : 철수야, 조세희의 《난장이가 쏘아올린 작은 공》 읽어봤니?

　　철수 : 너 빨갱이니?

　　영희 : 야, 거기서 빨갱이가 왜 나와. 그 책이 얼마나 감동적인 책인데.

　　철수 : 야! 넌 장애인을 비하하는 그런 제목의 책을 어떻게 감동적이라
　　　　　고 말할 수 있어? 《백설공주와 일곱 난쟁이》는 그럼 일곱 배로
　　　　　감동적이디?

네 번째로, 상대 역시 읽지 않은 채 읽은 척 얼버무리고 있다는 징후를 파악함으로써 같은 입장에도 불구하고 상대의 무지와 불안을 이용해서 허세를 부리려는 새디스트적 읽은 척 혹은 주제 사라마구의 《눈먼 자들의 도시》적 읽은 척이 있다.

이는 아마도 각종 읽은 척 유형 중에서 가장 비윤리적인 방법이라 할 수 있다. 하지만 원래가 없는 인간들끼리 서로 가난하다고 무시하고, 공부 못하는 놈들끼리 서로 커닝하지 말라고 싸우고, 못생긴 것들끼리 서로 저건 다 '화장빨'이라고 우기는 것과 마찬가지로, 상대의 약점을 하이에나처럼 노리는 읽은 척은 현대인들의 뿌리 깊은 마음의 병에서 기인한다 할 것이므로 가장 부도덕함에도 불구하고, 가장 유혹을 느끼는 이율배반적 읽은 척이라 해도 과언이 아니다.

참고로, 위 네 가지 유형의 공격적 읽은 척은 하나의 유형이 따로 전개되는 게 아니라 읽은 척 행위자의 숙련도 및 양심 분포도에 따라 동시다발적으로 이뤄질 수도 있다.

유형 3 _ 생존경쟁에서 살아남기 위한 생계형 읽은 척

대개의 경우 읽은 척은 그것이 방어적이든 공격적이든 선택의 문제라 할 수 있다. 예를 들어 처음 만난 소개팅 자리에서 마치 급한 전화를 거는 척하며 서둘러 거사를 도모하고 오는 수도 있겠지만, 아예 처음부터 '앞으로 장시간에 걸쳐 똥을 좀 싸고 오더라도 저를 미워하지 말아주시기 바랍니다' 하고 솔직하게 털어놓을 수도 있는 것처럼 말이다.

하지만 때로는 선택의 여지없이 읽은 척이 강요되는 경우도 있다. 예를 들어 회사의 사장님이 자서전을 냈다거나, 전공 교수님이 새로 번역서를 냈다거나, 곧 장인으로 모시게 될지도 모르는 어르신께서 자비를 들여서 냅다 불호령을 지르는 시국선언문 같은 책을 냈다거나 하는 경우가 특히 그러하다.

생계형 읽은 척은 단순히 저자가 감동을 주고자 의도했던 몇 부분을 발췌해 암기하며 눈물을 글썽이는 퍼포먼스를 연출하는 것만이 중요한 게 아니라 실제 돈을 주고 책을 구입했는지의 여부가 매우 중요하기 때문에 읽은 척 행위자에게 정신적 · 경제적 이중고를 요구하는 유형이라 하겠다.

유형 4 _ 진짜로 읽었어도 재앙을 불러오는 오독의 읽은 척

이는 앞서 살펴본 읽은 척 유형들과는 성격이 전혀 다른 읽은 척이다. 앞의 세 유형들은 그나마 진실이 밝혀진다 해도 애초에 모든 것이 구라였기 때문에 그다지 손해 볼 것도 없지만, 오독의 읽은 척은 마치 뒤에서 파도가 밀려드는 줄도 모른 채 모래로 32평형 아파트를 지어놓고서 스스로 만족해하는 형국과 다를 바 없기 때문이다.

그만큼 남들 앞에서 오독의 읽은 척이 가져오는 정신적 충격과 상실감은 이루 말로 표현할 수 없을 것이라는 얘기 되겠다. 적극적 의사 표시야 대체로 긍정적 결과를 가져온다 하겠지만 읽었음이 차라리 읽지 않음만 못한 결과를 가져오는 오독의 읽은 척이 바로 그 드문 예외 중 하나라 할 수 있을 것이다.

실제로 이런 경우가 적지 않다. 예를 들어 어린 시절 동화책 《걸리버 여행기》를 읽어봤던 기억만으로 그 책이 진짜로 미취학 아동용인 줄 알고 자신의 아이와 함께 보무도 당당히 서점에 가서 완역판 《걸리버 여행기》를 선물해 아이의 미래를 불투명하게 만든다거나, 조지 오웰의 《동물농장》을 읽은 후에 '아, 어서 빨리 돼지들의 손아귀에서 북한 어린이들을 구출해야 할 텐데' 식의 잘못된 읽은 척이 빈번히 목도되곤 하기 때문이다.

읽은 척의 득과 실

도박판의 판돈이 원금을 보장하는 것이 아니듯 어떤 유형으로든 읽은 척을 시작하면 그 결과는 득이 될 수도 있지만 실이 될 수도 있다.

성공적인 읽은 척이 가져다주는 이득은 쉽게 상상할 수 있을 것이다. 실제보다 약간 혹은 터무니없이 지적으로 보이게 하는 것을 시작으로, 이는 다시 무리를 이끌 만한 리더십으로 오인되거나 경제적 성공 가능성을 예고하는 자질로 확대 해석되기도 하며, 심지어는 성적인 매력으로까지 번져 본인이야 물론 좋겠지만, 상대 입장에서는 잘못된 결혼이나 연애로 인해 인생 테러라 아니 할 수 없는 무서운 결과를 초래하기도 한다.

반면에 실패한 읽은 척은 다음과 같은 재앙을 불러올 수 있겠다.

- 지적 부도 : 앞서 예로 든 성공적인 읽은 척이 가져다주는 이득의 대척점이라 보면 되겠다. 다만 성공적인 읽은 척으로 타인들에게 얻을 수 있는 긍정적 결과는 대부분 최소치에 그치는 반면 잘못된 읽은 척이 초래하는 타인들의 실망이나 비웃음은 여지없이 최대치를 기록한다는 차이가 있다.
- 인격 파산 : 화불단행(禍不單行)이라 했다. 안 좋은 일은 늘 겹쳐서 발생한다고, 실패한 읽은 척은 행위자의 지적 부도사태를 가져오는 데 그치지 않고 마치 카드 돌려막기가 종국에는 개인 파산을 부르듯 지적 마이너스를 섣부른 읽은 척으로 돌려막으려 했던 행위가 도덕적 결함까지 동시에 드러내면서 가히 인격 파산이라 명명하지 않을 수 없는 대재앙을 유발하는 것이다.
- 정신적 관장 : 이는 언제나 발생하는 재앙이라고 할 수는 없지만 만약 발동될 경우에는 타짜에게 탄을 맞는 것과도 같은, 그야말로 읽은 척의 저주라 할 만한 대재앙을 겪게 된다. 마치 학원비를 떼먹은 사실을 이미 알고 있는 부모가 겉으로는 모르는 척 자식을 취조함으로써 자식으로 하여금 온갖 거짓말을 늘어놓게 만든 후에 막판에는 그 거짓의 죄과까지 뒤집어 씌워버리는 훈육 방식과 유사한 것으로, 이에 대한 좀 더 구체적인 설명은 이 책에서 다루는 밀란 쿤데라의 《농담》에 대한 부분을 참조하기 바란다.

프랑스 작가 알랭 드 보통은 《불안》에서, 사람들의 지위에 대한 집착은 곧 타인에게 사랑받기 위한 수단을 확보하기 위함에 있다고 분석한 바 있다. 어쩌면 읽은 척을 통해 사람들이 얻고자 하는 것 역시 넓은 의미에서는 이 이론에서 벗어나지 않는다 할 것이다. 요컨대 읽은 척의 성공 여부가 가져다주는 득 혹은 실의 총량의 크기는 개인이 다른 이들에게 사랑받고자 하는 기대감과 정확히 비례하는 그 무엇이라 하겠다. 바로 여기에 이 책의 취지가 있다.

읽은 척 매뉴얼의 취지

이 책은 각종 매체에서 이루어졌던 '광고 아닌 척 책 소개하기' 식의 책 광고도 아니고, 필자의 개성과 취향에 따라 그 평가가 천차만별인 '내 맘대로' 식의 고전 리뷰도 아니다.

제목에서 이미 눈치 챌 수 있듯, 이 책은 한 해 평균 독서량이 짐승만도 못한 독자라 할지라도 각종 고전에 대해 누구 앞에서건 아무 거리낌 없이 읽은 척을 할 수 있게 함으로써 원만한 대인관계를 형성시키는 데 총체적 목적이 있는 공리주의적 텍스트라 할 수 있으며, 일종의 인문학적 데자뷰 현상을 도모하는 학구적 심령 기사라 해도 무방할 것이다.

생업에 지친 나머지 읽고 싶어도 책 읽을 기력과 의욕을 상실한 독자들에게, 설령 의욕이 있다손 치더라도 직장 내 오랜 눈칫밥 습관으로 인해 한곳에 1분 이상 눈동자를 모으기 힘든 독자들에게, 그리고 어디 가서 모르는 책 이야기만 나오면 자아에 치명상을 입는 가녀린 영혼을 소유한 독자들에게 조그마한 위안이 되었으면 하는 바람이다.

삶의 의욕을 상실했을 때

1

죄와 벌

Prestuplenie i Nakazanie

표도르 미하일로비치 도스토옙스키

도스토옙스키(1821~1881)는 19세기 리얼리즘 문학의 대표자로, 인간 심리의 내면에 깃든 병적이고 모순된 세계를 밀도 있게 해부하여 현대 소설에 막대한 영향을 끼쳤다. 톨스토이와 함께 19세기 러시아 문학을 대표하는 세계적 문호이다. 주요 작품으로 《죄와 벌》, 《백치》, 《악령》, 《카라마조프의 형제들》 등이 있다.

등 장 인 물

라스콜니코프 일종의 '초인적 세계관'에 빠져 살인을 저지르는 이십대 초반의 병약하지만 뛰어난 두뇌의 소유자이다.

두냐 라스콜니코프가 아끼는 여동생. 가난 때문에 사악한 속물인 루쥔과 약혼한다.

알료나 이바노브나 전당포 여주인. 돈밖에 모르는 수전노인 데다 배다른 동생을 학대하는 말종 인간이다.

리자베타 이바노브나 전당포 여주인의 배다른 여동생으로 언니와는 달리 착한 인간형이다. 라스콜니코프가 본의 아니게 살해하는 인물이기도 하다.

소냐 가난 때문에 어쩔 수 없이 몸을 파는 여인. 톨스토이의 《부활》에 나오는 카추샤와 유사한 인물이라 보면 된다.

루쥔 두냐의 약혼자. 고매함과는 거리가 먼 비열한 인간형이다.

포르피리 페트로비치 라스콜니코프를 범인으로 지목한 유일한 인물이다.

굳이 강조할 필요도 없겠지만 도스토옙스키는 톨스토이와 더불어 러시아 문학을 대표하는 대문호일 뿐만 아니라 세계문학사를 통틀어 가장 영향력 있는 작가 중 한 사람으로 꼽힌다. 영장류 최강의 악플러라 할 만한 니체마저도 그를 두고 "도스토옙스키는 내가 무엇인가를 배울 수 있었던 단 한 사람의 심리학자였다. 그는 내 생애에서 가장 아름다운 행운 가운데 하나이다"라며 극찬을 아끼지 않았다. 이 같은 사실은 도스토옙스키의 위상이 어디쯤 위치하는지를 짐작하게 하는 사례라 할 것이다.

소위 대문호의 작품을 읽은 척함에 있어 가장 먼저 갖춰야 할 기본 덕목은 바로 '오두방정'이다. 이는 마치 용필이 형님이 '기도하는~'을 선창하는 순간 반사적으로 '꺄악~' 하는 소리가 터져나오듯, 누군가 도스토옙스키라는 이름을 언급하는 순간 마치 독립운동을 벌이다 돌아가신 할아버지의 존함이라도 대하는 것처럼 파르르 떨어주는 것이 수고롭게 줄거리를 외우고 주인공의 이름을 상기하느라 애쓸 필요 없이 읽은 척 묻어갈 수 있는 가장 무난한 방법이라는 얘기다.

물론 몇몇 평론가들의 경우, 표면적으로는 도스토옙스키가 기독교적 세계관을 극복하지 못한 구시대적 작가라는 이유와 내면적으로는 빠른 레벨업을 위해서는 보스 몬스터를 잡아야 한다는 이유로 일단은 까대기로 읽은 척을 과시하는 이들이 없는 것은 아니다. 하지만 이러한 노이즈 마케팅적 읽은 척은 많은 질문과 반박을 수반

할 가능성이 크기 때문에 읽은 척 초보자에게는 매우 위험한 방법이라 하겠다.

게다가 그 정도 수준의 공격적 읽은 척을 시전하기 위해 섭렵해야 할 각종 자료의 양을 따져보면 차라리 도스토옙스키의 작품을 진짜로 읽느니만 못할 수도 있으므로 효율성 측면에서 득이 없다 할 것이다.

다만 도스토옙스키와 같은 러시아 작가나 마르케스와 같은 남미 작가의 경우 작품의 내용과 형식, 그리고 사상과는 상관없이 등장인물들의 이름이 보여주는 그 안드로메다적 이질감을 근거로 까대기를 하는 것은 어느 정도 가능하다 하겠다. 예를 들어 로지온 로마노비치 라스콜니코프, 아브도치야 로마노브나 라스콜니코바, 소피야 세묘노브나 마르멜라도바처럼 《죄와 벌》에 등장하는 주요 등장인물 고작 세 사람의 이름이 이러하니 만약 학교 수업 장면이 있어 선생님이 출석을 부르기라도 할라치면 대체 어쩌란 말이냐며 난독증을 호소하는 것은 상대가 충분히 납득할 만한 여지가 있기 때문이다.

이에 덧붙여 도스토옙스키의 작품이 제대로 번역된 책은 지금도 시중에 몇 권 되지 않거니와 과거에는 그 수준이 더욱 열악했으므로 《죄와 벌》을 읽은 척함에 있어, "유년 시절에 틀림없이 읽었으나 당시의 번역 수준이 워낙 후져서 지금은 기억에 남는 게 없다"라는 식의 우기기 스킬도 언뜻 유치해 보이긴 하지만 매우 유용한 스킬이 될 수 있음을 강조하는 바이다.

예를 들어 다음과 같은 대화가 가능할 것이다.

영희 : 철수야 너 혹시 도스토옙스키의 《죄와 벌》 읽어봤니?
철수 : 꺄악~.
영희 : 도스토옙스키의 심리 묘사는 정말이지 너무 섬세하다 못해 악
　　　마적이지 않니?
철수 : 물론이지. 하지만 난 어렸을 때 문고판으로 읽어서 내가 과연
　　　그 명작을 제대로 이해한 건지 스스로 의심이 가.

　얼마나 자연스럽고 아름다운가. 이것이 바로 오래전부터 많은
이들에게 사랑받아 온 고전명작만이 현대인에게 줄 수 있는 또 하나
의 삶의 지혜라 할 것이다.
　하지만 《죄와 벌》을 만져본 적도 없다 할지라도 주인공이 전당
포 노파를 살해한 후 그 죗값을 치른다고 하는 대략의 내용은 마치
'로미오와 줄리엣이 서로 사랑하다 죽었대요' 만큼이나 잘 알려져 있
으므로, 자칫 한 줌의 줄거리만 믿고 호기롭게 읽은 척했다가 오히
려 적들에게 허점을 노출할 수 있다는 점도 간과해서는 안 된다 하
겠다.

교양이 바닥 난 당신을 위한
읽은 척 뻔뻔 스킬

900쪽 가까이 되는 살인적 분량임에도 불구하고 《죄와 벌》에 나오는 대략적 사건, 사고를 요약하는 것은 무지 간단하다.

"한 청년이 전당포 노파를 살해한 후 결국 자수한다."

이를 조금 구체화하면 다음과 같다.

"지적인 데다가 타인에 대한 동정심도 풍부하지만 오직 돈이 없는 관계로 학업도 중단한 채 폐인 생활을 하며 깊은 좌절에 빠진 주인공이, 가진 거라고는 돈밖에 없는 전당포 여주인을 살해한 후, 자수를 할 것인가, 자살을 할 것인가, 아니면 그냥 법망을 피해 살 것인가를 두고 머리 터지게 고민하던 와중에 자신의 가족과 친구, 연인의 도움(?)으로 일단은 자수를 했다가 결국 수형 생활 중 깨달음을 얻고 영적 부활을 하게 된다."

보다 더 구체화하면 다음과 같다.

"딱히 원한이 있는 것도 아니며 살인이 크나큰 범죄라는 것도 누구보다 잘 알고 있는 23세의 가난한 법대 휴학생 라스콜니코프는 자신의 살인 계획을 실행할 것인가 말 것인가를 두고 극단적 번뇌를 겪다가 결국 여러 가지 이유가 복합적으로 얽히고설키면서 준비해간 도끼로 악덕 사채업자인 노파를 살해한다. 그러나 뒤늦게 현장을 목격한 노파의 배다른 여동생이자 노파와는 달리 선량한 인간이라 할 수 있는 리자베타 이바노브나를 살해한 후 극심한 정신적 갈등을 겪는다.

자수를 하자니 자존심이 허락지 않고, 자살을 하자니 그게 맘처럼 쉽게 안 되고, 자기 대신 살인 누명을 쓴 사람도 있겠다 낮짝에 철판 깔고 그냥 살자니 그것도 여의치 않고. 그야말로 뭘 선택해도 지랄 같을 수밖에 없는, 아니 지랄 같은 것밖에는 선택의 보기가 없는 상황에서 우연히 알게 된 순결한 창녀 소냐에게 자신의 범죄 사실을 고백한다. 물론 고백했다고 해서 주인공이 자신의 죄를 뉘우쳤다는 의미는 아니다. 오히려 자기위안을 받고자 고백한 것에 대해 후회하며 더욱 극심한 자기혐오를 겪다가 결국 자포자기적 심정으로 자수를 한다.

그 후 여러 정황에 의거하여 징역 8년형이라는 비교적 가벼운 형량을 선고받고 수형 생활을 하던 중, 시베리아 감옥까지 따라온 소냐의 지극 정성을 통해 개과천선의 가능성을 암시하며 소설은 끝을 맺는다.”

어떤 질문에도 당황하지 않는
읽은 척 꼼꼼 스킬

주인공은 왜 살인을 저질렀는가

‘죄와 벌’이라는 제목이 암시하듯, 주인공이 왜 죄를 짓고 어떻게 벌을 받는가가 이 작품의 가장 핵심적인 테마라 할 수 있다. 따라서 이 작품을 진짜로 읽은 사람이 끼어 있는 자리에서 본의 아니게 읽은 척을 해야 할 상황이 장기 고착화될 경우, 주인공 라스콜니코 프가 대체 왜 살인을 저질렀는가에 대한 내용은 십중팔구 대화의 떡 밥으로 회자될 가능성이 높으므로 반드시 숙지해야 할 사항 되겠다.

게다가 줄거리상으로는, 몰락한 귀족 비스무리한 집안의 장남 인 주인공이 돈이 없어서 학업도 중단한 채 폐인 생활을 해왔다고 하니, 당연히 돈이 필요해서 살인을 저질렀을 것이라 추측함으로써 읽은 척을 시작하자마자 바로 난관에 봉착하는 허무한 상황을 맞을 수도 있다.

물론 주인공이 괄약근 찢어지게 가난하다는 사실이 살인의 동 기와 전혀 상관이 없었다고 얘기하기는 힘들다. 하지만 이러한 관점 은 작품 밖에서 주인공을 범죄심리학적으로 분석할 때 문제제기를 할 수 있을 뿐, 작품 내에서의 주인공은 자신의 살인이 돈과는 전혀 상관없음을 주장한다. 다음은 라스콜니코프가 소냐에게 자신의 살 인을 고백하는 한 대목이다.

중요한 것은, 죽였을 때 내게 필요한 건 돈도 아니었다는 거야. 소냐. 돈이 아니라 전혀 다른 것이 필요했어……. 이제 이 모든 것을 알겠 어……. 나를 이해해 줘, 소냐. 아마 같은 길을 가더라도, 다시는 절대 로 살인을 하지는 않을 거야. 나는 다른 것을 알고 싶었어. 그것이 나 를 충동질했어. 나는 그때 알고 싶었던 거야, 어서 알고 싶었어. 다른 사람들처럼 내가 〈이〉인가, 아니면 인간인가를 말이야. 내가 선을 뛰

어넘을 수 있는가, 아니면 넘지 못하는가! 나는 벌벌 떠는 피조물인가,

아니면 권리를 지니고 있는가…….

– 《죄와 벌》, 도스토옙스키 저, 홍대화 역, 열린책들, 하권 615〜616쪽

위 인용문 마지막 줄의 '권리'가 무엇을 의미하는지에 대해서는 주인공이 잡지에 기고했던 논문에 자세한 내용이 나온다. 라스콜니코프는 세상 사람들을 두 부류, 즉 범인(凡人)과 비범인(非凡人)으로 분류한다. 비범인은 역사적 공적을 쌓을 수 있는 사람으로서 그들은 역사적 소명을 다하기 위해서라면 무수한 인명을 살상해도 되는 권리를 지닌 자들이라 주장한다. 이를테면 나폴레옹이나 마호메트 같은 인물들이다. 반면에 범인은 현존하는 질서에 복종하는 수동적인 사람들로서 이들에게는 법과 질서, 도덕률을 초월할 능력이 없고, 이들이 하는 일은 오직 세계를 보존하고 종족을 번식시키는 일뿐이다.

말하자면 주인공은 자신이 평소 생각했던 초인적 인간관을 기반으로 자기 자신도 나폴레옹처럼 끔찍한 살인을 저지르고서도 아무렇지 않을 수 있는 인간인지, 즉 비범인에 속하는지 여부를 확인하기 위해 살인을 저질렀다는 얘기이다.

결국 주인공의 살인 행각은 돈 때문도 아니고, 홧김에 충동적으로 저지른 것도 아니다. 그의 무신론적 세계관이 투영된 치밀한 기획 살인이라 할 수 있다. 뭐, 그런 세계관이 태동된 이유 자체가 주인공이 헐벗고 굶주렸기 때문이라 우길 여지가 없는 것도 아니므로

이왕 주인공의 살인 이유를 가난이라고 잘못 짚어 읽은 척 초입부터 위기에 봉착했다면 근성을 갖고 끝까지 우기는 것도 하나의 방법일 수 있겠다.

주인공은 결국 어떤 결말을 맞는가

주인공은 결국 자수한다. 완전범죄로 법망을 피하는 것도 아니고 자살을 선택하는 것도 아닌, 자수를 한다는 사실도 중요하지만, 여기서 더욱 중요한 것은 주인공이 자수를 하는 순간의 심경이다.

고전문학은 왠지 바람직하다 못해 닭살스러운 결말로 끝날 것만 같은 지레짐작에, 주인공은 결국 자신의 죄를 뉘우치고 뜨거운 눈물을 흘리며 자수를 했다는 식으로 작가적 읽은 척을 자행할 경우, 이는 영화 〈추격자〉의 사이코패스 하정우가 나중에는 개과천선하여 교회 집사님 집에 마지막으로 찾아간다는 구라만큼이나 어이없는 창작이라 하겠다.

예상과는 달리 주인공은 자수의 순간에도 자신이 저지른 죄를 전혀 반성하지 않는 포스트 모더니즘적 면모를 보인다. 물론 작품의 에필로그에서는 라스콜니코프가 소녀의 희생적, 기독교적 사랑에 힘입어 수감 생활 중 마침내 대오각성(大悟覺醒)을 하는 듯 보이는 장면이 연출되긴 한다. 하지만 경찰서에 자진 출두하여 자신이 범인임을 자백하는 그 순간까지, 그리고 재판에서 형량을 선고받은 후 1년여까지 주인공은 자신이 살해한 이들에 대한 죄의식이나 가족에 대한 미안함은 개뿔도 없다. 오직 자신이 살인을 감당할 그릇이 되지 못했다는 것, 즉 비범인으로서의 자격이 없다는 것에 대한 안타까움과 열패감만 가득할 뿐이다.

이는 마치 도박으로 가산을 탕진한 노름꾼이 '다시는 도박을 하지 말아야지'가 아니라 '그때 밑천이 조금만 더 있었더라면' 하고 아쉬워하는 심리와 유사하다. 아닌 게 아니라 도스토옙스키는 광적인 도박꾼으로도 유명하다. 도박 경험을 바탕으로 집필한 《노름꾼》이라는 작품도 있다.

사악한 속물의 전형

라스콜니코프의 여동생 두냐의 약혼자인 표트르 페트로비치 루쥔은 어려운 여건 속에서도 수단과 방법을 가리지 않는 근면함 덕에 마침내 자수성가를 이룬 탐욕적이면서도 냉정한 인물이다. 루쥔은 가난에 허덕이고 있는 주인공의 집안과 연을 맺게 되어 두냐와 약혼하지만, 루쥔에게 일찌감치 혐오감을 갖고 있던 라스콜니코프는 그를 만난 자리에서 그의 언행을 통해 박리다매의 저렴한 인격을 재차 확인한 후, 결코 결혼에 동의할 수 없다는 입장을 취한다.

다음은 라스콜니코프가 루쥔에게 발끈하는 대목이다.

「당신은 자기 약혼녀에게…… 그 애한테서 결혼 동의를 얻는 바로 그 순간에 당신이 무엇보다 기쁜 것은…… 그녀가 비렁뱅이라는 점이라고…… 말했다고 하던데, 그게 사실이오? 왜냐하면 아내를 가난뱅이 중에서 택하면, 이 다음에 그녀 위에 군림할 수 있고, 너는 내게서 은

혜를 입은 것이 아니냐고 나무랄 수 있기 때문이라고 말이오?」

- 《죄와 벌》, 도스토옙스키 저, 홍대화 역, 열린책들, 상권 222쪽

루쥔은 라스콜니코프에게 이런 얘기를 한다.

「대성공. 요즘 말로 해서 진보는 이뤄졌습니다. 과학과 경제적인 진리
의 이름으로 말입니다…….」
「다 아는 이야기예요!」
「아니요, 그건 다 아는 얘기가 아닙니다! 예를 들어, 만약 제가 지금까
지 〈이웃을 사랑하라〉라는 말을 듣고, 이웃을 사랑했다면, 어떤 일이
일어났을까요?」(중략) 「그러면 저는 웃옷을 반으로 잘라서 이웃과 나
눠 가졌을 것이고, 그러면 우리는 둘 다 반은 벗은 몸이 되었을 겁니
다. 〈두 마리 토끼를 쫓다가는 한 마리도 잡지 못한다〉는 러시아 속
담도 있지요. 그런데 과학은 다른 모든 사람을 사랑하기 이전에 먼
저 너 자신을 사랑하라고 합니다. 왜냐하면 이 세상의 모든 것은 개
인적인 이익을 기초로 하고 있으니까요. 자기 한 사람만을 사랑한다
면, 자기 일도 충분히 잘 해낼 수 있고, 또 웃옷도 온전한 채로 남게
되지요. 경제적인 진리는 사회에서 자리를 잘 잡은 개인 사업가가 많
으면 많을수록, 즉 입을 만한 웃옷이 많으면 많을수록 공공의 사업도
자리를 잘 잡아가게 된다고 말합니다. 말하자면, 유일하게 자기 자신
의 이익만을 챙김으로써 저는 그런 방법으로 모든 사람들에게 도움
을 주게 되고, 또 가까운 사람도 반으로 조각난 웃옷보다는 나은 것을

많이 얻게 될 겁니다. (중략)」

- 《죄와 벌》, 도스토옙스키 저, 홍대화 역, 열린책들, 상권 217~218쪽

친일파 지주의 자식과 독립군 홀어머니의 자식, 재벌의 자식과 일용직 근로자의 자식이 설령 비슷한 수준의 인격과 실력을 갖고 있다 하더라도, 그 출발선상의 구조적 불평등은 하늘과 땅 차이임을 무시한 채 사람들에게 억울하면 오직 출세하라는 신화창조의 격려(?)만이 존재하는 (주)대한민국의 설립이념과 오버랩되는 대목이라 아니할 수 없다.

참고로, 결국 루쥔은 라스콜니코프에 의해 결혼이 좌절된 것에 대해, 라스콜니코프의 연인 격인 소냐에게 비열한 방법(소냐의 주머니에 몰래 돈을 넣은 후 그녀가 훔쳤다고 우김)으로 복수를 시도하다가 많은 사람들 앞에서 탄로가 나는 바람에 오히려 개망신을 당한 후 작품 속에서 완전히 사라진다.

도스토옙스키의 《죄와 벌》과 톨스토이의 《부활》

앞서 언급한 바 있듯, 도스토옙스키와 톨스토이는 러시아를 대표하는 작가임과 동시에 비슷한 시기를 살았으며 작품 간의 미묘한 접점도 보여주고 있으므로, 《죄와 벌》에 대한 읽은 척의 마무리 단계에서 톨스토이의 《부활》을 살짝 언급한다면 그야말로 적들의 의심 어린 눈길에 쐐기를 박는 화룡점정(畵龍點睛), 성동격서(聲東擊西)의 완벽한 마무리가 될 수 있을 것이다.

두 작품의 시대적 배경(러시아의 농노제가 폐지될 즈음 혹은 폐지된 직후)이야 말할 나위도 없고, 당시 하층민들의 비참한 삶에 대한 접사 촬영적 묘사, 남자 주인공의 추악한 행위(《부활》에서 네홀류도프는 살인까지는 아니지만 고모네 집 하녀인 카추샤를 강간해 아이를 임신시킴으로써 그녀를 파멸시킨다)에서 비롯된 내적 갈등과 기독교를 통한 회개, 각 주인공의 영적 부활의 매개체 역할을 하는 여인들의 등장(《죄와 벌》의 소냐와 《부활》의 카추샤는 하층민의 삶을 대변하는 여인으로 둘 다 몸을 파는 창녀다), 러시아 정교회의 분리파에 대한 언급과 지지 등을 그 접점으로 들 수 있겠다.

여기서 눈치 빠른 독자라면 갑작스레 《부활》을 읽은 척해야 하는 상황이 닥칠 경우에는 역으로 《죄와 벌》을 인용함으로써 위기를 모면할 수 있겠다는 생각을 가질 수 있을 것이다. 하지만 《부활》에 대한 별개의 읽은 척 매뉴얼이 아직 작성되지 않은 만큼, 하나의 작품에 대한 읽은 척 매뉴얼로 두 마리의 토끼를 잡으려 하는 것은 지나친 욕심임을 경고하는 바이다. 《부활》 또한 그 분량 면에서나 내용 면에서나 사상의 깊이 면에서나 그리 만만한 작품이 아니다.

고전문학은 지루하다고?

개인의 취향에 따라 이견이 있을 수 있으므로 조금은 적들의 눈치를 살피며 조심스럽게 취해야 할 스킬이 있는데, 고전문학이라고 하면 언뜻 연상되는 지루함과 촌스러움, 난해함 등은 도스토옙스키의 작품들과 거리가 멀다는 점이다. 요컨대 《죄와 벌》을 읽은 척함에 있어 괜히 오버해서 그 두꺼운 책을 차력하는 심정으로 겨우 읽어냈다는 둥 지겨워서 졸려 죽는 줄 알았다는 둥의 과도한 설레발은 오히려 읽은 척의 대장정을 한 방에 무너뜨리는 악수가 될 수도 있다는 얘기 되겠다.

왜냐하면 이 작품은 마치 2008년도에 화제가 된 바 있는 스릴러 영화 〈추격자〉를 보듯, 혹은 인간 내면의 쓰레기스러움을 면도날로 묘사하는 것 같은 만화 《카이지》를 보듯 충분히 재미있고 긴장감이 넘치기 때문이다.

물론 《죄와 벌》의 에필로그에서 주인공과 소녀가 마침내 사랑의 결실을 맺고 종교적 구원을 얻는 등 마치 불쌍한 성냥팔이 소녀가 갑자기 로또에 당첨된 것만 같은 허망한 해피엔딩이 사족처럼 느껴지는 바가 없지 않으나, 총 6부에 걸쳐 마치 전쟁 장면처럼 격렬하게 펼쳐지는 주인공의 심리 변화와 마치 서커스를 보는 듯 아슬아슬한 주변 인물 간의 갈등은 잠시도 긴장의 끈을 놓을 수 없게 만든다.

고로 고전문학을 읽은 척함에 있어 취하게 되는 일반적 행동양식인 과도하게 감동 먹은 척 퍼포먼스나 '고전이 다 그렇지 뭐' 식의 심드렁한 척 표정관리보다는 눈망울을 반짝이며 재미있었던 척하는 것이 《죄와 벌》을 읽은 척하는 데 오히려 더 도움이 될 수 있다.

일가족 살해니, 초등학생 납치 살해니, 부녀자 연쇄 살인이니 하는 흉악 범죄가 기승을 부리고 있는 가운데 '인간이 죄를 지었으면 벌을 받아야 마땅하다'는 목소리가 높아지면서 《죄와 벌》에 대한 인용과 언급도 크게 잦아질 수 있다. 이에 《죄와 벌》에 대한 언급이, 갈수록 영화 〈몬도가네〉의 형국이 되어가고 있는 세상을 향해 지를 수 있는 일장 연설의 레퍼토리 중 하나가 될 수 있기를 기원한다. 아울러 이종격투기에만 표도르가 있는 것이 아니라 고전문학계에도 표도르 미하일로비치 도스토옙스키가 있다는 것 역시 기억하기를 바라는 바이다.

자라투스트라는 이렇게 말했다

Also sprach Zarathustra

프리드리히 니체

니체(1844~1900)는 독일의 시인이자 철학자로 키르케고르와 함께 실존 철학의 선구자이다. 기독교적·민주주의적 윤리를 약자의 노예 도덕으로 간주하고 강자의 군주 도덕을 찬미하였으며, 그 구현자를 초인(超人)이라 명명하였다. 주요 작품으로 《반시대적 고찰》, 《자라투스트라는 이렇게 말했다》 등이 있다.

등 장 인 물

자라투스트라 이 책의 주인공이자 니체의 화신이다.

성자 신은 죽었음을 모른 채 신에 대한 찬양가를 만들던 인물이다.

중력의 영 반은 난장이고 반은 두더지인 악마. 자라투스트라 내면의 도플갱어라 이해할 수도 있다.

그 밖에 세계 너머의 세계를 믿는 자, 몸을 경멸하는 자, 창백한 범죄자와 재판관, 죽음을 설교하는 자, 새로운 우상, 시장의 파리 떼, 동정하는 자, 성직자, 도덕군자, 천민, 이름 높은 현자, 고매한 자, 학자, 시인, 예언자, 왕들, 거머리 두뇌 연구가, 마술사, 더없이 추악한 자 등 수없이 많은 엑스트라들이 나오는데 대체로는 자라투스트라에게 죽지 않을 만큼만 욕을 얻어먹는 대상들이라 보면 된다.

* 외래어 표기법에 따라, 민음사에서 출간된 《차라투스트라는 이렇게 말했다》와 책세상에서 출간된 《니체 전집 15》를 인용할 때를 제외하곤 모두 '자라투스트라'라 표기하였다.

니체의 《자라투스트라는 이렇게 말했다》를 읽은 척한다는 것은 참으로 어렵고도 쉬우며, 쉽고도 어려운 일이다.

하이데거, 들뢰즈, 데리다, 푸코 등 그 이름만으로도 오금을 저리게 만드는(내가 왜 생면부지의 사람들의 이름을 듣고 오금이 저려야 하는지 모르겠다는 독자들도 있을 수 있겠다. 상관없다. 하지만 행여 그 사람들의 저작물을 가지고 읽은 척해야 하는 순간이 오면 일단은 오금을 저리시라) 세계적 석학들마저 이 책에 대한 읽은 척이 서로 상이하여 각종의 논쟁이 벌어졌을 정도니 그 어려움을 짐작할 수 있다 할 것이다. 그리고 한편으로는 그만큼 이 책에 대해서는 감히 정답이라 단언할 만한 읽은 척이 존재하지 않으므로 뭐라고 구라를 치든 본의 아닌 읽은 척이 될 가능성이 높다 할 수 있다.

심지어 누군가 자꾸만 읽은 척을 강요하는 이 사회의 분위기에 염증을 느껴 '그 미친놈이 뭐라 했든 나랑 무슨 상관이란 말인가!'라는 식의 단말마의 비명을 내질렀다손 치더라도 이 역시 굉장히 훌륭한 읽은 척이 될 수 있다. 니체는 말년에 실제로 정신병원에 입원했고, 니체를 싫어하는 종교단체나 기득권층에서는 여전히 그를 과대망상에 빠진 미친놈으로 취급하곤 한다.

하지만 주의할 것이 하나 있다. 자칫 모로 가도 읽은 척을 할 수 있다는 이 책의 미덕에 대한 지나친 신뢰감으로, 고등학교 철학시간에 잠결로 들었던 '신의 죽음'이니 '초인'이니 하는 것들을 멋모르고 들먹였다가는 차라리 미친놈 어쩌고 하며 욕지거리를 하는 것만도 못한 읽은 척이 될 수 있다는 것이다. 다시 말해 《자라투스트라는 이렇게 말했다》에 대한 읽은 척의 포인트는 얼마나 많이 알고 있는가의 문제가 아니라 얼마나 적게 오독(誤讀)하고 있느냐의 문제라 하겠다.

교양이 바닥 난 당신을 위한
읽은 척 뻔뻔 스킬

벗들이여! 진실로 내 그대들에게 이 책의 내용을 간단히 요약하여 말하고자 하니 귀 있는 자는 나의 얘기를 들어보라.

어찌하여 갑자기 경로당에서 무허가 만병통치약을 파는 듯한 업자의 말투로 바뀐 것인지 궁금한가? 그대 호기심 많은 독자들이여! 설령 어색한 말투로 약간의 비위가 거슬린다 하더라도 이해하시라. 이 책의 대하 서사시적 말투가 원래 이러할진대 필자가 어쩌겠는가.

형제들이여! 이 책의 서사적 내용은 몹시도 간단하다. 어느 날 깨달음을 얻은 자라투스트라가 신의 죽음을 비롯하여 자칭 인류 최고의 복음을 전달하려 좌충우돌하지만 남들한테 깨지고, 스스로한테도 지쳐 동굴과 속세를 오가며 방랑하다가 마침내 멀게만 느껴졌던 만렙의 경험치를 획득함으로써 초인으로의 레벨업을 예고하며 이 책은 끝을 맺고야 만다.

이 책의 주제적 내용도 알고 싶은가? 아아, 스스로 불행을 자초하는 어리석은 형제들이여! 정 궁금하다면 내 입을 열겠으나 행여 그것이 달콤한 속삭임이 아니라 할지라도 필자에게 짱돌을 던지지는 말아야 할진저. 나는 그저 자라투스트라의 말을 전하는 일개 전령 나부랭이에 불과하지 않던가. 이 책에는 수많은 암시와 수많은 가르침이 있지만 하드보일드(hard-boiled)하게 표현하자면 다음과 같으리라.

"너희들은 모두 인간쓰레기다. 빨리 죽든가 아니면 빨리 극복하라."

자라투스트라는 이렇게 말했다.

어떤 질문에도 당황하지 않는
읽은 척 꼼꼼 스킬

자라투스트라는 누구인가

자라투스트라가 누구인지는 이 책의 주제를 이해한 척함에 있어서는 그리 큰 중요사항은 아니지만 제목이 '자라투스트라는 이렇게 말했다'이기도 하고, 자라투스트라는 잘 몰라도 조로아스터는 세계사 시간에 한 번쯤 들어본 기억이 있을 것이므로 짚고 넘어가도록 하자.

그렇다. 자라투스트라는 소위 배화교(조로아스터교를 '배화교'라고
도 한다)의 교주라 할 수 있는 조로아스터의 원래 이름이다. 조로아
스터는 자라투스트라의 영어식 발음이라 하겠다. 그렇다면 이 책이
배화교의 유일신인 아후라 마즈다에 대한 찬양 혹은 그 사상을 설파
하는 자라투스트라의 평전쯤으로 이해하고 섣불리 읽은 척하고 싶
은 마음이 앞설 수도 있겠으나 그건 아니다.

다시 말해 니체는 실존 인물인 자라투스트라의 이름과 생애, 지
명 등 몇몇 역사적 사실을 모티브로 했을 뿐 이 책의 내용은 배화교
와는 전혀 상관이 없다. 상관이 없는 정도가 아니라 선과 악, 현세와
내세 등의 이원론적 세계관을 인류 최초로 설파한 인물로 알려진 자
라투스트라는 니체의 세계관에 비추어봐서는 오히려 경멸받아 마땅
한 인물이라 할 만하다(《데미안》에 대한 내용을 참조하시라). 니체의 철학
은 아무도 증명할 수 없는 형이상학적 내세관의 출현과 선악에 대한
이분법적 구분이 인류를 죄의식이나 뜯어먹는 선량한 좀비로 만들
었다는 것을 그 바탕으로 하기 때문이다.

그렇다면 니체는 왜 자라투스트라를 주인공으로 삼았을까? 이
에 대해서는 친절하게도 니체가 그의 마지막 저작인《이 사람을 보
라》에서 직접 서술하고 있다.

바로 내 입에서 나온, 최초의 비도덕주의자의 입에서 나온 차라투스트
라라는 이름이 무엇을 의미하는지에 대해 내게 질문이 던져졌어야 했
지만, 아무도 묻지 않았다 : 왜냐하면 그 페르시아인의 역사상의 엄청

난 독특성을 이루고 있는 것과 내가 말한 차라투스트라는 바로 정반
대이기 때문이다. 차라투스트라는 선과 악의 투쟁에서 사물의 움직임
의 본연적인 바퀴를 처음으로 본 사람이며—도덕을 형이상학적인 것
으로, 즉 힘, 원인, 목적 그 자체라고 옮긴 것이 그의 작품이다. 하지
만 이 문제가 본질적으로는 이미 이 문제에 대한 답이 될 수 있는 것이
다. 차라투스트라는 가장 숙명적 액운인 도덕이라는 오류를 창조해냈
으며 ; 따라서 그는 그 오류를 인식한 최초의 사람이지 않으면 안 된
다. 그가 도덕에 대해서 그 어떤 사유가보다 더 오래 그리고 더 많이
경험했다는 것뿐만이 아니다 — 역사 전체는 진정 소위 말하는 '도덕적
세계질서'라는 명제에 대한 실험적 반박인 것이다 — : 그보다 더 중요
한 것은 차라투스트라가 어떤 사유가보다 더 진실하다는 것이다. 그
의 가르침, 그리고 그의 가르침만이 진실성을 최고의 덕으로 삼았다
— 즉 실재성 앞에서 도피하는 '이상주의자들'의 비겁과는 반대되는 것
이다. 차라투스트라는 사유가 전체를 모두 모아놓은 것보다도 더 많은
용기를 지니고 있다. 진리를 말하고 활을 잘 쏘는 것. 이것이 페르시아
적 덕이다.—내가 이해되는가? …… 진실성에서 나오는 도덕의 자기
극복, 도덕주의자들의 자기의 대립물로의 자기 극복 — 내 안으로의 자
기 극복—. 이것이 내 입에서 나온 차라투스트라라는 이름이 의미하는
바이다.

- 《니체 전집 15》, 〈이 사람을 보라〉편, 프리드리히 니체 저, 백승영 옮김, 책세상, 458~459쪽

간략히 말해 니체는, 자라투스트라가 페르시아 특유의 호전적

기질을 타고난 사람이기 때문에 누구보다 이원론적 세계관이 내포한 오류와 자기 부정적 모순을 이미 잘 알고 있었을 것이다. 혹은 몰랐어도 알아야 할 의무가 있는 인물이기 때문에 그를 주인공으로 삼아 이원론적 도덕주의의 허위를 폭로시킴으로써 결자해지게 했다는 얘기 되겠다.

고로 여기서 자라투스트라가 어떤 인물인지 대략 짐작할 수 있다. 고매하고 우아한 사상을 설파할 것이라 짐작되는 자라투스트라는 사실 이 세상의 각종 도덕과 윤리의 허상을 깨기 위해 출사표를 던진 인물로, 만약 기존의 가치관을 수호하는 입장에서 표현한다면 소위 악의 무리 중에서도 그 우두머리 격이라 할 수 있다.

자라투스트라는 어떻게 말하는가

"자라투스트라는 어떻게 말하는가?"라고 물으면 "싸가지 없이 말한다"라고 대답하는 것이 가장 적절한 읽은 척이라 할 수 있겠다. 자라투스트라의 싸가지 없음은 두 가지로 나뉜다.

하나는 앞서 언급한 바와 같이 자라투스트라는 이 세계의 각종 도덕과 종교, 제도의 허위와 위선을 망치로 때려 부수고자 속세로 내려오신 그분이기에 기존의 가치관을 제작·유포한 지배계급뿐만 아니라 별 생각 없이 좋은 게 좋은 건가 보다 하고 따랐던 대중들 역시 순식간에 인간쓰레기로 만들며 가혹하다 싶을 정도로 쓰레기 분리수거를 외친다. 따라서 속세의 인간들에게 그는 필연적으로 싸가지 없는 이가 될 수밖에 없다.

또 하나, 자라투스트라의 급진적 가치관에 동의하든 안 하든 그가 말하는 태도만 두고 본다 해도 역시 이 책의 부제는 '자라투스트라는 이렇게 싸가지 없이 말했다'가 적당하다 싶을 정도로 그의 언변에는 싸가지가 심하게 결핍되어 있다. 그 예들을 몇 가지 살펴보자.

보라! 나는 너무도 많은 꿀을 모은 벌처럼 나의 지혜에 지쳤다. 그러므로 이제는 나를 향해 내미는 손들이 있었으면 한다.
나는 베풀어주고 나누어주려 한다. 인간들 가운데서 현명한 자들이 다시 그들의 어리석음을 기뻐하고, 가난한 자들이 다시 그들의 넉넉함을 기뻐할 때까지.
– 《차라투스트라는 이렇게 말했다》, 프리드리히 니체 저, 장희창 역, 민음사, 12쪽

대지는 쓸데없는 자들로 가득하며, 삶은 너무도 많고 많은 어중이떠중이들 때문에 썩어 있다. 그들을 영원한 삶이라는 미끼로 유혹하여 이 삶으로부터 떠나버리게 만든다면 좋으련만!
– 《차라투스트라는 이렇게 말했다》, 프리드리히 니체 저, 장희창 역, 민음사, 72쪽

많고 많은 자들이 태어나며, 국가는 그러한 인간 쓰레기들을 위해 고안되었다!
보라, 국가가 그 많고 많은 어중이떠중이들을 어떻게 유혹하는가를! 어떻게 그들을 삼키고 씹고 다시 되씹는가를!
– 《차라투스트라는 이렇게 말했다》, 프리드리히 니체 저, 장희창 역, 민음사, 81쪽

이 인간 쓰레기들을 보라! 그들은 창조하는 자들의 작품과 현자들의 보물을 훔친다. 그러면서 그들의 도둑질을 교육이라 부른다. 그리하여 그들에게 있어서 모든 것은 병이 되고 재난이 된다!

이 인간 쓰레기들을 보라! 그들은 언제나 병들어 있고, 담즙을 토해 내면서 그것을 신문이라고 부른다. 그들은 서로를 집어삼키지만 단 한 번도 소화시키지 못한다.

이 인간 쓰레기들을 보라! 그들은 부를 끌어 모으지만 그 때문에 점점 더 가난해진다. 그들은 권력을 탐하며, 무엇보다도 권력의 지렛대인 많은 돈을 탐한다. 이 무능한 자들이!

— 《차라투스트라는 이렇게 말했다》, 프리드리히 니체 저, 장희창 역, 민음사, 83쪽

물론 위의 발췌문들은 자라투스트라가 말하고자 하는 주제의 본질과는 상관없이 세인들의 시선을 끌게 만드는 일종의 낚시용 떡밥이라 생각할 수도 있고, 왕따가 되어버린 천재가 외로움에 대한 보복 차원에서 내뱉는 증오의 진리라 볼 수도 있다. 또한 타인뿐만 아니라 자기 자신에게도 포함되는 진면목을 솔직담백하게 고백한 것이라 볼 수도 있다. 아니면 《자라투스트라는 이렇게 말했다》에서 직접 표현하는 대로, 돌 속에 숨어 있는 아름다운 조각상을 드러내기 위해서는 일단 망치로 깨부숴야 하는 것처럼, 창조를 위한 거침없는 파괴라고 볼 수도 있다.

그 취사선택은 독자의 취향과 니체에 대한 호감도에 따라 달라지겠지만, 필자가 독자 제위께 추천하는 중도적 접근은 역시 '싸가

지 결핍'으로의 읽은 척이라 하겠다. 아니, 아무리 읽은 척이 중요하다 해도 근대를 통틀어 가장 위대한 사상가 중 하나로 꼽히는 니체의 화신인 자라투스트라에게 감히 싸가지가 없다는 망발을 한다는 것이 말이나 되는가 하고 지레 겁먹을 독자들이 있을 줄로 안다.

필자의 추천은 꼭 어투를 문제 삼는 꼰대적 감수성의 진단에서 기인한 것만은 아니다. 니체 혹은 자라투스트라가 끊임없이 강조하는 것은, 밀란 쿤데라나 카잔차키스를 비롯한 수많은 그의 후학들이 계승했던 것처럼 '절대적 신념에 대한 거부'와 '우상 파괴'라 할 수 있기 때문이다.

그 파괴의 대상에는 당연히 자신의 사상과 신념도 포함될 수밖에 없다. 즉 니체는 스스로를 예수 못지않은 위대한 사상가라 자평하기도 했지만 자신 역시 신봉되어야 할 절대적 가치가 아닌 극복되어야 할 무엇이라 생각했던 것이다.

> 진실로 바라노니, 그대들은 나를 떠나라. 그리고 차라투스트라에 대항하라! 그리고 더 바람직한 것은 차라투스트라라는 존재를 부끄러워하는 일이다! 그가 그대들을 속였을지도 모르지 않는가.
> 인식하는 인간은 적을 사랑할 뿐 아니라 벗을 미워할 줄도 알아야 한다.
> 언제까지나 학생으로 머물러 있는 자는 선생에게 제대로 보답하지 못한다. 그대들은 어찌하여 나로부터 월계관을 빼앗으려 하지 않는가?
> – 《차라투스트라는 이렇게 말했다》, 프리드리히 니체 저, 장희창 역, 민음사, 135쪽

고로 이 책에 대한 일정 정도의 비판적 시각을 유지하는 것은 이 책에 대해 잘 모르는 이나 잘 아는 이, 니체를 싫어하는 이나 좋아하는 이, 보수적이거나 진보적인 이, 이들 모두를 아우르며 읽은 척을 할 수 있는 가장 적절한 방법이라 할 것이다.

자라투스트라는 무엇을 말하는가

도덕, 종교, 법과 제도, 돈, 예술, 과학, 사랑 등 인간이 사회의 울타리에서 경험하게 되는 거의 모든 것들에 대하여 논하는 작품이기 때문에 자라투스트라가 무엇을 말하는지 일일이 읽은 척하는 것은 불가능하다. 하지만 그의 모든 얘기에는 각 주제들을 관통하는 몇 가지 핵심 키워드가 있다.

특히 《자라투스트라는 이렇게 말했다》와 관련해서는 '신의 죽음', '초인', '영원회귀' 등이 마치 '이주일' 하면 '콩나물 팍팍 무쳤냐'가 떠오를 만큼 대중적이라 하겠으나 이주일의 콩나물이 사실은 현인의 번안곡 〈베사메무쵸〉에 대한 일종의 패러디였음을 기억하는 이는 많지 않듯이, 괜히 엄한 데다 '신의 죽음'이니 '초인의 탄생'이니 하는 것들을 갖다 붙여 읽은 척의 피날레에 즈음하여 스스로 자폭하는 일이 없도록 해야 할 것이다.

신은 죽었다

'신은 죽었다'는, 사람들이 가장 많이 오해하는, 특히 기독교인들에게는 마치 자기 부모를 욕되게 한 자를 대할 때만큼의 분노를 자아내는 문구라 할 수 있겠다. 하지만 《자라투스트라는 이렇게 말했다》에서 말하는 '신은 죽었다'는 진짜로 신이 과중한 업무에 의한 과로사랄지, 아니면 하늘나라에서도 중국산 가짜 달걀 따위가 유통된 탓에 벌어진 돌연사쯤의 개념은 아님을 주의하자.

거두절미하고 니체의 '신은 죽었다'는 인간이 창조한 신의 죽음을 의미한다. 즉 현세에서의 부당한 삶의 고통의 원인을 원죄 혹은 전생의 죄에 기인한 것으로 보는 종교적 형이상학은 현세의 기득권자들을 보존하거나 혹은 오히려 가치절상시킨다. 왜냐하면 신의 축복을 받아서 잘사는 것처럼 왜곡하니까. 반면 사회 불만 세력들에게는 아무 증거도 없는 내세를 기약하며 일종의 자포자기적 희망을 강요하는 기만에 다름 아니므로 그런 편파적인 신은 존재하지 않는다는 의미에서의 '신의 죽음'이라 할 수 있는 것이다.

고로 '신은 죽었다'를 진짜로 신의 사망신고가 동사무소에 접수되었다는 얘기쯤으로 믿는 것은, 일체의 형이상학적인 것을 배제하려 했던 니체가 결국 형이상학의 세계에서 신의 죽음을 목격하고 그를 근거로 형이상학의 세계를 부정하려 한다는, 그야말로 '달나라에는 방아 찧는 토끼 따위는 없다. 왜냐하면 달나라에 가봤더니 현대식 방앗간이 떡하니 있었기 때문이다' 식의 농담적 사고관에 가둬 니체를 두 번 죽이려는 악의가 아니고서는 있을 수 없는 읽은 척이라 하겠다.

차라리 과거 화장실 벽에서 발견된 바 있는 다음과 같은 농담으로 읽은 척하는 것이 더욱 바람직하다 할 것이다.

신은 죽었다. − 니체

니체 너는 죽었다. − 신

너희 둘 다 잡히면 죽는다. − 청소 아줌마

그야말로 피안의 세계에 대한 잡담으로 벽을 더럽히는 위선자들에 대한 청소 아줌마의 실존철학적 사자후라 할 만하지 않은가.

초인

'초인' 역시 SF적 상상력에 의해 잘못 이해되곤 하는 개념이다. 너무도 당연한 얘기지만 이 초인은 몸에 착 달라붙는 스판 섬유의 옷을 걸친 채 하늘을 날아다니며 풍기문란을 주도하는 그런 초인이 아니다. 물론 이 책의 막판에 보면 초인으로의 레벨업 징조가 보이는 자라투스트라에게 사나운 사자가 다가와 그의 무릎을 베고 누워 재롱을 부린다거나 비둘기들이 그의 곁에 떼로 날아오는 등의 장면이 연출되므로 대략 밀림의 왕자 타잔쯤의 초인으로 이해하는 것은 어느 정도 말이 된다고도 볼 수 있겠다.

"징조가 왔다."라고 말하는 차라투스트라의 마음에는 변화가 일어났다. 그리고 참으로 그의 눈앞이 환하게 되었을 때, 그의 발치에는 노랗고 힘센 짐승이 엎드려 있었다. 그 짐승은 사랑에 넘쳐 머리를 그의 무릎에 기대고는 그에게서 떨어지지 않으려고 했다. 마치 옛 주인을 다시 찾은 개와도 같았다. 하지만 비둘기들도 사랑에 있어서는 사자

못지않게 뜨거웠다. 비둘기들이 사자의 코끝을 휙 스쳐 지나갈 때마다, 사자는 머리를 흔들어대며 의아한 표정을 짓고는 웃었다.

– 《차라투스트라는 이렇게 말했다》, 프리드리히 니체 저, 장희창 역, 민음사, 570쪽

단적으로 얘기해 '초인'이란 극복되어진 인간을 말한다. 극복되어진 인간의 조건이 무엇인지에 대해서는 《자라투스트라는 이렇게 말했다》에서 무슨 논증이 이뤄지듯 직설적으로 나와 있지는 않으나 대략 비유를 들어 설명한 것을 살펴보면 다음과 같다.

"초인은 낙타나 나귀처럼 기존 가치들에 대해 무조건 '예'를 하며 따르는 인간도 아니고, 사자처럼 '아니오'를 으르렁거리며 어떤 주인도 거부하는 자유정신의 인간도 아직은 초인이 아니다. 신이 있거나 말거나 무한히 반복되는 단순한 놀이에서도 기쁨을 느끼며 삶을 즐기는 아이처럼 되는 것, 그것이 바로 자라투스트라가 말하는 초인이라 할 수 있다."

영원회귀

삶의 실상은 생성과 소멸이 무한히 반복되는 무엇이라는 의미의 '영원회귀' 역시 불교의 윤회사상쯤으로 잘못 오독되거나 무한히 반복되므로 덧없다고 하는 허무주의의 이론적 토대쯤으로 오인되기도 한다.

일단 전생에 죄를 지어 계속 미물이나 인간으로 태어난다고 하는 윤회사상은 기독교의 '원죄'만큼이나 자라투스트라의 취향이 아

니다. 게다가 자라투스트라의 영원회귀는 꼭 인간의 삶과 죽음을 단위로 하는 거대한 것만은 아니다. 마치 성문의 앞뒤로 길이 나 있듯이 그 길은 성 밖을 향하기도 하고 성 안을 향하기도 하는 것처럼, 시간 역시 과거와 미래는 항상 지금의 순간으로 연결되어 서로 맞물린 채 끝없이 회전하는 무한루프와 같다.

이 때문에 상반돼 보이는 선과 악, 사랑과 증오, 절망과 희망 등과 같은 각종 이원론적 관념들 역시 서로 멀리 떨어져 있는 게 아니라 동전의 앞뒤처럼 붙어 있는 것이니만큼 그 둘 사이를 칼로 도려내듯 끊을 수 없다는 것에 허무함을 느낄 것이 아니라, 이왕 쳇바퀴를 도는 것 매번 춤을 추는 듯한 즐거운 마음으로 자신의 의지를 불사르라는 것이 니체의 가르침이다. 이런 점에서 볼 때 영원회귀는 허무주의의 이론적 토대이기는커녕 허무주의를 극복하려 한 긍정적 개념의 출발점이라 할 수 있다.

> "아, 차라투스트라여. 그대 지혜의 돌이여!"라고 그 중력의 영은 한 마디 한 마디 비웃듯이 속삭였다. "그대는 자신을 높이 던졌으나 모든 던져진 돌은 반드시 떨어지기 마련이다!"
>
> (중략)
>
> 그러나 용기는, 공격하는 용기는 최상의 살해자다. 이 용기는 죽음조차도 살해한다. 왜냐하면 용기는 "그것이 삶이었던가? 좋다! 그러면 다시 한번!"이라고 말하기 때문이다.
>
> – 《차라투스트라는 이렇게 말했다》, 프리드리히 니체 저, 장희창 역, 민음사, 277~278쪽

보다 구체적인 내용은 《데미안》 편을 참조하기를 권장하는 바
이다.

니체가 쓴 읽은 척 매뉴얼, 《이 사람을 보라》

니체는 말년에 자기 자신의 작품들을 대상으로 평론을 쓴 바 있
다. 천재의 고귀한 말씀을 인간쓰레기들이 무시하는 것에 대해 분통
이 터져서 그랬는지, 훗날 자신의 작품을 해석하려는 후학들에게 등
불을 비쳐주기 위해서였는지는 정확히 알 수 없으나 아무튼 스스로
평론을 썼는데, 그 작품의 제목이 앞서 언급한 바 있는 《이 사람을
보라》 되겠다. 참고로 '이 사람을 보라'는 멘트는 빌라도가 매질당한
예수를 유대 군중들 앞에 내보이며 하는 말로 니체 자신을 예수에,
당시의 우매한 독자들을 광분한 유대 군중에 비유한 표현이다.

이를 두고서 니체에 대한 비판적 입장을 취하는 이들은 이때부터
니체의 과대망상증이 이미 심각하게 진행되었다고도 말하는데,《이
사람을 보라》의 소제목들을 보면 살짝 그렇게 얘기할 만도 하다는 생
각이 든다. '나는 왜 이렇게 현명한지', '나는 왜 이렇게 영리한지', '나
는 왜 이렇게 좋은 책들을 쓰는지', '왜 나는 하나의 운명인지' 등 남한
테 저런 식으로 칭찬을 해도 심각한 안면홍조증을 유발할 만한 멘트
인데 그것의 주어가 너나 그도 아니고 다름 아닌 '나'인 것이다.

뭐, 천재의 세계에서는 무엇이든 가능하기 때문에 그런 것이겠
거니 하고 넘어가도록 하자. 니체가 얼마나 자기 칭찬에도 천재적이
었는가가 중요한 것이 아니라 《이 사람을 보라》가 《자라투스트라는

이렇게 말했다》를 비롯하여 니체의 작품 거의 대부분을 읽은 척할 수 있게 해주는 훌륭한 매뉴얼이라는 것이다.

고로 단기간 내에 니체의 전 작품에 대한 읽은 척을 하려는 독자가 있다면 먼저 《이 사람을 보라》를 참고할 것을 적극 권장하는 바이다. 물론 책을 읽지 않기 위해 이 책을 읽는 독자들에게는 이 책에서마저 책 읽으라는 소리를 듣는 것이 기가 막힐 노릇일 수도 있겠지만 말이다.

에덴의 동쪽

East of Eden

존 스타인벡

스타인벡(1902~1968)은 1930년대 사회주의 리얼리즘을 대표하는 미국 소설가이다. 1939년 발표한 《분노의 포도》로 퓰리처상을 수상했고, 1962년에는 《울적한 겨울》로 노벨문학상을 수상했다. 그 밖의 주요 작품으로 《에덴의 동쪽》을 비롯해 《토르티야 대지》, 《생쥐와 사람》, 《통조림 공장 거리》 등이 있다.

등 장 인 물

애덤 부모에겐 순종적, 아내에겐 순정적, 세상 물정에는 순진한 인물. 대체로 선해 보이는 인간형이지만 그 선함 때문에 오히려 많은 고통을 자초하는 인물이라 할 수 있다.

찰스 애덤의 이복동생. 아버지인 사이러스의 악마성을 닮았다. 단, 여기서 주의할 것은 악마적 인간이라고 해서 모든 면이 폭력적이고 비열한 것은 아니라는 점이다. 그는 아버지를 사랑하고, 자신의 이복형 애덤 역시 사랑했던 인간이다. 하지만 자신의 사랑에 대한 남들의 보답이 자신의 기대대로 이뤄지지 않는 순간 악마로 돌변하곤 한다.

캐시(캐서린, 케이트) 팜파탈의 전형. 중간중간 사고를 칠 때마다 이름을 바꾸기 때문에 총 세 개의 이름을 갖고 있다. 빼어난 외모와 명석한 두뇌를 겸비한 여성이지만 아무도 믿지 못하는 중병이 있다.

아론 애덤과 캐시가 결혼해 얻은 이란성 쌍둥이 중 첫째. 외모는 어머니를 닮고 심성은 아버지를 닮아 누구에게나 사랑받으며 가장 행복한 삶을 살 것처럼 보이지만 정신적 충격을 이기지 못하고 군에 자원 입대해 전사한다.

칼렙(칼) 아론의 쌍둥이 동생. 이란성 쌍둥이인 관계로 형 아론과는 생김새도 다르고 성품도 다르다. 생김새는 삼촌이라 할 수 있는 찰스를 닮고 심성은 캐시를 닮아 늘 형과 비교당하며 열폭을 하곤 한다.

새뮤얼 해밀턴 아일랜드에서 이주해온 성실한 농부이자 각종 아이디어가 넘치는 발명가이기도 하다. 어쩌면 작가가 가장 바람직한 삶을 사는 모델로 제시한 사람이 바로 새뮤얼 해밀턴이라 할 수 있다. 참고로 새뮤얼 해밀턴은 이 책의 저자인 존 스타인벡의 외조부를 모델로 한 인물이다.

리 이 책에 등장하는 유일한 동양인이자 애덤가의 집사. 신분상으로는 애덤가의 남성 가정부쯤으로 등장하지만, 새뮤얼 해밀턴과 함께 인간에 대한 깊은 이해와 성찰을 이룬 현자로서 애덤을 비롯해 애덤의 두 아들의 멘토 역할을 하는 인물이다. 작가가 하고 싶은 말을 가장 많이, 직접적으로 발설하는 배역이라고도 할 수 있다.

"인생은 짧고 예술은 길다(Life is short, art is long)."

아마도 그럴 것이다. 기껏해야 백 년을 살기 힘든 인생과 수 세기에 걸쳐 명작으로 칭송받는 예술작품의 유통기한을 대충 관념적으로만 비교해봐도 예술의 압도적인 승리라 할 것이다.

하지만 고대 그리스의 명의였던 히포크라테스가 남긴 말로 유명한 위 잠언에는 애초 번역의 오류가 있다. 그러니까 히포크라테스는 생명을 살리는 의학기술로서의 art를 의미했던 것인데, 'art=예술'이라는 주입식 암기교육의 폐해가 본의 아니게 "인생은 짧고 예술은 길다"라는 명언을 창조한 셈이다.

그렇다면 히포크라테스의 잠언은 이제 전문의들 사이에서나 회자될 업자 용어로 취급해야 마땅한 걸까? 그럴 필요는 없다 하겠다. 왜냐하면 위대한 예술가들 중에는 정말 인생보다 길어 보이는 분량의 고전명작을 남긴 사례가 적지 않기 때문이다.

읽은 척하기 힘든 작품은 크게 둘로 나눌 수 있다. 하나는 이해하기 어려운 작품이고, 다른 하나는 이해하기 싫은 작품이다. 이해하기 위한 노력을 시도하는 것 자체가 싫어지는 가장 큰 이유는 물론 그 압도적인 분량 때문일 것이다.

빅토르 위고의 《레미제라블》, 톨스토이의 《전쟁과 평화》, 도스토옙스키의 《카라마조프의 형제들》 등등 지금 필자가 호명한 책들은 인류에게 가장 강력한 감동을 남긴 고전작품의 순위일 수도 있겠으나, 한편으로는 또 민간인들이 고전 하면 '지루함' 혹은 '베개'

를 연상하게 만든 주범들의 순위라 할 수도 있겠다. 《레미제라블》과 《전쟁과 평화》는 2500쪽이 넘고, 《카라마조프의 형제들》은 1600쪽이 넘는다.

이번에 읽은 척할 《에덴의 동쪽》을 저술한 존 스타인벡 역시 인류에게 감동과 베개를 동시에 남겨준 작가라 평할 수 있다.

교양이 바닥 난 당신을 위한 읽은 척 뻔뻔 스킬

《에덴의 동쪽》은 크게 두 부분으로 나눌 수 있다.

하나는 막장 집안 가족들 간의 패륜적 애증사를 그린 애덤 트래스크가(家)의 3대에 걸친 얘기이고, 또 하나는 아일랜드에서 이주해 와서 큰 부자가 된 것은 아니지만 나름 화목한 가정을 이룬 새뮤얼 해밀턴가의 2대에 걸친 얘기이다.

하지만 이 책을 읽은 척하는 데에는 전자인 애덤 트래스크가의 가족사만으로 충분하다. 새뮤얼 해밀턴가에 대한 내용이 애덤가에 비해 분량이 적기 때문이기도 하지만, 서사 전개상의 주요 인물은 모두 트래스크가의 가족들이고 해밀턴가의 인물들은 대부분 보조적 역할에 그치기 때문이다. 고로 전체 1200쪽 가량되는 분량에서 대략 200여 쪽쯤의 지면이 할애되는 해밀턴가에 대한 얘기는 과감히 생략하도록 하겠다.

***

　남북전쟁에 참여하자마자 6개월 만에 상이군인이 되어버려 이 등병 제대를 했음에도 특유의 구라발로 마치 영관급 예편을 한 것처럼 각종 전투에 대해 빠삭하게 아는 척을 함으로써 재향군인회를 대표할 정도의 사기꾼이 되어버린 사이러스에게는 두 아들이 있다. 형 애덤과 동생 찰스.

　애덤은, 남편에게 전염되어 매독에 걸린 것을 모른 채 그 병이 자신의 꿈에서 발현된 음란한 욕망에 대한 죄의 대가라 생각해 자살한 전처가 낳은 아들이다. 그런 엄마의 성정을 물려받았기 때문인지 애덤은 바보스러울 정도로 순종적이고 순정적이다.

　반면 찰스는 애덤의 이복동생으로 아버지의 독선적이면서도 비열한 성격을 그대로 물려받아 대체 무슨 생각을 하는지 알 수 없는 눈빛에, 자신이 원하는 것을 얻기 위해서라면 어떠한 폭력이라도 동원할 마음의 준비가 되어 있는 인간이다. 그러다 보니 동생임에도 불구하고 동네 얼라들에게 놀림받는 유약한 형 애덤을 늘 보호한다. 애덤을 갈구는 애들과 애덤 대신 맞서 싸우기도 하고, 심지어는 아버지에게 혼나는 애덤을 위해 혼자 잘못을 뒤집어쓰는 등 언뜻 보면 감동적인 우애를 과시하기도 하면서.

　하지만 그 아름다워 보이기까지 하는 형제관계는 형이 자신보다 철저히 약자일 때만 성립되는 일종의 연민과 동정의 관계이다. 이후 아버지가 자신보다 형을 더 사랑한다는 사실을 깨닫기 전까지만 지속될 수 있는 관계였던 것.

왠지 이유는 모르겠지만 동생 찰스는 아버지를 사랑한다. 마치 카인이 여호와를 사랑했던 것처럼. 하지만 아버지의 생일선물로 자신이 마련한 값비싼 주머니칼은 거들떠보지도 않고 애덤이 주워온 잡종 개에게만 관심을 보이는 아버지 때문에 찰스는 질투심에 사로잡혀 형 애덤을 거의 초주검 상태까지 두들겨 패버린다.

동생 찰스에게 목숨을 잃을 뻔했던 애덤은 이후 아버지의 강권으로 기병대에 입대하고, 원래부터 폭력 자체를 혐오하던 애덤은 마치 영화 〈늑대와 함께 춤을〉에서처럼 스스로 삶을 포기했기 때문에 나올 수 있는 자포자기의 용기로 동료들을 구함으로써 본의 아니게 여러 차례 무공훈장까지 받는다.

이후 제대를 하지만 집에 돌아가는 길에 애덤은 대한민국 예비역이라면 상상도 할 수 없을 결정을 내린다. 다시 군대에 들어가기로 결심한 것이다. 5년간 두 번의 군 생활을 보낸 후에도 애덤은 집으로 돌아가는 대신 3년간 떠돌이 생활을 하면서 강제 노역에 동원되기도 하고, 강제 노역 수용소에서 목숨을 건 탈출을 시도하는 등 마치 영화 〈람보〉의 주인공과도 같은 액션 활극을 펼친다.

마침내 십수 년 만에 조우하는 형제. 동생 찰스에 대한 형 애덤의 공포는 그간 자신이 겪은 험난한 군 생활과 비참한 수용소 생활을 통해 극복되었고, 동생 찰스 역시 애덤에게 살의를 느낄 정도의 질투심을 더 이상 가질 필요가 없었다. 왜냐하면 아버지 사이러스가 두 형제에게 막대한 유산을 남긴 채 죽어 없어진 마당이었기 때문이다. 오히려 찰스는 이제야 형에 대한 신실한 우애를 느끼며 함께 농장을 꾸려나갈 수 있다는 생각에 행복해한다. 하지만 때마침 등장하는 이 책 최고의 악마이자 팜파탈이라 할 수 있는 캐시 에임스로 인해 트래스크가의 비극이 시작된다.

마치 선천성 양심결핍증을 갖고 태어난 것처럼 어려서부터 악마적 성격을 보였던 캐시 에임스는 하필 외모까지 뛰어난 바람에 겉보기에는 천사 같은 진짜 악마라 할 수 있다. 이를테면 이렇다.

고작 열 살의 나이에 동네 오빠들을 꼬드겨 돈을 받고 일종의 핍쇼(peep show : 작은 방에서 이뤄지는 스트립쇼)를 벌였으면서도 스스로 손을 묶는 퍼포먼스를 연출함으로써 어른들에게 들켰을 경우 오히려 피해자의 위치를 선점하는 주도면밀함을 과시하기도 하고, 고딩이 되어서는 자신에게 라틴어를 가르치던 선생님을 상대로 벗을 듯 말 듯, 생리 중인 듯 아닌 듯 극강의 애간장 융해신공을 펼침으로써 교사가 학생에 대한 상사병으로 자살하게 만드는 비기까지 습득한 후, 급기야는 자신의 인생을 구속하려던 부모도 화재사고를 가장한 존속살해로 제거해버린다.

이후 캐서린으로 개명한 캐시는 유명 포주와의 일대일 면접에서, 그 정도 외모와 재능이라면 굳이 일반 소비자를 대상으로 현장영업을 뛸 게 아니라 창업주의 경영철학을 전수받아야 마땅할 것이라는 평가를 받으며 바로 사창가 CEO의 책상 밑 개인비서로 특채된다. 하지만 이런 고용자와 피고용자의 관계도 잠시, 어느 날 술에 취해 자신의 본성을 드러낸 캐서린을 통해 포주는 그동안 그녀에게 이용당하고 있었을 뿐 인간적 연애관계 따위는 전혀 없었음을 알게 되어 후미진 시골로 그녀를 끌고 가 거의 죽음 직전까지 린치를 가한 후 그녀를 유기한 채 떠나버린다.

하지만 성격만 악마적이었던 게 아니라 그 생명력 역시 아귀처럼 끈질겼던 캐시는 한참을 낮은 포복으로 기어가 어느 농가에 도달했으니 그곳이 바로 애덤과 찰스의 집이었다.

전처럼 동생에게 쥐어 터지며 살지 않아도 될 만큼 육체적, 정신적 레벨업을 한 기병대 예비역 상사 애덤은 사사건건 찰스와 말싸움을 벌이며 으르렁거리던 중 집 앞에 쓰러진 캐시를 발견한다. 형제는 피떡이 된 그녀를 일단 집으로 들인다. 이후 특히 애덤이 그녀를 정성껏 간호한다. 부서진 뼈가 붙고 떨어져나간 살이 차오르면서 이전의 미모를 회복한 캐시를 보며 애덤은 점점, 그리고 스토리상 당연히 그녀를 사랑하게 된다.

한편 아버지의 악마적 성격을 물려받은 찰스는 한눈에 그녀가 자신과 같은 부류의 인간임을 알아보고 호시탐탐 쫓아낼 기회를 노리지만 캐시에게서 콩깍지 테러를 당해 이성을 잃은 애덤은 건강만 회복하면 그녀를 내보내겠다고 했던 약속을 어기고 찰스가 송아지 사료를 사러 나간 사이 냴름 캐시와 결혼식을 올려버린다.

결혼 첫날밤, 캐시는 애덤에게 수면제를 먹여 뻗게 한 후 느닷없이 동생 찰스를 유혹해 자신의 악마성이 건재함을 과시한다. 찰스역시 지금 막 창녀와 일을 치르고 돌아온 참이었지만 형수의 제안에 왕성한 성욕과 패륜적 우애로 화답하며 결국 그 둘의 악마적 교합은 또 다른 악마의 출현을 예고한다.

이후 애덤은 아버지가 물려준 유산을 동생과 반분한 후 캐시와 함께 서부로 떠나 캘리포니아의 살리나스 계곡에 정착한다. 얼마 후 아내의 임신 사실을 알게 된 애덤은 뛸 듯이 기뻐하며 캐시를 위해, 그리고 자신을 위해 궁전 같은 집과 농장을 건설한다. 물론 나중에는 궁전이 아니라 복마전이 되어버릴 터였지만 말이다.

마침내 태어난 이란성 쌍둥이. 캐시는 아이를 낳은 후 아주 잠깐의 산후조리 기간을 통해 몸을 풀자마자 애덤이 만든 에덴동산을 떠나버린다. 사랑하기 때문에 그녀를 막아서는 애덤에게 총질까지 가한 후에. 물론 그녀 안의 악마를 알 턱이 없는 애덤은 그녀의 갑작스런 돌변에 충격을 먹지만 그녀의 살인미수 혹은 중상해죄에 대해서는 경찰에게 언급하지 않은 채 끝까지 캐시를 감싸며 온갖 착한 척은 다하고 자빠진다.

이후 캐시는 케이트라는 또 다른 가명으로 다시 몸 파는 창녀로 전업한다. 전과 달리 이번에는 포주가 여성이었기 때문에 자신의 몸 대신 친밀감과 성실함으로 포주 페이의 영혼을 사로잡은 후 페이의 모든 재산을 캐시에게 넘긴다는 유서를 쓰게 한 뒤 그녀를 독살한다.

그로부터 대략 십여 년 후, 인간 정육점의 경영권을 승계한 캐시는 이후 상상의 가랑이를 활짝 벌리며 각종 변태적 서비스의 첨단을 달리는 창녀촌을 운영함으로써 일약 행동하는 음심계의 총아로 떠오른다. 그녀의 유명세는 급기야 전 남편인 애덤의 귀에도 들어가게 되어 그 둘은 캐시의 영업장에서 오랜만에 해후한다. 캐시는 애덤에게 쌍둥이가 사실은 동생 찰스의 아들들임을 폭로하며 끝까지 애덤의 염장에 도끼질을 해댄다. 그런 캐시의 모습을 지켜보던 애덤은 그제야 그녀에게 진정한 작별을 고하고 이제 소설은 트래스크가의 3대인 쌍둥이 아론과 칼의 얘기로 넘어간다.

　캐시의 사랑스런 외모와 애덤의 착한 성격을 물려받은 형 아론, 그리고 찰스의 외모와 캐시의 성격을 닮은 동생 칼은 마치 니체의 영원회귀를 실천하듯 형제끼리 아버지에 대한 사랑을 놓고 서로 경쟁하고 시기하는 등 이전에 아빠와 삼촌이 벌였던 것과 유사한 살풀이를 다시 한 번 시작한다.

　코끼리의 조상인 마스토돈이 얼음 속에서 썩지 않은 채 싱싱한 육질로 보관되었다더라는 기사를 접하고서 서부인 살리나스에서 동부의 뉴욕으로 아이스박스에 계절 채소를 운송해 파는 냉장식품사업을 시작하는 애덤. 당시로서는 나름 창의적 기획이기는 했지만 얼음으로 포장된 상추를 실은 여섯 량의 화물열차가 도중에 눈사태로 이틀이나 발이 묶이자 얼음은 모두 녹아버리고 상추 역시 죄다 썩어버려 막대한 돈을 날린다.

　이쯤에서, 애덤의 사업안이야말로 이동수단에 막대한 에너지를 들임으로써 온실가스를 과다 배출케 하고, 냉장식품의 보존을 위한 각종 화학물질을 필수적으로 사용할 수밖에 없는 '원거리 무역'을 기획함으로써 생태주의가 지향하는 '로컬푸드'에 정면으로 위배되는 반환경적 자본 논리의 전형을 시도한 것이라고 울부짖는다면 당신은 《에덴의 동쪽》에 대한 읽은 척과 지구를 사랑하는 생태주의자인 척의 두 마리 토끼를 잡을 수도 있다.

한참 연애질로 꽃을 피우던 아론은 아버지의 사업 실패에 충격을 먹지만 여자 친구인 에이브라와의 사랑으로 나름 극복해간다. 하지만 어떻게든 형의 애인인 에이브라를 꼬셔보려 했으나 맘처럼 되지 않은 채 자타공인 왕따가 되어 길거리를 배회하던 칼은 우연히 어떤 만취한 취객과 함께 생모인 캐시가 운영하는 사창가에 가서 근친상간적 아이쇼핑을 하게 된다. 즉 자기 엄마가 직접 연출·출연하는 일종의 스트립쇼를 감상하며 자신이 사랑하는 아버지를 평생 괴롭힌 게 바로 저 여자라는 증오심과 더불어, 자신의 머릿속을 온통 채우고 있는 각종 비열한 욕망이 바로 이 여인에게서 물려받은 것이라는 생각에 괴로워한다.

또한 매주 성당을 다니는 모범 청년이 되어 애인 에이브라에게 성욕조차 신앙으로 극복한 채 평생 독신의 신부로 살아갈 것임을 맹세하고는 스스로 자신의 머리를 쓰다듬고 뿌듯해하는 형 아론에게 엄마가 사실은 창녀라는 얘기를 하면 어떤 반응을 보일까를 생각하며 칼은 비릿한 미소를 짓는다.

이후 칼은 엄마의 모든 것을 알아야 자신의 엄마가 뭔가 나쁜 짓(자신이 사랑하는 아버지를 괴롭히는 따위의 일)을 벌이더라도 막을 수 있을 것이라는 생각에(별로 믿기지는 않지만) 매일 밤 엄마가 운영하는 사창가에 다니다가 급기야는 자기 엄마의 일상을 알기 위해 낮에도 엄마의 뒤를 밟는다. 그리고 마침내 칼과 캐시는 조우하게 되고, 16년 만에 만난 모자 사이라고는 믿겨지지 않는 비열함의 극단으로 대화가 이어지다가 칼의 마지막 한마디에 캐시는 그야말로 떡실신을 당한다.

"나는 당신을 미워하지 않아요. 하지만 당신이 두려워하는 걸 보니 기뻐요."

— 《에덴의 동쪽》, 존 스타인벡 저, 정회성 역, 민음사, 2권 377쪽

자신의 생모가 자신을 두려워하는 걸 보면서 뭔가 인생의 큰 통과의례 중 하나를 무사히 마친 것 같은 기분이 들던 칼은 내친 김에 돈을 벌어 사업 실패로 의기소침해진 아버지를 기쁘게 해주겠다고 결심하고는 동네 유명 업자인 윌을 만나 사업을 벌인다. 그 사업이란 바로 전쟁(제1차 세계대전) 통에 값이 뛸 콩을 미리 사재기하여 비싼 값에 되파는 것.

결국 5센트에 산 콩을 12달러 50센트에 되파는 초대박을 침으로써 형 아론이 오랜만에 학교에서 돌아오는 날 보란 듯이 1만 5000달러의 현찰을 애덤에게 건네며, 제가 뭐 꼭 칭찬받으려고 이런 건 아니지만 그래도 불과 17세의 막내아들이 이렇게 큰돈을 벌어왔으니 지긋한 눈빛으로 머리나 한 번 쓰다듬어주시든가 정도의 멘트를 마음속으로 준비했던 칼에게 돌아온 것은 오히려 아버지의 실망 어린 눈빛과 그 돈을 농부들에게 돌려주라는 추상같은 일갈이었다.

왜냐하면 당시 애덤은 징병위원회에서 전쟁터에 보낼 젊은이들의 입대 여부를 판단하는 적부심사를 하고 있었던지라 전쟁을 이용해 돈벌이를 했다는 칼의 행위는 그동안 자신 때문에 멀쩡한 청년들이 전쟁터에 보내져 싸늘한 시신이 되거나 아니면 불구가 되어 돌아오고 있다는 자책감의 불길에 가스통을 던져넣는 행위에 다름 아니

었기 때문이다.

"나는 젊은이들을 전쟁터로 보내고 있다. 내가 서명만 하면 곧장 떠나는 거야. 개중에는 죽는 사람도 있고, 팔다리를 잃고 의지할 곳 없이 되는 사람들도 있다. 상처 하나 없이 돌아오는 사람은 아무도 없어. 얘야, 그런데 어떻게 내가 그 참상을 이용해서 번 돈을 받을 수 있겠니?"

– 《에덴의 동쪽》, 존 스타인벡 저, 정회성 역, 민음사, 2권 527쪽

기대가 크면 실망도 커지는 법. 밀란 쿤데라의 《농담》에서 마치 자살을 위해 과다 복용했던 두통약이 사실은 설사약이었기 때문에 사랑했던 사람 앞에서 본의 아니게 희대의 관장 퍼레이드를 벌임으로써 애틋했던 사랑이 순식간에 포복절도의 슬랩스틱으로 변할 수밖에 없었던 헬레나가 느꼈을 자괴감에 빠진 칼은 이 모든 것이 아버지의 사랑을 독차지하고 있는 형 아론 때문에 벌어진 일이라 생각해 결국 《에덴의 동쪽》에서 설정한 최악의 금기라 할 수 있는 사고를 친다. 그것은 바로 순진한 아론을 엄마의 사창가에 데려가는 것.

자신의 진정성을 담보하고자 극단적인 경우에 사용하곤 하는 '엄창'이란 관용어가 자신에게는 생활기록부 부모님 직업란에 공식적으로 기입해야 할 사실이란 걸 확인한 아론은 그 충격으로 17세라 아직 입대할 필요가 없음에도 불구하고 나이까지 속인 채 자진 입대를 해 떠나버린다.

한편 자신의 어린 시절과 꼭 닮은 외모의 아론이 자신을 보고 절망하는 모습을 보게 된 캐시 역시 자신의 전 재산을 아론에게 남긴다는 유서와 함께 약을 먹고 자살한다. 이전에 칼과 조우했을 때 캐시는 아론의 소식을 듣게 되어 가끔씩 성당에 찾아가 자신과는 달리 지고지순한 모습을 하고 있는 큰아들을 보며 묘한 감정에 휩싸인 바 있다. 참고로 《에덴의 동쪽》에서 캐시의 인생에 가장 지대한 영향을 끼친 책으로 소개되는 작품은 루이스 캐럴의 《이상한 나라의 앨리스》다. 고로 《에덴의 동쪽》을 읽은 척하고 싶어 환장할 지경임에도 불구하고 달리 자연스러운 기회가 포착되지 않을 경우, 초딩쯤의 조카를 물색하여 느닷없이 《이상한 나라의 앨리스》를 들고 있어보라고 쥐어줬다가 적정 수의 관객이 모이면 냅다 조카의 책을 뺏으며 '아니 네가 대체 이담에 커서 뭐가 되려고 이딴 책을 보는 거냐'며 비통한 얼굴로 장탄식을 연발하는 것도 나름 읽은 척 호구지책이라 할 것이다.

죄책감에 괴로워하던 칼은 중국인 집사 리와 형의 여자 친구였던 에이브라의 도움으로 차츰 정상적인 생활로 돌아오려고 하던 중, 마침내 국방부에서 한 통의 편지를 받게 되는데 다름 아닌 형 아론의 전사통지서다. 결국 애덤은 뇌졸중으로 쓰러지고, 통한의 눈물을 흘리며 모든 게 자신 때문에 벌어진 일이라는 걸 고백하는 칼에게 마지막 한마디를 남기고는 숨을 거둔다.

"팀셸……."

어떤 질문에도 당황하지 않는
읽은 척 꼼꼼 스킬

두꺼워도 너무 두껍다

존 스타인벡의 《에덴의 동쪽》은 필자가 꼽는 가장 좋아하는 작품 중 하나이다. 하지만 읽은 척 매뉴얼을 작성함에 있어서는 가장 꼽기 싫었던 작품이기도 하다. 그 이유는 간단하다.

위 사진으로 거의 모든 것이 설명되겠지만, 그래도 굳이 말을 보태자면 이 책은 두꺼워도 너무 두껍다. 장시간 베개로 사용했다가는 목에 무리가 가

"오 하느님! 진정 이 책을 제가 읽었습니까?" 오른쪽 책은 284쪽 분량의 《위대한 개츠비》, 왼쪽 책은 1200쪽에 달하는 《에덴의 동쪽》

디스크를 유발하거나 잠버릇이 험할 경우 낙상사고로 인한 뇌진탕의 위험성까지 우려되는 두께라 할 것이며, 만약 당신이 여성일 경우 가방에 이 책을 넣고 다니는 것은 지적 취향을 과시하는 아이템이기보다는 유사시 집어들 치한 퇴치용 흉기로 해석될 수도 있을 것이다.

그만큼 이 책은 영화 〈고질라〉의 카피인 'Size does matter'라는 말이 딱 들어맞는 전형적인 책이라 하겠으니 바로 여기에 이 책에 대한 가장 기본적인 읽은 척 스킬이 존재한다 하겠다.

마치 군대 있을 때 먹다 질려 이제는 쳐다보기만 해도 위액이 용

솟음칠 것만 같은 초코파이를 대하는 심정으로, 혹은 과거 한강 고
수부지에서 17대 1로 맞짱을 뜨다가 죽다 살아난 적이 있기라도 한
것처럼, 무려 1200쪽에 달하는 이 책에 대한 얘기가 나오는 순간 방
금 먹었던 점심을 쪼끔은 게워내는 진저리 퍼포먼스를 펼치거나, 책
과 씨름을 하다가 진짜로 다리가 부러져 병원에 입원한 바가 있었음
을 호소하는 것이 이 책에 대한 첫 번째 읽은 척 권장사항이라 할 수
있다.

팀셀 기억하기

쌍둥이 아빠인 애덤이 큰아들 아론의 전사 소식을 듣고 뇌졸중
으로 쓰러져 사경을 헤맬 때, 집사이자 애덤의 친구인 리는 애덤에
게 둘째 아들 칼이 남은 생을 죄의식의 감옥에 갇혀 살지 않도록 일
종의 용서와 화해의 제스처로서 죽기 전에 칼의 이름을 불러줄 것을
눈물로 호소한다. 그러자 애덤은 사력을 다해 마지막 한마디를 내뱉
지만 그것은 칼의 이름이 아니라 마치 평소 다니던 단란주점의 업소
명이 연상되는 '팀셀(timshel)'이란 단어다.

애덤은 지친 눈으로 칼을 바라보았다. 그의 입술이 조금 벌어지는가
싶더니 이내 다물어졌다가 다시 움직이려고 했다. 곧이어 그의 가슴이
불룩하게 부풀어 올랐다. 그의 입에서 거친 숨이 뿜어져 나왔다. 입술
사이로 한숨소리도 새어 나왔다. 한숨에 섞여 나온 속삭임이 허공에
매달려 있는 것 같았다.

"팀셸……."

이윽고 눈이 감기면서 그는 영원히 잠들었다.

– 《에덴의 동쪽》, 존 스타인백 저, 정회성 역, 민음사, 2권 645쪽

고로 애덤의 유언이자, 《에덴의 동쪽》의 대미를 장식하는 '팀셸'
이란 단어는 이 책을 읽은 척함에 있어 가장 중요한 핵심 단어라 할
수 있다.

무슨 박사 학위를 소지하고 있는 것은 아니지만 나름 동양과 서
양의 다른 듯 닮은 인간관을 설파하는 인물로 설정되었다 할 수 있
는 리와 새뮤얼은 어느 날 별 생각 없이 사는 인간의 전형이라 할 수
있는 애덤을 앞혀놓고 《창세기》 4장 16절 중 여호와가 카인에게 말
하는 대목의 오역에 대해 논한다.

《흠정역 성서(the Authorized Version)》에서는 "너는 죄를 다스릴
것이다"라며 뭔가 희망적인 뉘앙스의 암시를 했다면, 《미국 표준역
성서(American Standard Version)》에서는 "너는 죄를 다스려라"라며 다
소 강압적인 명령조로 표현하고 있다는 내용이다.

과연 이 번역의 차이가 어디에서 기인한 것인가를 조사해봤더
니 이는 히브리어 '팀셸'을 두 버전의 성경이 모두 오역한 것으로 밝
혀졌다. 즉 팀셸은 'Thou mayest(너는 할 수도 있을 것이다)'라는 의미
로, 결국 여호와는 카인에게 '너는 죄를 다스릴 것이다'라고 어른 것
도 아니고, '너는 죄를 다스려라' 하고 주문한 것도 아니다. 그저 너
의 노력 여하에 따라 '너는 죄를 다스릴 수도 있을 것이고 아닐 수도

있을 것이다'라고 말씀하셨다는 얘기다.

다시 말해 엄마의 비밀을 폭로함으로써 친형을 군대에서 죽게 만들고, 그 충격으로 아버지까지 뇌졸중으로 쓰러뜨린, 누가 보면 마치 거액의 유산을 노리고 완전 범죄를 일으킨 것만 같은 후레자식 칼의 죄업은 시간이 지난다고 저절로 극복되는 것도 아니고, 또 누가 용서해준다고 대뜸 순결한 영혼으로 부활하는 것도 아니라 오직 스스로의 참회와 성찰로 극복할 수도 있고 못할 수도 있다는 것이 애덤이 죽기 전 칼에게 남긴 유언의 의미라 할 수 있다. 물론 이는 리가 몇십 년간의 연구와 고민 끝에 했던 얘기를 애덤이 냉큼 차용한 일종의 표절 유언이라 할 수 있겠지만 말이다.

결국 신은 인간에게 그 어떤 것도 강요하지 않으며 그 어떤 것도 약속하지 않은 채 다만 '자유의지'를 부여함으로써 '네가 네 인생 볶아먹든 말아먹든 그건 네 소관이다'라는 것이 이 작품을 관통하는 핵심 주제라 말할 수 있다.

"교과서나 교회에서 '너는 다스려라.'라는 말에서 명령조를 느끼고, 그 말에 복종하는 사람이 수백만 명이나 됩니다. 그리고 '너는 다스릴 것이다.'라는 글 속에서 신의 예정설을 느끼는 사람들이 또 수백만 명 있습니다. 인간이 어떤 행동을 한다고 해도 미래를 좌지우지할 순 없다는 뜻이지요. 하지만 '너는 다스릴 수도 있을 것이다.' 하는 말은 다릅니다! 이 말은 인간을 위대하게 만들고, 인간을 신들과 동등한 자리에 올려놓습니다. 인간은 자신의 약한 행동이나 추잡한 행위 혹은 형제를 살상하는 잔인한 일에 있어서 중대한 선택권을 지니고 있기 때문이죠. 인간은 자신의 길을 선택해 어떤 난관에도 굴하지 않고, 끝까지 그 길을 걸어가 목표를 성취할 수 있습니다."

– 《에덴의 동쪽》, 존 스타인벡 저, 정회성 역, 민음사, 2권 65~66쪽

고로 이 책은 작가가 '팀셀' 이 한마디를 하기 위해서 그토록 많은 등장인물과, 끝 간 데를 알 길 없는 각종 패륜과, 손의 지문이 지워지게 만들 정도의 방대한 지면을 동원한 셈이라며, 이쯤에서 서정주의 〈국화 옆에서〉를 작가에게 헌시하는 것도 권장할 만한 읽은 척이라 할 것이다.

《에덴의 동쪽》과 성경

전술한 '팀셀'도 그렇고, '에덴'이 들어가는 제목에서도 충분히 직감할 수 있듯 이 작품은 성경과 밀접한 관련을 맺고 있다. 성경 중에서도 《창세기》, 그중에서도 4장의 '카인과 아벨'의 얘기를 주된 모티브로 삼고 있다. 즉 카인으로 상징되는 '악'의 기운을 가진 이들(찰스, 캐시)과 아벨로 대표되는 '선'의 기운을 가진 이들(애덤, 아론)이 서로 부대끼며 살아가는 모습을 담은 작품이라 할 수 있다. 참고로 작가는 찰스와 캐시의 마빡에 굳이 공통적인 흉터까지 만듦으로써 카인의 이마에 있었다는 표식까지 작품에 구현하는 '혹시 누가 못 알아먹으면 어떡하지' 식의 집요함을 보인다.

여기서 주의해야 할 것은 그렇다고 이 작품이 아벨은 '좋은 놈',

카인은 '나쁜 놈'으로 이분함으로써 독자들에게 착한 아벨처럼 살아야 함을 강변한다는 식으로 섣부른 읽은 척을 자행했다가는 이미 《에덴의 동쪽》을 읽은 적들에게 단번에 '이상한 놈' 취급을 받을 수 있다는 사실이다.

단언컨대 소위 고전명작이라고 추앙받는 작품 가운데 선과 악을 가르마 가르듯 갈라놓고 일종의 운동회 청백전을 벌이다가 결국 선이 승리한다는 식의 수족 오글증을 유발하는 작품은 없다. 선과 악을 무슨 물과 기름처럼 뒤섞일 수 없는 대립항으로 이해하는 읽은 척은 어린이용 동화책이나 국정 교과서에서만 유용할 뿐이라 하겠다.

이 작품에서 애덤은 마치 국회의원 평생연금과도 같은 막대한 사랑을 캐시에게 지불하지만 캐시는 이를 거부하고 떠나버린다. 왜? 캐시가 악마라서? 그건 아니다. 자신의 삶을 구속하거나 재단하려는 것에 대한 반발이기도 했지만, 무엇보다 결정적인 이유는 사람을 믿지 못했기 때문이다. 사람을 믿지 못하는 이유는 어찌 보면 단순하다. 사람의 마음이 무슨 계약서나 법전처럼 그 내용이 성문화되어 있는 게 아니므로 정확히 인지할 수도 없고, 또 언제 변할지 모르니까. 또한 상대가 설령 정교한 언어로 자신의 마음을 매우 명확히 내보인다 하더라도 말 중에는 참말만 있는 것이 아니라 거짓말도 있으니까.

고로 이 책에서 표출된 캐시의 악마성은 스스로 악마이거나 아니면 악마적 행위에 페티시를 갖고 있는 변태적 취향에서 기인한다기보다는 타인의 마음을 '알 수 없음'으로 인한 불신에서 비롯되었다고 볼 수도 있다.

찰스의 악마성 역시 마찬가지다. 작품 초반에서 그의 형 애덤을 죽이기 직전까지 치달았던 그의 악마적 폭력도 얼핏 보면 매우 선한 마음이라 할 수도 있는 '아버지에 대한 사랑'에서 출발한다. 또한 찰스 역시 아버지의 마음(자신과 비슷한 성향의 찰스에 대한 나름의 신뢰에서 비롯된 무심함을 보인 아버지)과 형의 생각(아버지에게 전혀 사랑받고 싶지 않았던 애덤)을 제품 설명서 읽듯 들여다볼 수 있었다면, 혹은 아버지에게 사랑받을 수 있는 다른 방법을 강구할 만한 지혜가 있었다면 찰스의 악마성 또한 발현되지 않았을 수도 있을 것이다.

이처럼 매우 선해 보이는 '사랑'도 때로는 '집착'을 낳고 그 집착은 다시 매우 악해 보이는 '폭력'을 발생시키기도 한다. 이처럼 선과 악은 그 결말을 예측하기 힘든 연쇄작용을 일으키는 법이어서 쉽게 구분하기도 힘들고, 또 누군가의 선이 다른 누군가에게는 악이 되는 상대적 결과도 흔히 발생한다.

고로 이쯤에서 카뮈의 저서 《페스트》에 나오는 한마디를 인용한다면 이 책에 대한 읽은 척 뿐만 아니라 《페스트》까지 덤으로 읽은 척할 수 있음과 동시에 평소 선과 악의 문제에 대하여 연말정산용 영수증 챙기기만큼이나 고심한 것 같은 지식인적 포스까지 획득할 수 있을 것이다.

세계의 악은 거의가 무지에서 오는 것이며, 또 선의도 총명한 지혜 없이는 악의와 마찬가지로 많은 피해를 입히는 수가 있는 법이다.

– 《페스트》, 카뮈 저, 김화영 역, 책세상, 182쪽

또한 이 작품을 읽은 척하며 연쇄적 읽은 척을 도모할 수 있는 유용한 작품으로 헤르만 헤세의 《데미안》을 빼놓을 수 없다. '카인과 아벨'이 일정 부분 모티브로 작용되었다는 유사성뿐만 아니라 카인을 영원불변의 죄인으로 규정하지 않는다는 점, 그 밖에 선과 악이 동시에 결합된 신성 압락사스에 대한 호의적 측면이 그러하다.

카인에 관한 이야기를 완전히 다르게 이해할 수도 있어. 우리가 배우는 대부분의 것들은 분명 완전히 진실이고 올바른 것이지만, 그것들 모두를 선생님들이 보시는 것과는 다르게 볼 수도 있어. 그러면 대체로 훨씬 나은 뜻을 갖게 되지. 예를 들면 카인이나 그의 이마에 찍힌 표식에, 우리가 설명 들은 대로 만족할 수는 없잖니. 너도 그런 것 같지 않니? 어떤 사람이 싸우다가 자기 형제를 때려죽이는 일은 분명 일어날 수 있어. 그리고 그 사람이 나중에는 더럭 겁이 나 굴복하게 된다는 것도 있을 수 있는 일이야. 그러나 그의 비겁함에 대하여 일부러 훈장을 주어 표창하였는데 그 훈장이 그를 보호하고, 다른 모든 사람들에게 겁을 준다니, 그거 정말 이상하잖니.

– 《데미안》, 헤르만 헤세 저, 전영애 역, 민음사, 39~40쪽

위 구절은 데미안이 싱클레어를 처음 만났을 때 해준 이야기 중

일부이다. 즉 데미안은 성경에 나오는 카인이 교회에서 배워온 대로 나쁜 놈이 아니라 어쩌면 스스로 금기를 깰 겁 없는 자였을 수도 있다는 것, 반대로 아벨은 카인보다 열등했던 겁쟁이였을 수도 있다는 가능성에 대해 얘기한다. 이는 《에덴의 동쪽》이 카인의 후예들과 아벨의 후예들을 나누어서 이야기를 구성하다가 마지막 칼에 이르러서는 팀셸에 따라 인간 스스로 카인이 될 수도 있고, 아벨도 될 수 있으며, 때로는 신 그 자체가 될 수도 있다는 세계관과 유사한 접점이라 할 것이다.

물론 또 여기서 도스토옙스키의 《죄와 벌》을 충분히 읽은 척할 수 있는 독자라면 카인과 아벨을 재해석한 데미안의 가치관이 《죄와 벌》의 주인공 라스콜니코프가 세상 사람들을 범인과 비범인 두 부류로 나눠 범인은 현존하는 질서에 복종하는 수동적 인간, 반면에 비범인은 법과 도덕을 초월함으로써 살인까지도 저지를 수 있는 인간으로 인식한 것과 매우 흡사하다는 점도 발견할 수 있을 것이다. 그러므로 《데미안》과 《죄와 벌》 두 작품에 대한 양수겸장, 점입가경의 읽은 척으로 상대의 정신줄을 빼놓는 것 역시 《에덴의 동쪽》을 읽은 척하는 데 있어 매우 효과적인 비기라 할 것이다.

덧붙여 이 작품의 제목이 왜 에덴의 서쪽이나 아래쪽이 아니라 하필 동쪽인지를 묻는 상대가 있을 수도 있겠다. 이 역시 성경에 나오는 구절이다. 카인이 아벨을 죽인 후 쫓겨난 곳이 바로 에덴의 동쪽인 '놋'이란 곳이기 때문이다.

영화 〈에덴의 동쪽〉 vs 소설 《에덴의 동쪽》

《에덴의 동쪽》은 소설뿐만 아니라 제임스 딘이 주연한 영화로도 유명하다. 고로 영화를 봤기 때문에 손쉽게 이 작품을 읽은 척할수 있을 것만 같은 기대가 들 수도 있겠으나 이는 마치 모텔 피렌체에 투숙해봤기 때문에 이탈리아 피렌체 여행 경험이 있는 것과 다를바 없다고 생각하는 것만큼이나 위험한 발상이라 하겠다.

먼저 영화 〈에덴의 동쪽〉은 소설 《에덴의 동쪽》의 전체 4부 중 1, 2, 3부를 제외한 4부의 스토리만을 영화화했다. 애덤과 찰스의 성장기랄지, 캐시의 육두활극이랄지, 애덤과 캐시의 연애 잔혹사 등은 모두 생략한 채 애덤이 원거리 냉장식품 사업을 벌였다가 말아먹는 지점에서 영화는 시작된다.

물론 앞서 살펴본 바와 같이 이 책을 영화 한 편으로 완벽하게 구현했다가는 영사기 과열로 인한 화재 사고가 발생하거나 관객들의 과로사가 유발될 수도 있었을 것이므로 감독의 어쩔 수 없는 선택으로 이해해야 할 것이다.

줄어든 분량에서뿐만 아니라 내용 면에서도 몇몇 차이가 있다.

먼저, 책에서는 기상천외한 육즙 서커스를 벌이며 자칫 지루해질 수도 있는 책읽기를 단박에 진리를 갈구하는 구도자의 자세로 정독하게 만들었던 등장인물 캐시가 영화에서는 고작 술집 마담으로 직종 변경을 함으로써 관객에게 대실망을 선사한다.

꼭, 뭔가 헐벗은 비주얼이 없었기 때문에 실망이라는 것은 아니다. 전술한 바와 같이 캐시가 창녀라고 하는 설정은 큰아들 아론에

영화 속 캐시의 사업장. 그냥 술과 도박을 하는 곳 정도로 연출되었다.

게 정신적 충격을 주며 스스로 전쟁터에 나가 목숨을 잃는 결정적 계기이므로 엄마의 직업이 술집 주인 정도로 순화되어 각색된 것은 소설 《에덴의 동쪽》이 주는 개연성을 크게 훼손한다. 그래서 영화 속 아론은 책에서 묘사된 누구에게나 사랑받는 매력남으로서의 아론스럽지 않고 엄마가 술장사를 한다는 사실에 목숨까지 버리는 그냥 찐따 같은 인물이 되어버리고 만다.

또한 영화의 마지막 대사 역시 그렇다. 네가 네 죄를 스스로 극복하든가 말든가의 의미를 담고 있는 애덤의 '팀셸' 유언은 영화에서 구현되지 않는다. 어찌 보면 당연한 것이라 하겠다. 조금은 신경질적이고 무능해 보이는 영화 속 애덤이 난데없이 팀셸을 외칠 경우 원작을 읽지 않은 관객은 그 의미를 알 수 없음에 환불 폭동을 일으킬 소지가 다분히 있을 것이기 때문이다.

그래서 영화 속 애덤은 아론의 전사 소식을 접하고는 병상에 누

헉. 우리 엄마가…… 술집 사장! 콱 죽어버리겠어!!!

워 칼에게 이렇게 얘기하며 대미를 장식한다.

"간호사 대신 칼이 간호해주렴."

죄책감으로 가출을 하려는 칼에게 일종의 화해 국면으로 반전시키기 위해 위와 같은 대사를 날림으로써, 인간의 선과 악에 대한 심오한 통찰을 담았던 노벨문학상 수상 작품이 순식간에 가족용 홈드라마로 전락하는 광경이라 아니 할 수 없다. 게다가 그 간호사는 매우 예쁘기까지 했는데!

그 밖에 영화 〈에덴의 동쪽〉을 연출한 엘리아 카잔은 미국에 매카시즘이 창궐하던 시기, 자신의 동료들의 명단을 공개한 바 있는 일종의 변절 공산당원이다. 고로 그가 《에덴의 동쪽》을 영화화한 배경에는 이 작품의 주제와 같이 불완전했던 시기의 인간이 저지른 죄

에덴의 동쪽

를 스스로 극복할 수도 있을 것이라는 어떤 죄의식의 자위가 작용했을 것이라며 한마디를 던진다면, 원작 읽은 척과 영화 감상한 척, 감독 좀 아는 척의 삼위일체가 완성될 수 있다 할 것이다.

원래는 존 스타인벡의 《분노의 포도》를 다루려 했지만 필자가 결국 《분노의 포도》보다 분량이 1.5배 많은 《에덴의 동쪽》을 굳이 선택한 이유는 바로 이 구절 때문이다.

어린아이는 사랑받지 못하는 걸 가장 무서워하고 거부당하는 걸 극도로 두려워합니다. 정도의 차이는 있겠지만 누구나 거부를 당한 경험이 있을 겁니다. 거부를 당하면 그 순간 화가 치밀어 오릅니다. 그리고 화가 나면 자신을 거부한 사람에 대한 복수심으로 죄를 저지르게 되지요. 죄를 지으면 죄인이 되는 겁니다. 이것이 인류의 이야기입니다. 만일 거부당하는 일이 전혀 없다면, 인간이 지금처럼 되지는 않았을 겁니다. 더구나 미치광이들도 더 적었을 겁니다. 분명 감옥도 많지 않았을 거구요. 결국 모든 원인은 시초에 있습니다. 시작부터가 문제였어요. 사랑을 갈망하는데, 거절을 당하면 어린이는 고양이를 발길로 차 놓고, 자신의 은밀한 죄를 감추지요. 어떤 아이는 돈으로 사랑을 얻기 위해 도둑질을 합니다. 어떤 아이는 커서 세계를 정복합니다. 그러면서 항상 죄의식과 복수심에 시달리다 더 큰 죄책감을 느끼지요. 인간은 유일하게 죄를 짓는 동물입니다. 아직 안 끝났습니다! 제 생각에 이 무시무시한 옛이야기는 그것이 영혼의 전형, 그러니까 비밀스럽고 사랑을 받지 못한, 죄 많은 영혼에 관한 이야기이기 때문에 중요합니다.

– 《에덴의 동쪽》, 존 스타인벡 저, 정회성 역, 민음사, 1권 500~501쪽

그렇다. 필자 역시 독자 제위께서 다른 누군가에게 더 많은 사
랑을 받는 데 보탬이 되고자 이 책을 선정한 것이라 하겠다.

이반 데니소비치의 하루

Odin Den' Ivana Denisovicha

알렉산드르 솔제니친

솔제니친(1918~2008)은 러시아의 작가로, 1970년에 노벨문학상을 수상했다. 수상 당시 스웨덴 한림원은 "러시아 문학의 전통을 추구하면서 도덕과 정의의 힘을 갖춘 작가"라고 밝혔다. 주요 작품으로 《이반 데니소비치의 하루》, 《암병동》, 《제1원》, 《수용소 군도》 등이 있다.

등장인물

이반 데니소비치 슈호프 얼떨결에 간첩으로 몰려 중노동 수용소에서 8년째 복역 중인 주인공. 이제는 수용소 생활이 체질의 경지가 되어버린 중고참 복역수로서, 군으로 따진다면 상병 말호봉 정도 수준의 짬밥을 자신 분이라 하겠다.

추린 주인공이 속해 있는 104반의 반장. 무뚝뚝하지만 오랜 수용소 생활의 경험을 통해 자신이 맡고 있는 반을 효율적으로 통제하는 인물이다.

페추코프 남이 피다 버린 꽁초와 먹다 남긴 식기를 노리는 수용소의 하이에나. 군에서는 보통 이런 이들을 고문관이라 부른다.

부이노프스키 전직 해군 중령이었으나 영국 제독에게 선물을 받아 간첩으로 몰린 인물. 비록 전에는 함장이었으나 지금은 수용소에 수감된 지 석 달밖에 되지 않은 신참이다.

체자리 전직 영화감독. 같은 죄수라도 집이 부유한 까닭에 특별대우를 받는 인물이다.

알료쉬카 침례교 교인. 수용소 생활을 신앙의 힘으로 극복하고 있는 선한 인물. 참고로 도스토옙스키의 《카라마조프의 형제들》에서 다른 형들과 달리 신을 섬기는 착한 막내 동생의 이름도 알료쉬카다.

고프치크 나이 열여섯에 불과하지만 누구에게나 응석을 떨면서도 챙길 것은 또 잘 챙기는 똑똑한 소년. 주인공은 그를 두고 나중에 수용소의 거물이 될 인물이라 평한다.

도스토옙스키나 톨스토이, 그리고 솔제니친 등 러시아 문학 대가들의 작품을 읽은 척하는 데 있어 첫 번째로 맞닥뜨리는 어려움은 바로 등장인물들의 난해한 이름이라고 전술한 바 있다.

'이반 데니소비치의 하루'라는 제목 탓에 극중 주인공은 당연히 이반 혹은 이반 데니소비치로 불릴 것 같으나 사실 이 책의 주인공은 작품 전체에서 거의 '슈호프'라고 불린다. 고로 러시아 문학에 익숙하지 않은 독자라면 "아니, 대체 이반 데니소비치는 언제 나오는 거야?"라는 단말마의 비명과 함께 책 읽기를 포기할 수도 있을 법하다. 하지만 이는 마치 자장면을 시켰는데 왜 짱깨를 갖다주냐며 분통을 터뜨리는 형국과 유사하다 하겠다.

이번 기회에 러시아 문학의 등장인물들은 왜 이름들이 무슨 백악기의 공룡 이름들만큼이나 어려운가에 대해 집고 넘어가자. 이 책의 주인공의 공식 이름은 다음과 같다.

'이반 데니소비치 슈호프'

러시아인의 이름은 '이름＋부칭＋성(姓)' 세 가지로 구성된다. 고로 〈영자의 전성시대〉가 그러하듯 이 책의 제목은 주인공의 성인 슈호프를 생략한 채 '이반 데니소비치'라고만 표기한 것이고, 작품 내에서는 영자가 보통 '미스 리'라 불리듯 슈호프라는 명칭으로 주로 불리는 것이다. 물론 러시아인의 이름이 이 정도의 난이도에서 그친다면 이름 때문에 러시아 문학을 읽어내기 힘들었다는 말은 비겁한 변명에 불과해 보일 것이다.

하지만 여기서 그치는 것이 아니다. 이반을 난데없이 '바냐'라 부르기도 하고, 알렉세이를 '로차', 표도르를 '페차'라 부르질 않나, 또 남자한테는 이반이라 했다가 여자한테는 이바노브나라고 하는 등 각 이름에 대한 애칭 및 남녀에 따라 달라지는 부칭까지 뒤섞이는 경우, 그야말로 등장인물 서너 명이 나와서 그저 통성명만 했을 뿐인데 마치 손오공이 분신술을 펼치듯, 그 서너 명이 갑자기 십수 명으로 늘어나는 기적을 목도하게 된다.

　　고로 만약 러시아 문학에 조예가 깊은 적을 만나 읽은 척이 쉽사리 먹힐 것 같지 않은 예감이 들 경우에는 그냥 등장인물들의 난해한 이름에 대한 난독증을 호소함으로써, 설령 끝까지 읽지는 못했어도 나름 간을 보기 위해 노력은 한 것 같은 정도의 선량한 인상을 심어주는 것이 비록 미완의 읽은 척이기는 하지만 상책이라 할 수 있다.

　　지난 2008년 8월 3일, 노벨문학상 수상자이자 '러시아의 양심'으로 지칭되던 알렉산드르 솔제니친이 심장마비로 사망했다는 소식을 뉴스로 접했을 때, 필자는 묘한 슬픔에 휩싸인 바 있다.

　　《이반 데니소비치의 하루》를 비롯하여《암병동》,《수용소 군도》등을 써낸 가히 '빵끼통 문학'의 대가가 죽었으니 이제 어디 가서 그런 작품을 볼 수 있을 것인가에 대한 안타까움 때문이랄지, 반평생을 감옥 생활 아니면 망명 생활로 기구한 삶을 보냈던 고인에 대한 순수한 동정심 차원에서랄지, 그도 아니면 인간은 누구든 설령 노벨 할애비상을 받은 사람이라 할지라도 언젠가는 모두 죽는다는 존재론적 무력감을 새삼 확인했기 때문에 슬픔을 느꼈다는 의미는 아니다.

필자가 느꼈던 묘한 슬픔이란 것은 마치 때로는 죽이고 싶을 정도로 밉기도 했고, 때로는 이 인간 없이 어떻게 군 생활을 할 것인가 걱정이 될 정도로 의지가 되기도 했던 군대 고참이 어느 날 죽었다는 얘기를 제대 후 십 년 만에 전해 들었을 때 느낄 수 있는 딱 그만큼의 묘한 감정이었다.

그만큼 솔제니친의 《이반 데니소비치의 하루》는 초코파이 한 덩이에 영혼이라도 팔 수 있을 것만 같았던 힘들었던 군 생활의 추억을 생생히 되살려주는 작품이라 할 수 있다.

고로 이 책의 읽은 척에는 군필자라면 누구나 갖고 있을 군대에 대한 아련한 회한, 미필자라면 술자리에서 지겹게 들었을 그 믿지 못할 궁상활극에 대한 영화배우적 감정이입이 무엇보다 유용한 스킬이 될 수 있을 것이다.

교양이 바닥 난 당신을 위한
읽은 척 뻔뻔 스킬

읽은 척을 위해 이 책의 줄거리를 학습하는 것은 무의미한 일이다. 군대에서의 하루 일과표를 빠삭하게 알고 있다고 해서 군 생활이 얼마나 고된가를 짐작할 수는 없듯, 수용소에서의 하루로 구성된 이 책의 사건, 사고를 외우고 있다고 해서 《이반 데니소비치의 하루》

의 그 '궁극의 궁상이 주는 감동'을 느낀 척할 수는 없을 것이기 때문이다.

그래도 굳이 요약을 해보자면 대략 다음과 같다.

'오늘은 정말 행복한 하루였다. 영창에 갈 뻔했는데 운 좋게 그냥 넘어갔고, 점심과 저녁 끼니를 연거푸 2인분이나 챙겨 먹는 호사를 누렸고, 수용소 반입 금지품목인 줄칼(걸렸다가는 독방에 갇혀 얼어 죽게 만들 수도 있는 물건)을 별 생각 없이 주머니에 넣은 채 소지품 검사를 받았는데 그마저도 간수에게 걸리지 않고 들여올 수 있었으며, 밤에는 글쎄 심부름 한 번 잘한 값으로 재벌 수감자인 체자리에게 무려 소시지도 한 덩이 얻어먹을 수 있었으니 말이다. 오늘은 정말 역사에 길기길이 기억될 내 인생 최고의 날이었다.'

아마도 아인슈타인의 상대성 이론이 문학으로 구현된 가장 대표적인 사례라 말할 수도 있을 것이다. 아무 죄도 없이 수용소에 갇혀 하루 일과 모두가 삶과 죽음의 갈림길인 삶을 사는 사람이 아니고서는 도저히 짐작도 못할 삶의 행복을 노래하는 작품이기 때문이다.

고로 이 작품을 읽은 척하는 데 있어서는 군대를 다녀온 경험을 떠올려보거나 하다 못해 1박 2일쯤의 극기 훈련 경험이라도 회상해보는 것이 유용하다 하겠다. 이를테면 이런 식으로 말이다.

**

이반 데니소비치 얘기가 나와서 말인데 내가 군대 있을 때 얘기한 자락 해줄게.

먼저, 의정부 306보충대에 있을 때였어. 보충대라는 곳은 아직 자대 배치를 받기 전인 신병들을 이삼 일 정도 관리하면서 군복 등의 보급품을 지급하는 곳이지. 사실 거기 있는 군인 아저씨들은 며칠 볼 사람들도 아니기 때문에 정확한 의미에서는 고참이라고 볼 수도 없는 사람들이야. 하지만 어리버리 신병들이 뭘 알겠어. 잔뜩 긴장해서 죽으라면 죽는 시늉도 할 판이었지.

어느 날 상병 계급을 단 군인이 뭔가 조사할 게 있다며 솔직하게 대답하라고 했어. 수학을 전공한 사람은 손을 들어보라는 거야. 몇 사람 손을 들더라고. 그때 나를 비롯해 수학 전공과 무관한 사람들은 왠지 손해를 보는 기분이 들었어. 왜냐하면 수학을 전공했기 때문에 뭔가 편한 보직을 받는 게 아닐까 싶었거든. 결국 여러 사람의 수학 전공자 중 명문대 수학과를 다녔던 한 친구가 뽑혔어. 부러웠지. 근데 그 친구가 뭘 했는지 알아? 신병들에게 군복을 나눠줘야 하니까 머릿수가 몇이나 되는지 세어보라는 거였어. 또 어느 날은 미대 출신인 사람은 손을 들어보라고 하더군. 그들 중 사립 명문대에서 서양화를 전공했던 한 친구가 뽑혔는데 그 친구에게는 주전자를 주며 족구장을 멋지게 그려보라고 하더군. 군대란 게 그런 곳이야.

마치 《이반 데니소비치의 하루》에서 해군함장, 영화감독 등 과거 화려했던 경력의 소유자들도 수용소에 와서는 고작 벽돌이나 나르고, 장부나 정리하는 게 목숨을 걸고 완수해야 할 임무가 되었던 것처럼 말이야.

군대 얘기 하나 더 해줄게.

그날은 부대 거점의 진지 공사를 나가는 날이었어. 마침 소대장 없이 병사들끼리만 이동 중이었는데, 내 바로 위 고참이 갑자기 멈춰서더니 눈을 번뜩이는 거야. 그 고참의 시선이 멈춘 곳은 한 민가의 문 앞에 묶여 있는 커다란 똥개였어. 불길한 예감을 가질 필요는 없어. 아무리 배가 고팠어도 민가의 개를 잡아먹는다거나 하는 일은 없었으니까 말이야.

고참의 눈이 멈춘 곳은 정확히 말해서 그 똥개의 밥그릇인 큼지막한 양철 세숫대야였어. 왜냐하면 말이지. 군인들이 밖으로 진지공사를 나갈 때면 가끔씩 몰래 라면을 끓여 먹기도 하거든. 왜 라면 따위를 몰래 먹어야만 했는가를 물어보지는 말아줘. 그건 가난한 사람에게 밥이 없으면 라면을 먹으면 될 거 아니냐며 따지는 것과 같은 얘기거든.

아무튼 소대원끼리 몰래 라면을 끓여 먹을 때 가장 필요한 게 바로 많은 양의 라면을 끓여낼 수 있는 솥이야. 반합으로는 기껏해야 몇 개 끓이지를 못하기 때문이지. 근데 이 빌어먹을 고참의 눈에는 그 큼지막한 양철 개밥그릇이 충분히 인간의 솥을 대신할 수 있는 뭔가로 보였다는 거야. 뭐 어찌 보면 인간의 품위를 초월한 참신한 발상이라고도 할 수 있겠지.

결국 한 사람이 개의 머리를 쓰다듬으며 마치 인간과 개의 우정을 확인하는 것 같은 시늉을 하는 동안, 그 고참은 개밥그릇을 발로 탁 차내더니 냅다 들고 튀어버렸어. 그러고는 대충 물과 흙으로 닦아낸 후 맛있게 라면을 끓여 먹었지. 정말 맛이 있기는 했어. 물론 그 말 못하는 개의 입장에서는 이게 대체 무슨 개 같은 일인가 싶었겠지만 말이야. 아무튼 그 개밥그릇은 여러모로 요긴했어. 민간인들이 쓰는 물건을 부대 내로 들여서는 안 되기 때문에 그 개밥그릇은 늘 진지 공사장 근처의 수풀 사이나 땅 속에 짱박아 두곤 했지. 이건 마치 《이반 데니소비치의 하루》에서 주인공이 우연히 주운 줄칼을 소지했다가 목숨을 잃을 뻔했던 것과 같은 이유인 거지.

자, 그럼. 군대 잘 다녀오렴.

어떤 질문에도 당황하지 않는 읽은 척 꼼꼼 스킬

수용소의 하루

가브리엘 가르시아 마르케스의 《백 년 동안의 고독》이 정확히 백 년 동안 벌어진 일을 다룬 것은 아니듯 《이반 데니소비치의 하루》 역시 24시간 단위의 산술적 '하루'라기보다는 뭔가 다른 의미가 숨어 있을 것처럼 예상될 수도 있겠다.

하지만 이 책은 단 하루 동안 수용소에서 벌어지는 일을 그린 작품이다. 정확히 말하면 수용소의 기상시간인 새벽 5시부터 취침 점호가 끝나고 침상에 누울 수 있었던 밤 10시까지 대략 17시간 동안에 있었던 일들을 묘사한 소설이다.

그렇다고 그 하루가, 예를 들어 주인공이 탈옥을 시도한다거나 악덕 간수에게 보복을 하는 등의 뭔가 비장하면서도 스펙터클한 일이 발생한 특별한 날도 아니다. 주인공이 8년간의 수용소 생활 중 그날이 특별했던 이유는 정말이지 그날만큼은 평소보다 확연히 덜 맞고, 덜 춥고, 덜 배고픈 하루였기 때문이다.

주인공의 행운

마치 현진건의 《운수 좋은 날》을 부제로 해도 될 만큼, 그날 하루 주인공 슈호프에게는 이상하게도 운이 따른다. 물론 현진건의 작품처럼 막판에 부인이 죽는 식의 비극적 결말은 없다.

새벽에는 수용소 생활 처음으로 게으름을 피우다가 영창에 끌려갈 뻔했지만 간수의 방을 청소하는 것으로 대신 넘어간 것, 늑대 같은 페추코프를 제치고 체자리에게 담배 한 모금을 얻어 피운 것, 옷가지 수선에 유용한 줄칼을 간수들에게 들키지 않고 수용소 내로 들여오는 것 등 많은 행운들이 있었다. 하지만 뭐니 뭐니 해도 그날 주인공에게 따른 가장 큰 행운은 점심에 취사반을 속여 멀건 귀리죽 한 사발을 더 얻어먹었다는 것과 저녁에는 체자리의 우편물 수령을 도와준 덕에 썩어빠진 양배춧국 한 그릇을 대신 먹게 되었다는 것, 바로 그것이다.

다른 대부분의 죄수들은 어떻게든 남이 먹다 남긴 죽사발이라도 한 번 핥아볼 요량으로다가 식기 반납창구에서 북새통을 이루고 있는 와중에, 주인공이 두 끼 연속으로 2인분을 먹을 수 있었다는 것은 분명 흔치 않은 행운이었다 할 것이다. 그런 이유로 주인공의 식사 장면은 배를 채우는 허겁지겁을 넘어선 어떤 경건함과 장엄함의 분위기까지 느껴진다.

(점심 식사)

이제, 죽을 먹는 이 순간부터는 온 신경을 먹는 것에 집중해야 한다. 얇은 그릇의 밑바닥을 싹싹 긁어서 조심스럽게 입 속에 넣은 다음, 혀를 굴려서 조심스레 천천히 맛을 음미하며 먹어야 한다. 그러나, 파블로에게 죽그릇이 벌써 비었다는 것을 보여주고, 한 그릇을 더 배당받기 위해서는 오늘만은 좀 서두를 필요가 있다. 게다가 두 에스토니아인과 같이 들어온 저 페추코프 녀석은 두 그릇을 더 타냈다는 것을 이미 눈치채고, 파블로 맞은편에 서서 자기 죽그릇을 비우며, 아직 주인을 찾지 못한 네 그릇의 귀리죽 임자가 누가 될 것인가 하고 잔뜩 눈독을 들이고 있다.

– 《이반 데니소비치, 수용소의 하루》, 알렉산드르 솔제니친 저, 이영의 역, 민음사, 95쪽

(저녁 식사)

파블로는 곱배기가 담긴 국그릇 앞에 자리를 잡고, 슈호프는 국 두 그릇 앞에 자리를 잡는다. 더 이상, 두 사람 사이에는 말이 오가지 않는다. 경건한 시간이 돌아온 것이다.
슈호프는 모자를 벗어 무릎 위에 얹는다. 한쪽 국그릇에 담긴 건더기

를 숟가락으로 한번 휘저어 확인한 다음, 다른 그릇에 담긴 국도 똑같이 확인한다. 웬만큼은 들어 있다. 생선도 걸려든다. 보통, 저녁에는 아침보다 국이 더 멀겋게 마련이다. 조반을 먹이지 않으면, 죄수들을 부려먹지 못하기 때문에 아침은 좀더 먹이고, 저녁은 좀 부실하게 먹이기 일쑤다. 슈호프는 먹기 시작한다. 우선, 한쪽 국그릇에 담긴 국물을 쭉 들이켠다. 따끈한 국물이 목을 타고 뱃속으로 들어가자, 오장육부가 요동을 치며 반긴다. 아, 이제야 좀 살 것 같다! 바로 이 한순간을 위해서 죄수들이 살고 있는 것이다.

적어도 이 순간만은 슈호프는 모든 불평불만을 잊어버린다. 기나긴 형기에 대해서나, 기나긴 하루의 작업에 대해서나, 이번 주 일요일을 다시 빼앗기게 될 것이라는 사실에 대해서나, 아무 불평이 없는 것이다.

– 《이반 데니소비치, 수용소의 하루》, 알렉산드르 솔제니친 저, 이영의 역, 민음사, 175쪽

마치 식자재 개그를 보는 듯한 유치함이 느껴질 수도 있다 하겠으나 이 책을 읽은 척함에 있어서는 가장 중요한 장면이다.

참고로, 고우영 화백의 《초한지》에 마치 슈호프의 식사 대목을 보여주는 듯한 장면이 있어 소개하는 바이다(다음 쪽 참조).

군필자에게 가산점을 주는 작품

앞서 여러 번 언급했듯 《이반 데니소비치의 하루》는 군필자들의 경우 최소 30퍼센트 이상의 읽은 척 가산점을 획득할 수 있는 작품이다.

《고우영 초한지》, 고우영 저, 자음과 모음, 5권 160쪽

특히 강원도 철원쯤의 추운 곳에서 군 생활을 했거나, 총보다는 삽을 더 많이 쥐고 있었던 군필자라면 더욱 그러하다. 만약 1990년 대 이전 군번의 배고픔까지 경험해본 독자라면 본 매뉴얼을 들여다볼 필요도 없다 하겠다. 그저 옛날이야기 한 자락 들려주는 것이면 충분하기 때문이다. 그만큼 이 책은 추위와 중노동, 굶주림 등 인생 막장의 3대 요소가 어우러진 곳에서의 비루하면서도 거룩한 인간군상을 보여주는 작품이라 할 수 있다.

어쩌면 필자가 자꾸 수용소 생활과 군 생활을 거의 동급으로 간주하는 것에 대하여 어떻게 죄를 지어 죗값을 치르는 죄인들과 신성한 국방의 의무를 다하기 위한 군인들이 같을 수 있냐고 불만을 가질 독자 분들이 계실지 모르겠다. 하지만 솔제니친이 묘사하는 당시 시베리아 수용소의 죄인들은 대부분 죄가 없는 사람들이었다 할 수 있으므로 이 사정을 이해한다면 설령 국방부 관계자라 할지라도 크게 불만은 없을 것이다.

말하자면 1940년대 당시의 시베리아 중노동 수용소에는 무슨 흉악범죄자들이 모여 있었던 게 아니라, 마치 1970~1980년대의 대한민국이 그랬듯 '스탈린 바보' 소리만으로도 반역자니 간첩이니 하는 억지 죄명을 뒤집어쓴 죄 없는 죄수들이 대부분이었다는 얘기다. 그나마 스탈린한테 바보라는 욕이라도 한마디 하고서 형을 사는 사람들은 상대적으로 덜 억울하다 할 것이다. 이 책의 주인공 슈호프는 스탈린이 누군지도 잘 모르는 상태에서 얼떨결에 전쟁터에 끌려나가서는 독일군에게 포로로 잡혔다가 목숨 걸고 탈주를 했더니만 오히려 간첩으로 몰린 억울한 경우니 말이다.

어쩌면 솔제니친은 조지 오웰이 《1984》에서 그랬던 것과 마찬가지로 진정한 삶의 주인은 그저 발밑만 바라보고 하루하루를 견뎌내는 슈호프와 같은 노동자라 밝힘으로써 이상적 사회주의의 한 단면을 소설화했을 뿐인지도 모른다. 특히 슈호프를 비롯한 104반 반원들이 살가죽을 찢을 듯한 추위와 번듯한 공구 하나 갖춰지지 않은 열악한 작업 환경에서도 일심동체로 벽돌을 쌓는 장면이 그러하다.

이제 슈호프의 눈에는 아무것도 들어오지 않는다. 눈부신 햇살을 받고 있는 눈 덮인 벌판도, 신호를 듣고 몰려나와 작업장을 이리저리 왔다갔다하는 죄수들도, 아침부터 파고 있던 구덩이를 아직껏 파지 못하고 또 그곳으로 걸어가는 죄수들도, 철근을 용접하러 가는 녀석들이며, 수리공장 건물에 마루를 얹으려고 가는 죄수들도 전혀 눈에 들어오지 않는다. 슈호프는 오직, 이제부터 쌓아올릴 벽에만 온 신경을 집중했다.

— 《이반 데니소비치, 수용소의 하루》, 알렉산드르 솔제니친 저, 이영의 역, 민음사, 113쪽

고로 이 작품의 작가가 구소련에서는 스탈린을 비판했다는 이유로 추방당하고, 또 마찬가지로 서방국가에서는 적국의 적은 우리의 동지라는 계산에 의해 반공작가의 거두쯤으로 치부되곤 하는 것은 문학을 문학으로 보지 않는 정치적 아전인수의 잘못된 읽은 척이 낳은 역사적 폐해라 사자후를 토함으로써 이 책에 대한 읽은 척의 대미를 장식할 수도 있다 할 것이다.

1분 이상 한곳에 눈동자를

모으기 힘들 때

2

농담

The Joke

밀란 쿤데라

쿤데라(1929~)는 체코를 대표하는 작가로, 첫 소설 《농담》을 발표한 후 세계적인 명성을 얻었다. 소련군이 체코를 점령한 뒤 시민권을 박탈당해 프랑스로 망명했고, 이후 프랑스에서 활동하고 있다. 주요 작품으로 《참을 수 없는 존재의 가벼움》, 《느림》, 《향수》 등이 있다.

등장인물

─────❦─────

루드빅 학창 시절, 마음에 둔 여인에게 홧김에 던진 농담 한마디로 인생이 꼬이기 시작하는 '희극적 비극'의 주인공이다.

마르케타 주인공 루드빅이 좋아했던 여인. 국가와 당에 충성하는 전형적인 공무원 기질의 여성이라 하겠다.

루치에 루드빅이 군에서 만난 여인. 과거의 안 좋은 기억 때문에 루드빅과의 섹스를 거부하는데, 이로 인해 주인공은 거의 미칠 지경에 이르고 만다.

제마넥 주인공의 복수의 대상. 원래는 학창 시절 친구였지만 적은 늘 가까이에 있음을 보여주는 인물. 주인공이 농담 한마디로 어이없는 왕따를 당하는 걸 수수방관했던 인물이다.

헬레나 제마넥의 아내. 라디오 인터뷰어로서 우연히 루드빅을 인터뷰했다가 역시 '희극적 비극'의 연인관계로 발전한다.

코스트카 주인공과 마찬가지로 당에서 퇴출된 인물. 기독교적 사랑을 실천하는 인물로 끝까지 주인공과 섹스를 거부했던 루치에의 몸과 마음을 마침내 열게 한 인물이다. 고로 주인공에게는 과거 저편의 7대 불가사의처럼 여겨지던 원인불명의 상처를 끄집어내는 인물이 되기도 한다.

미리 강조하건대, 밀란 쿤데라와 같은 대인들의 작품을 읽은 척하는 데 있어서는 한 치의 오차 없이 등장인물의 이름과 스토리를 정확히 외우는 명석한 두뇌와 구라를 진실로 둔갑시키는 연금술사적 표정관리만으로는 가당치 않은 무언가가 있다. 그것은 바로 문학적 감동이다.

　고로 뇌세포와 안면근육의 환상적인 앙상블로 완벽하게 읽은 척을 해냈음에도 주위의 반응이 심상치 않다고 생각될 경우에는 차라리 잽싸게 코털 한 줌이라도 쥐어 뽑아 그렁그렁한 눈망울로 좌중을 응시하거나 아니면 군대 첫 휴가 때 먹었던 자장면 곱빼기를 추억하는 표정으로 헤벌쭉 침을 흘려주는 것이 오히려 더 큰 효과를 거둘 수 있음이라 하겠다.

　얼핏 생각하면 어차피 남들도 안 읽을 테니 대충 작가 이름과 그의 저서 몇 개의 제목을 외우고, 만일을 대비해 작품들의 대략적 스토리 정도만 기억하고 있으면 그것만으로도 충분히 아는 척, 읽은 척, 잘난 척을 할 수 있으리라 기대하겠지만 이는 자칫 큰 화를 불러올 수 있는 위험한 마인드임에 틀림없다.

　생각해보라. 물론 평생을 운 좋게, 비슷한 수준의 읽은 척을 하는 사람들하고만 교류한다면 상관없겠지만, 어느 날 불행히도 진짜로 대인의 작품을 읽고서 문학적 감동의 멀티 오르가슴을 경험한 사람을 만나게 된다면 대체 어떤 참사가 벌어질 것인가.

　무슨 무협지도 아니고 노벨문학상이 거론되는 이런 문학작품씩이나를, 게다가 400쪽이 넘어가는 이런 가혹한 책을 진짜로 읽을 사람은 민간인 중엔 없을 것이라는 기대감과 달리, 실제로 《농담》을 읽은 사람은 자신이 마구 감동을 먹었던 책에 대해 얘기할 수 있는 사람을 만났을 때 무한한 반가움을 느낄 것이다. 물론 반가워하는 것으로 끝낸다면 그는 법 없이도 살 수 있는 휴머니스트임에 분명하리라. 아아, 남의 속은 아는지 모르는지. 스토리와는 별 상관도 없어 보이는 미묘한 감동을 게워내고 행간에 숨어 있던 망측한 암유들까지 굳이 끄집어내며, 그저 남들 앞에서 쪽팔리지 않기만을 바랐던 한 개인의 순박한 영혼에 관장약 1배럴을 투여하는 것과 같은 그 이후의 사태는 상상하는 것만으로도 끔찍하다.

대인들의 문학작품은 그만큼 날로 읽은 척을 할 수 없음이라 하겠다. 수려한 문체와 치밀한 구성의 하드웨어만도 벅차거늘 그 안에 또 너무도 깊은 철학적 고뇌와 인간에 대한 통찰이 깔려 있기 때문에 자칫 실수를 했다가는 읽은 척이 들통나는 데 그치지 않고, 열심히 읽었어도 오독을 해버리는 저렴한 지성의 소유자로 몰리게 되어 차라리 아직 읽지는 않았지만 조만간 읽고 감동에 몸서리 칠 계획이라고 말하느니만 못한 결과를 초래할 수도 있기 때문이라 하겠다.

고로 등장인물과 다음에 소개하는 '읽은 척 뻔뻔 스킬'을 충분히 숙지한 독자라 하더라도, 자신은 작품을 통해 영혼의 떨림까지 경험했다며 감동 먹은 척까지 연출해주기를 원하는 까다로운 상대를 만날 경우를 대비해서, 혹은 읽은 척 시전자의 평소 품행을 보았을 때 이런 책을 읽었을 리 만무하다며 집요한 질문을 던질 수 있는 현실 악플러들을 대비해 '읽은 척 꼼꼼 스킬'에 유의하도록 하자.

교양이 바닥 난 당신을 위한
읽은 척 뻔뻔 스킬

밀란 쿤데라의 《농담》은 같은 시대를 살아온 서로 다른 네 명의 화자가 각각 자신의 시점으로 서로를 묘사하기도 하고, 같은 사건도 다른 시각으로 중첩되게 이야기를 하다 보니 서사적으로 간략하게 내용을 요약하는 것은 여간 어려운 일이 아니다.

허나 글쓴이의 챕터별 메시지를 이해하는 정도면 족한 처세서나 사상서의 읽은 척과는 달리 문학작품의 읽은 척을 하기 위해서는, 형이상학적 메시지가 구체적 인물과 사건으로 구현되는 장르적 특성상 작품 내용에 대한 비교적 상세한 이해가 필요하므로 다소 지루한 감이 있다 하더라도 개략적인 내용을 훑어보아야 할 것이다. 이에 네 명의 화자 중 가장 핵심적인 인물이라 할 수 있는 루드빅을 중심으로 《농담》의 구체적 내용을 요약하는 바이다. (참고로 필자가 읽은 척 대상으로 삼은 서적은 민음사에서 출판된 작품이다. 다른 출판사에서 나온 《농담》의 경우 등장인물들의 발음이 번역 과정에서 상이하게 표기되었을 수 있다. 예를 들어 문학사상사에서 출간된 《농담》에는 주인공의 이름이 '루드빅'이 아닌 '루드비크'로 표기되어 있다.)

20세기 중엽의 체코, 공산 혁명이 있은 후 열혈 빨갱이임을 자처하며 사회주의 전파에 앞장서던 청년 루드빅은 방학 중에 자신이 흠모하던 여학생인 마르케타와의 달콤한 애정행각을 기대하고 있었으나 그녀가 당의 교육 연수에 참여하느라 자신을 만나주지 않자, 즉 자기 대신 스탈린주의와 연애를 하고 있는 그녀에게 마치 종로에서 뺨 맞고 한강에서 눈 흘기는 식으로 그녀가 받고 있는 당의 교육 연수를 조롱하는 엽서를 보낸다. 그 일로 루드빅은 위대한 사회주의를 모독한 혐의로, 동지라 생각했던 친구들의 손에 의해 당에서 제명당하고 이후 군에 입대하여 강제 노동으로 허망한 세월을 보내게 된다.

그런 와중에 루드빅은 부대 근처의 공장 기숙사에 살고 있는 루치에라는 여성을 만나 새로운 사랑을 통해 구원받을 수 있을 것만 같은 희망이 생겨 사랑이라는 거룩한 이름으로, 그러니까 영창에 갈 수도 있는 위험을 무릅쓰며 루치에와의 하룻밤을 위해 근무지 이탈까지 감행하지만 루치에는 이해할 수 없는 행동으로 루드빅과의 섹스를 거부한다. 결국 허망한 삶의 유일한 구원처럼 여겼던 여인에게서까지 배반을 당한 듯한 절망에 빠져버린 루드빅은 쓸쓸히 부대에 돌아왔으나 뒤로 넘어져도 코가 깨진다는 격으로, 탈영이 발각되는 바람에 감옥에 가고 다시 복역 후 3년간 탄광에서 일하는 등 꼬인 인생의 무한 루프를 보여준다.

그로부터 15년여가 지난 후 루드빅은 농담 한마디를 이해하지 못해 자신을 파멸시킨 무대였던 고향으로 돌아오는데 귀향의 이유는 바로 처절한 복수를 위해서다. 15년 전 자신의 농담을 가장 잘

농담

이해하고, 그렇기 때문에 자신을 적극 변호해줄 것이라 기대했던 친구 제마넥이 오히려 결정적으로 자신을 궁지로 몰아넣었던 것에 대한 복수 말이다.

사실은 불특정 다수에 대한 총체적 불만이지만 그렇다고 그 모든 사람에게 복수하는 것은 불가능한 법. 결국 결정적 배신감을 맛보게 했던 제마넥을 상대로 와신상담의 그것처럼 증오의 힘으로 인고의 세월을 견디던 차에, 라디오 방송의 인터뷰어로 자신을 취재했던 헬레나라는 여성이 바로 제마넥의 부인이라는 사실을 알게 된다. 그래서 어떻게든 그녀를 욕보임으로써 간접적으로나마 제마넥에게 복수를 하기 위해 '왕들의 기마 행렬'이라는 전통 축제가 벌어지는 고향으로 돌아온 것이다. 헬레나는 취재를 가장한 밀월을 위해, 루드빅은 사랑을 가장한 복수를 위해. 두둥~.

이때 루드빅은 호텔 이외의 좀 더 안전한 숙소를 제공받기 위해 과거 당으로부터 자신과 비슷하게 배반(혹은 스스로 선택한 종교적 회피) 당했던 코스트카에게 집을 빌리고, 마침내 비장하면서도 우스꽝스러운 헬레나와의 섹스 복수극을 치른다.

그 후 루드빅은 코스트카를 통해 기억 저편에 사랑의 미스터리로 남아 있었던 루치에에 대한 얘기를 듣는다. 물론 코스트카는 루드빅과 루치에가 과거 연인 사이였다는 사실을 미처 알지 못한 채 옛날 얘기를 들려줬을 뿐이다. 들은 얘기인즉슨 루치에는 어린 시절 별 생각 없이 일군의 패거리들에게 정기적으로 윤간을 당해왔고 그 충격으로 섹스에 대한 불신과 혐오감이 팽배했던 와중에 어떤 군인

(루드빅)과 만났으나 너무도 섹스를 원했던 그와의 관계에서도 상처만 커진 채 떠돌던 중 우연히 코스트카를 만나게 되고 신앙의 힘으로 돌보아준 코스트카 덕에 루치에는 남성에 대한 불신을 극복하고 다시 섹스를 할 수 있게 되었다는 것이다. 물론 루드빅이 아닌 코스트카와. 여기서 당연히 루드빅은 15년의 세월을 뛰어넘는 충격과 좌절과 질투와 무기력함의 번뇌 종합세트를 받으며 괴로워한다.

　그 다음날 '왕들의 기마 행렬' 축제 장소에서 루드빅은 그토록 증오했던, 혹은 자신의 처절했던 지난 상처들의 정당성을 위해서라도 배반의 가해자로 기억되어야만 했던, 그래서 그의 부인을 사랑이라는 미명하에 욕보이는 비열한 방법까지 동원해서라도 복수를 하려 했던 대상인 제마넥을 만난다. 그런데 알고 보니 제마넥과 헬레나는 법적 절차만 밟지 않았을 뿐 이미 갈라선 상태였으며, 게다가 제마넥의 새 애인은 그의 대학 제자인지라 헬레나보다 훨씬 젊고 아름다운 여인임을 두 눈으로 목격한다. 결국 루드빅은 복수랍시고 잡아당긴 방아쇠가 오히려 이혼해주지 않겠다고 버티던 헬레나를 자연스럽게 떨어지게 해줌으로써 제마넥에게 축포를 쏴준 꼴과 다름 아님을 깨닫는다.

　그야말로 참을 수 없는 존재의 가벼움을 느낌과 더불어 개인의 비장한 복수심에 대해 운명의 여신은 아무 관심도 없다는 것을 깨달은 루드빅은 진정한 사랑을 만났다고 여전히 착각하고 있는 헬레나에게 일방적으로 이별을 통보한 후 떠난다. 이별을 당해야 할 아무런 이유도 알지 못하는 헬레나는 그 충격과 배신감을 감당하지 못해 자신의 조수가 지니고 다니던 다량의 진통제를 먹고 루드빅에게 유서를 날리지만, 헬레나가 진통제인 줄 알고 먹었던 다량의 알약은 바로 변비약이었다. 변비약을 복용한다는 사실이 부끄러웠던 헬레나의 비서가 진통제 약통에 변비약을 보관하고 다녔기 때문에 헬레나 역시 운명이라는 비장한 코미디의 피에로가 되고 만 것이다. 본의 아니게.

자신이 겪은 삶의 비장한 우스꽝스러움이 헬레나, 즉 자기뿐만이 아닌 타인들의 삶에서도 얼마든지 이루어질 수 있음을 체험한 루드빅은 어린 시절 절친한 친구였으며 마찬가지로 자신의 삶만큼이나 마음처럼 되지 않는 생을 살아온 야로슬라브를 우연히 만나 '왕들의 기마 행렬' 뒤풀이인 연주회에 참석해 실로 오랜만에 자기 고향의 전통음악 연주에 심취한다. (야로슬라브는 루드빅과 달리 순탄한 삶을 살아왔지만 전통의 가치를 보존하고픈 욕망이 아들과의 세대 차에 의해 배신당하는 인물로, 본 작품을 구성하는 중요 인물이지만 루드빅 중심의 서사적 내용 요약을 위해 구체적으로 서술하지 않았다.)

그러던 중 야로슬라브가 내출혈로 갑자기 쓰러지자 그를 품에 안은 채 루드빅은 이렇게 생각한다.

'증오의 대상 제마넥을 쓰러뜨리는 것을 목표로 했던 귀향이 결국 이렇게 땅에 쓰러진 내 친구를 두 팔에 안고 있는 것으로 귀결되었구나.'

인생에 정답은 없다.

정답처럼 보이는 이미지가 있을 뿐.

고로 웬만하면 외로운 사람들끼리 사이좋게 지내자.

어떤 질문에도 당황하지 않는
읽은 척 꼼꼼 스킬

루드빅의 인생을 조진 농담은 무엇인가

이 질문은 읽은 척 시전 후 받을 수 있는 가장 기초적 예상 질문이라 하겠다. 제목이 '농담'이기도 하거니와 주인공이 무심코 건넨 농담 한마디로 인생을 조지기 시작했다는 설정의 소설이다 보니 대체 무슨 농담을 한 것인지에 대한 주위의 반문을 쉽게 예상할 수 있을 것이다.

앞서 밝혔듯, 마르케타가 자신을 만나주지 않고 당의 교육 연수에 참여한 것도 미치고 환장할 노릇인데 그 교육 연수 내용이 너무도 보람차고 황홀하다는 내용의 편지까지 받자 루드빅은 자신의 연애 기회를 앗아간 스탈린주의를 질투하며 단 세 줄의 글을 엽서에 적어 보낸다.

낙관주의는 인류의 아편이다!

건전한 정신은 어리석음의 악취를 풍긴다.

트로츠키 만세!

종교는 인류의 아편이라고 했던 마르크스의 말을 패러디해 낙관주의를 아편에 빗댐으로써 자기 대신 사회주의 건설을 향해 사랑을 불태우는 여자 친구의 혁명사상을 조롱하고(정확히는 자신의 실연 이유를 자신이 못나서가 아니라 어찌해볼 도리가 없는 거대한 사회주의 때문이라 탓하고 싶었던 찌질한 자기방어의 일환이라 하겠다), 덧붙여 스탈린의 정적인 트로츠키를 찬양한 소신발언이라 볼 수도 있겠다. 물론 루드빅의 입장에서는 마르케타에 대한 자포자기적 심정을 나름 세련된 감수성으로 표현한 반어적 농담이었지만 말이다.

결국 그의 엽서가 당에 입수되고, 당의 입장에서는 이 농담을 도저히 농담으로 받아들일 수 없다는 농담 같은 결정을 내리는 바람에, 이때부터 주인공의 인생은 꼬이기 시작하는 것이다.

고로 실전에서는 《농담》의 농담이 무엇이냐를 묻는 질문에 괜히 득달같이 본문의 농담을 외워가며 읽은 척하고 싶어 미치겠다는 속내를 방정맞게 드러내서는 안 될 것이다. 대략 좌측상방 15도 각도의 시선을 유지하며 잠시 무거운 표정을 지은 후,

"이는 마치 과거 3공화국 시절 한대수의 〈행복의 나라로〉가 그럼 지금은 행복하지 않다는 말이냐는 이유로 금지곡이 되었던 웃지 못할 역사적 희극의 사회주의적 버전이라 할 수 있지."

이 정도로 운을 띄워 과연 상대가 자신을 못 미더워해 유도심문

을 하는 적인지, 아니면 무장해제한 채 무슨 말을 해도 믿을 준비가
되어 있는 월척인지를 가늠하도록 하자.

　이미 《농담》을 읽은 적일 경우에는 당연히 그 정도 수준의 비유
적 대답이면 더 이상 질문을 하지 않거나 다른 질문으로 넘어갈 것
이고, 그게 대체 무슨 소리냐며 되묻는 월척이라면 아마도 밀란 쿤
데라의 《농담》에서 최불암 시리즈가 나온다고 해도 낚일 대상이라
하겠으므로 그 이후부터는 만사 오케이라 하겠다.

《농담》은 사회주의를 비판하는 반공 서적인가

　주인공 루드빅의 인생을 꼬이게 했던 농담이라는 것이 텍스트
상으로는 스탈린주의에 대한 비판적 내용을 담고 있기 때문에 《농
담》을 반공 서적이라 오해하는 것은 자칫 실수할 수 있는 중요한 부
분이라 하겠다. 특히 과거 "난 공산당이 싫어요"라는 한마디로 빨갱
이들에게 잔혹한 죽음을 맞이하였다고 전해지는 이승복 어린이의
일화가 연상되는 세대라면 더욱 밟기 쉬운 발목지뢰라 할 것이다.

　게다가 본 서적으로 읽은 척을 시전하지 않는다고 했을 때, 아
마도 가내수공업적 읽은 척 참고자료로서 대부분의 사람들이 이용
할 것으로 추정되는 네이버 백과사전에서도 밀란 쿤데라의 《농담》
에 관해서 "비뚤어진 사회주의 사회의 인간관계를 묘사하여"라며 딱
지뢰 밟기 무난하게 서술하고 있다.

　브륀 출생. 프라하예술대학 영화학과에서 수업하였고, 시·평론과 예

술적인 에세이, 희곡·단편·장편 등 어느 장르에서나 뛰어난 작품을 발표하였다. 그의 작품 중에서 제2차세계대전 후 발표한 희곡 《열쇠의 소유자》(1962) 《프타코비나》(1969)와 단편 《미소를 머금게 하는 사랑 이야기》(1970)는 특히 유명하다. 장편 《농담》(1967)에서는 비뚤어진 사회주의 사회의 인간관계를 묘사하여 뛰어난 능력을 보였으며, 많은 번역작품에 의해 세계적으로 유명해졌다.

– 네이버 지식백과, 쿤데라(Milan Kundera)

물론 《농담》이 사회주의를 비판하지 않는 것은 아니다. 하지만 이 작품에서 사회주의에 대한 비판은 목적이 아니라 수단일 뿐이다. 이에 대해서는 작가 스스로도 "《농담》은 실존의 장편소설로 다루어져야 한다. 나의 소설은 결코 정치적 팸플릿과 같은 역사적 상황이 테마는 아니며 내게 있어 역사적 상황은 복수, 망각, 중요한 것과 그렇지 않은 것, 역사와 인간의 관계, 본래 행위의 소외, 섹스와 사랑의 분열 등 나를 매혹하는 실존의 주제를 극도로 날카로운 빛으로 내리쬘 때만이 의의가 있다"라고 밝힌 바 있다.

실제로 《농담》에는 여러 인물들이 사회주의뿐만이 아닌 여러 거대하고 비장한 가치들과 불협화음을 이룬다. 열혈 공산당원이었던 루드빅이 그토록 사랑하던 공산주의와 삐딱선을 탄다거나, 독실한 기독교인인 코스트카가 종국에는 바로 그 신앙 때문에 갈등을 겪는다거나, 사랑의 화신 헬레나가 믿었던 사랑 때문에 본의 아니게 슬랩스틱 수준의 코미디를 연출하는 등등이 그 예라 할 수 있다. 여기서 과연 가치가 인간을 배신한 것인지, 인간이 가치를 배신한 것인지, 그것도 아니면 애초 인간이 가치에 대해 오해하고 있었기 때문에 자승자박을 하는 것인지에 대해서는 논란의 여지가 있다 하겠으니 눈치 빠른 독자라면 이 논란의 여지 역시 충분히 읽은 척의 소재로 삼을 수 있을 것이다.

정리하자면 《농담》은 많은 절대 가치들 중에 사회주의를 한 예로 들어 절대 가치 혹은 절대 신념을 광신하는 일종의 우상숭배자들에 대해 니체의 실존주의 사상과 같은 맥락에서 조롱을 날린 작품이지, 네이버 백과사전에서처럼 "비뚤어진 사회주의 사회의 인간관계를 묘사"한 작품이라고 섣불리 읽은 척하는 것은 마치 영화 〈밀양〉을 두고 반기독교적 이단 영화라고 평가하거나, 본 읽은 척 매뉴얼을 두고서 《농담》에 대한 스포일러성 서적이라고 규정하는 것에 다름 아닌 농담이라 할 것이다.

때론 디테일에서 강력한 카리스마가 발휘된다

증오의 대상이었던 자신의 학창 시절 친구인 제마넥의 부인 헬레나에게 섹스를 통해 간접적인 복수를 하려 했던 루드빅은 헬레나와의 정사 과정에서 소프트한 SM(사디즘+마조히즘)적 장면을 연출한다. 섹스 중 헬레나의 뺨을 수차례 때리는데, 난생 처음 그런 무례한 애무를 당하고서도 형언할 수 없는 흥분을 느꼈던 헬레나는 루드빅이 자신과의 운명적 사랑임을 더욱 확고히 오해하는 계기가 되기도 한다.

나는 헬레나의 얼굴, 붉게 상기되고 찡그려서 보기 싫어진 그녀의 얼굴을 바라보았다. 그리고 이리저리 돌릴 수 있고, 주무르고 반죽할 수 있는 물건에 손을 올려놓듯이 그녀의 얼굴에 내 손을 올려놓았는데, 이 얼굴은 그런 식으로 놓여진 이 손을 충분히 받아들이고 있다는 느낌이 들었다. 나는 그녀의 얼굴을 오른쪽으로 돌렸다 왼쪽으로 돌렸다 여러 번을 반복했고, 그러다 보니 점점 그 동작은 뺨을 치는 것으로 변해 버렸다. 한번 더 내려치고, 다시 한번 세 번째로 내려쳤다. 헬레나는 흐느껴 울고 소리지르기 시작했으나 결코 고통스러워서가 아니라 너무 좋아서, 내게로 턱을 쳐들고 소리를 내지르는 것이었으며, 나는 그녀를 때리고, 때리고, 또 때렸다. 잠시 후에 보니 내게로 불쑥 솟아오른 것은 얼굴만이 아니라 가슴도 그랬으며, 나는 (그녀 위에 버티고 앉아) 기세 좋게 힘껏 그녀의 팔을, 허리를, 가슴을 내리쳤다.

- 《농담》, 밀란 쿤데라 저, 방미경 역, 민음사, 280~281쪽

무슨 AV 어워드 수상작 다운받은 척 매뉴얼도 아니고, 대문호의 문학작품을 읽은 척하는 데 있어 사람 저렴해 보이게 굳이 이런 섹스 장면을 기억해야 하느냐며 반문할 수도 있겠으나, 읽은 척은 때로 숲이 아니라 나무에서, 스케치가 아닌 디테일에서 강력한 카리스마가 발휘될 수 있음을 잊지 말아야 할 것이다.

예를 들어 여럿이 모인 상태에서 아마도 진짜로 읽었을 누군가가 목에 핏대를 세우며 포스트모더니즘이 어떻다는 둥 니체의 영원회귀가 저떻다는 둥 작가의 고매한 정신세계에 대해 자신도 무슨 말

인지 모를 열변을 장시간 토하고 있다고 가정해보자.

너무도 훌륭한 책이라고 하니 말을 자르기도 민망하고, 당최 못 알아먹을 얘기만 하고 있으니 계속 들어주기도 지겨운 진퇴양난. 양수겸장의 분위기가 점점 무르익을 때쯤, 그동안 침묵으로 일관했던 당신의 갑작스런 한마디!

"그런데 말야. 주인공이 헬레나와 섹스를 할 때 벌인 안면 스팽킹은 주인공의 복수에 대한 메타포였을까, 아니면 헬레나의 마조히스트적 기질을 간파한 도구적 관능이었을까……."

이 정도로 살짝 얼굴을 붉히며 입을 연다면 과연 어떤 일이 벌어질 것인가. 너무도 낯설지만 모두가 주목할 수밖에 없는, 너무도 뜬금없지만 모두가 행복해질 수밖에 없는. 그야말로 9회 말 역전 만루 홈런성의 공이 파울석 관중의 잠자리채로 낚여버리는 대반전이라 할 수 있다. 또한 9시 〈뉴스데스크〉에서 네이키드 뉴스(naked news)가 이루어졌을 때의 그 환호성이라 감히 짐작할 수 있을 것이다.

《농담》 vs 《참을 수 없는 존재의 가벼움》

다른 많은 작품이 있음에도 고우영 하면 떠오르는 것이 《삼국지》이듯 대부분의 사람들에게 밀란 쿤데라 하면 떠오르는 것은 《농담》보다는 《참을 수 없는 존재의 가벼움》이 먼저일 것이다.

《프라하의 봄》이라는 다소 밋밋한 제목이지만 어쨌든 국내에서 영화가 개봉되었기 때문에 생긴 대중적 친화력의 이유도 있을 것이고, 《농담》보다는 훨씬 있어 보이는 철학적이면서도 시적인 제목 자체의 갑빠 두께 때문이기도 할 것이다. 어쩌면 훨씬 에로틱한 요소가 많기 때문이라는 점에서 그 이유를 찾아볼 수도 있겠다.

아무튼 전술한 여러 이유로 《농담》에 대한 읽은 척보다는 《참을 수 없는 존재의 가벼움》을 읽은 척하는 것이 실효성 면에서 더욱 유리할 것만 같은 느낌이 드는 게 사실이다. 짐작컨대 실전에서 《농담》에 대하여 구라와 진실의 경계를 넘나들며 마치 줄타기하듯 아슬아슬하게 읽은 척의 대장정을 완주하였음에도 불구하고 돌아오는 것은 엉뚱하게도 《참을 수 없는 존재의 가벼움》에 대한 질문이거나, 더 심하게는 《참을 수 없는 존재의 가벼움》에 대한 읽은 척이 선행되지 않은 《농담》의 읽은 척은 무의미하다는 식의 극단적 반응일 수도 있다.

하지만 바로 여기서 《농담》에 대한 읽은 척은 그 진가를 발휘한다 하겠다. 파울로 코엘료의 《오 자히르》가 《연금술사》의 증보판이라 할 수 있듯, 비톨트 곰브로비치의 《포르노그라피아》가 《페르디두르케》의 연장전이라 할 수 있듯. 밀란 쿤데라의 모든 소설은 《농담》이 그 시원이자 원석이기 때문에 대중적·매체적 인기에 영합하여 《참을 수 없는 존재의 가벼움》 혹은 《느림》 등을 쿤데라의 대표작으로 들먹이는 행위는 근본을 경시한 문학적 포퓰리즘에 다름 아니라며 일장훈계의 사자후를 터뜨릴 수 있는 절호의 기회가 될 수 있기 때문이다.

예를 들어 《농담》에 나오는 코스트카의 연애관이나 헬레나의 약병 에피소드 등은 《이별》에서도 변형되어 등장하고, 루드빅의 인생을 나락으로 떨어뜨렸던 사회주의에 대한 농담은 《참을 수 없는 존재의 가벼움》에서 토마스가 한 줄 신문 기사로 의사에서 유리창 닦이로 전락하는 설정과 유사하며, 지식인 루드빅이 탄광 노동을 통해 얻게 된 근육에 대한 우스꽝스러운 자부심은 《느림》에서도 재연된다. 물론 단순 에피소드나 설정뿐만 아니라 《농담》에서 보여준 삶의 무거움과 가벼움이 빚는 미묘한 모순에 대한 철학적 통찰은 쿤데라의 모든 소설의 공통적인 근간이라고 준엄하게 말할 수 있는 것이다.

다만 여기서 주의할 것은 이러한 《참을 수 없는 존재의 가벼움》 선호자를 타깃으로 하는 공격적 읽은 척 스킬은 자칫 평론가적 아집과 계보적 꼬장으로 비쳐지며 원만한 대인관계 형성이라는 본 서적의 근본 취지에 크게 배치되는 결과를 가져올 수도 있으므로 읽은 척 시전에 있어 신중을 기해야 할 것이다.

농담

1984

조지 오웰

오웰(1903~1950)은 인도에서 태어난 영국의 작가이자 언론인이다. 본명은 에릭 아서 블레어(Eric Arthur Blair)로, 20세기 영어권에서 가장 비중이 큰 소설가로 평가받고 있다. 스탈린주의를 비판했으며, 현대사회의 전체주의적 경향을 풍자했다. 주요 작품으로 《동물농장》, 《1984》, 《코끼리를 쏘다》 등이 있다.

등 장 인 물

윈스턴 스미스 이 작품의 주인공. 과거의 신문 기사나 잡지 등의 기록을 당의 주장에 모순되지 않게 왜곡하는 일을 맡고 있다.

줄리아 주인공의 애인. 진리부의 창작국에서 포르노를 만드는 일을 담당하는 외부당원.

오브라이언 적인지 아군인지 분간이 안 되는 신비한 분위기의 고급당원.

빅 브라더 오세아니아의 통치자.

골드스타인 오세아니아의 공공의 적. 마치 과거 김일성이 혹 달린 돼지로 묘사된 바 있듯, '2분간 증오' 시간에 역겨운 소리를 내는 염소 얼굴을 하고 나타나 전 국민의 염장을 사시미 뜨는 인물로 활용된다.

채링턴 윈스턴과 줄리아에게 밀회의 장소를 제공하는 노동자계급의 고물상 주인.

조지 오웰의 《1984》가 일상에서 거론되는 경우, 거의 십중팔구는 '빅 브라더' 때문이라 하겠다. 특히 범죄 예방을 이유로 곳곳에 무인 카메라가 설치된다거나 혹은 그 반대로 범죄 행위를 위해 모텔이나 여성 탈의실 등에 설치한 몰래 카메라가 발견되었다는 보도가 있을 경우 '빅 브라더'는 마치 사건의 공범인 양 혹은 몰카의 원천기술을 갖고 있는 제조업체라도 되는 양 함께 언급되곤 하는 것이 사실이다.

　이에 혹자는 CCTV, 통제사회 등과 거의 동의어처럼 쓰이는 '빅 브라더'만 알면 이 책에 대한 읽은 척은 충분하다고 생각할 수도 있을 것이다. 허나 이는 마치 영화 〈유주얼 서스펙트〉의 주연배우 이름이 무엇인지를 두고 한 무리가 식음을 전폐해가며 고민하던 와중에 누군가 무릎을 치며 '드디어 생각났다! 카이저 소제!'라는 식의 자다가 봉창 두드리는 상황을 연출할 수 있는 위험한 발상이라 하겠다.

　참치회가 얼마나 맛있는지를 알고 있다고 해서 헤밍웨이의 《노인과 바다》를 읽은 척할 수 없듯, 이 작품 역시 섣불리 읽은 척을 했다가는 적들에게 정신적 관장을 당할 가능성이 농후한 작품인 것이다.

　특히 조지 오웰은 스스로의 선택으로 사회 밑바닥 생활을 경험하기도 하고, 스페인 내전에서 통일노동당 민병대로 활동하는 등 골수 빨갱이의 길을 걸어왔다. 그럼에도 불구하고 과거 대한민국 정부가 그의 《동물농장》 및 《1984》를 똘이장군의 원작쯤으로 활용함으로써 대부분의 독자들이 그를 반공 작가로 인식하고 있는 나머지, 《채털리 부인의 연인》을 쓴 데이비드 허버트 로렌스를 두고 마치 역사에 길이 남을 야설 작가라 평하는 것과 유사한 대재앙적 읽은 척이 발생할 가능성이 적지 않다 할 것이다.

그 밖에도 최근 국제 경기침체와 금융위기가 맞물리면서 자본주의에 대한 총체적 불신이 일고 있는 가운데 자본주의의 몰락과 사회주의의 득세, 그도 아니면 파시즘의 부활 등에 대한 술자리 갑론을박이 매우 잦아질 수 있다는 점에서 조지 오웰의 《1984》에 대한 읽은 척은 단순한 자아방어용 호신술로서뿐만 아니라 현대사회의 미래상에 대하여 읽은 척 행위자의 우수에 찬 고민을 과시할 수 있는 좋은 기회가 될 수도 있을 것이다.

요컨대 《1984》는 역사 속의 실존 인물과 실재 사건을 모티브로 하는 요소도 많고, 마치 한 편의 할리우드 영화를 감상하는 것과 같은 막판 반전도 도사리고 있으며, 도스토옙스키의 작품에서와 같은 선과 악에 대한, 진실과 허위에 대한 심오한 철학적 통찰 역시 존재하는 대작이라 할 수 있다. 게다가 이 책의 형식은 인류의 미래를 염두에 둔 일종의 SF소설이다 보니, 〈공각기동대〉나 〈스타워즈〉와 같이 현실에서 독립된 별도의 세계관이 펼쳐지는 관계로 본 서적에서 다루고 있는 다른 어떤 서적보다 전체 구성과 스토리의 흐름에 대한 이해, 그리고 등장인물과 특수용어 등에 대한 학습이 절실히 요구된다 하겠다.

교양이 바닥 난 당신을 위한
읽은 척 뻔뻔 스킬

《1984》는 전체 3부로 구성된다.

먼저 1부에서는 1984년의 시대적 배경과 주인공 및 그 주변 인물에 대한 묘사가 이루어진다. 참고로 이 책은 1948년도에 쓰인 작품이다. 조지 오웰은 자신의 소설에서 묘사하는 그런 미래가 언제쯤 도래할 것인가를 고민하다 마침 이 책을 집필하던 때가 1948년도라 48을 거꾸로 뒤집은 '1984'를 작품의 제목으로 삼았다고 한다.

빅 브라더의 '영사'(영국사회주의의 줄임말, 단순한 줄임말이나 통신언어가 아니다. 인간의 사고 범위를 최소한으로 축소시키기 위한 과학적 언어다. 이에 대한 자세한 내용은 '알아두어야 할 특수용어들'에서 다루고자 한다)가 지배하는 1984년의 오세아니아에서, 주인공 윈스턴은 진리부 기록국에서 근무하는 외부 당원으로 과거의 신문 기사 내용이나 잡지 내용 등이 현 시점에서의 당의 노선과 맞아떨어지게끔 조작하는 임무를 맡고 있다. 이는 '과거를 지배하는 자는 미래를 지배하고, 현재를 지배하는 자는 과거를 지배한다'라는 당의 강령에 부합하는 그의 임무라 하겠다.

윈스턴은 최근 삶에 대한 총체적 불신과 회의를 느끼고 있는 중이다. 그 주된 이유는 1950년대 이전의 삶과 그 이후의 삶에 대한 기억의 충돌 때문이다. 즉 지금의 당이 집권한 시점 이전과 이후 중 언제가 더 나은 삶이었는지 분간도 안 되고, 현재 오세아니아가 오

래전부터 전쟁을 치르고 있던 나라는 유라시아인데 불과 몇 년 전에
는 분명 유라시아와 동맹 관계였고, 현재의 동맹국인 동아시아와 싸
웠던 것 같은데 이를 명쾌히 기억하는 사람도 없다. 게다가 십여 년
전에는 진성 당원이었던 존스, 아런슨, 러더포드 등이 반역죄를 저
질러 처형되었으나 그것이 모종의 음모였음을 증명하는 사진 한 장
까지 손에 쥐었던 기억이 있다. 쉽게 말해 윈스턴은 자기가 알고 있
는 진실이 진실이 아닐 수도 있겠다는 거대한 혼란을 겪고 있는 것
이다.

　　이후 윈스턴은 텔레스크린(일종의 CCTV)을 피해 당원에게는 금
지된 행위인 일기를 쓰기 시작하면서 반역의 길로 서서히 접어들게
된다.

　　2부에서는 앞서의 내용과는 어울리지 않게 일종의 연애소설이
펼쳐진다. 《1984》가 '빅 브라더'를 위시한 악의 무리를 물리치는 과
정을 그린 SF활극쯤으로 알고 읽은 척하는 사람이거나, 읽었어도 앞
의 1부 정도만 훑어본 이들이 가장 많은 실수를 범할 수 있는 부분
이라 하겠다.

　　앞서 1부에서 주인공은 얼굴만 알 뿐 이름도 모르는 검은 머리
의 한 여성에게 강력한 증오심을 느끼고 있었다. 고집스럽게 당에
충성하고, 당의 슬로건을 곧이곧대로 신봉하며, 이단의 냄새를 귀신
같이 맡을 것처럼 보였기 때문이다. 어쩌면 젊고 아름다운 여성이었
기 때문에 자신 같은 사람은 거들떠보지도 않을 것이라는 자격지심
이 들어 더욱 그랬을 수도 있다. 게다가 어느 날, 당원들이 드나들

경우 의심을 받을 수밖에 없는 곳인 노동자 지역의 고물상(일기장을 샀던) 주변에서 그녀와 마주치는 바람에 조만간 그녀가 자신을 신고할지 모른다는 극심한 불안감마저 갖고 있던 상태였다.

하지만 이게 웬일, 당사 복도에서 우연히 다시 마주치게 된 그녀는 윈스턴 앞에서 은근슬쩍 넘어지더니 그의 손에 뭔가 비밀스런 쪽지를 쥐어주는 게 아닌가. 대체 무슨 내용일까? 자신의 비밀을 알게 되었으니 뭔가를 요구하는 협박 쪽지일까? 아니면 혹시 그녀는 당의 전복을 꾀하는 지하단체인 '형제단'의 일원이었던 걸까? 텔레스크린의 감시를 피해 자신의 책상에서 펼쳐본 쪽지에는 다음과 같은 말이 적혀 있었다.

'당신을 사랑합니다.'

이런 제길, 나 혼자 사랑하는 줄만 알았던 그녀에게 군 입대 전날 고백을 들으면 이런 심정일까? 빚 때문에 자살하러 한강에 뛰어드는 순간 로또에 당첨된 사실을 알게 된다면 이런 심정일까?

자신을 둘러싼 모든 현상에 대해 총체적 회의를 갖고 있던 주인공은 그 순간, 마치 완치된 치질환자가 더 이상 발병 원인을 추적할 필요를 느끼지 못한 채 나 몰라라 술을 퍼마시듯 빅 브라더 나부랭이 따위는 안중에도 없이 오직 그녀에 대한 생각, 즉 어떻게 하면 그녀와 몰래 만날 수 있을까, 아니 어떻게 하면 그녀와 대화라도 한 번 나눌 수 있을까를 고민하며 그녀의 눈치를 살피는 것이 하루 일과가 되어버린 것이다.

물론 사내연애를 금지하듯 당원끼리의 연애도 금지된 상황이기도 하거니와 윈스턴은 별거 중이긴 하지만 이미 결혼을 한 유부남인 관계로 그 둘 사이의 사랑에 당과 빅 브라더가 얼마든 태클을 걸 수 있는 상황이었다. 걸리면 죽는 그런 사랑이었던 것이다.

하지만 사랑에 빠진 사람들이라면 불가능해 보이는 일들도 가능하게 만들듯, 두 사람은 한적한 시골 숲속의 야외 공터를 유사 숙박업소로 삼는 기행을 벌이고, 급기야는 일기장을 샀던 노동자 지역의 고물상 2층에 그들만의 러브호텔을 꾸미는 등 더욱 대담한 애정 행각을 과시하는데…….

고로 향후 이 책을 읽은 척함에 있어서는 수줍어 얼굴을 붉히며 "난 그 책 너무 야해서 중간에 읽다 말았어" 정도의 멘트로 나름 개성 있는 읽은 척을 연출할 수도 있을 것이다.

마지막 3부에서는 결국 그 두 사람의 파멸과 함께, 계급과 권력에 대한 진실, 빅 브라더의 무시무시한 권능을 확인할 수 있다.

2부에서 주인공은 아마도 '형제단'의 일원일 것이 분명해 보이는 오브라이언과 약속을 잡게 되고 결국 커플 동반으로 형제단 가입을 맹세하고는 며칠 후 골드스타인(반체제 세력의 지도자)이 작성했다는 비밀스러운 책을 건네받는다.

그 후 얼마 지나지 않아, 주인공 커플은 둘만의 밀회 장소인 고물상 2층에서 몸으로도 반역을 하고 정신으로도 반역을 하던 중, 마침내 사상경찰에게 체포되어 사상범을 고문하는 애정부에 끌려간다.

그리고 마침내 알게 된, 오브라이언의 정체. 형제단의 고위 간부쯤으로 여겨지던 오브라이언을 애정부에서 만나게 되자 그 역시 체포된 것으로 생각했으나 그는 사실 윈스턴을 고문하기 위해 나타난 것이었다. 즉 지하단체의 요원인 줄로만 알았던 오브라이언은 사실 사상범들을 색출해내기 위해 위장한 이중간첩이었던 것이다. 지하요원이 아닌 반지하쯤의 요원이었다고나 할까. 오브라이언의 정체에 대해서는 본문에서 많은 부분이 암시, 생략되기 때문에 뭐라고 단정하기는 힘들다.

그는 어쩌면 빅 브라더 자체일 수도 있고, 당을 배반했다가 붙잡힌 골드스타인이 사상전향을 한 것일 수도 있으며, 그저 사상범 색출에 일가견이 있는 고문전문가일 수도 있다. 행여 오브라이언의 정체성을 두고 논쟁이 붙을 경우에는 그냥 다수결의 원칙에 운명을 맡기시라.

그리고 이때부터 윈스턴은 오브라이언에게 형언할 수 없는 끔찍한 고문을 당하며 기존의 가치와 윤리가 송두리째 번지점프를 하는 정신적 혼란을 겪고, 마침내는 당이 원하는 완벽한 이중사고자가 되어 빅 브라더에 대한 진정한 사랑을 느끼며 편안히 숨을 거둔다.

어떤 질문에도 당황하지 않는
읽은 척 꼼꼼 스킬

빅 브라더는 누구인가

《1984》의 부제처럼 사용되는 것이 '빅 브라더'이다 보니 빅 브라더에 대한 정체성 탐구는 이 책에 대한 읽은 척에 있어 가장 기초적인 부분이라 하겠다.

참고로, 과거 이 책에 대한 직역에 충실했던 모 출판사에서는 '빅 브라더'를 '따꺼', 즉 우리말로 '대형(大兄)'이라고 하는 춘장 냄새 물씬한 표현으로 번역을 한 바 있다. 대형이라는 번역이 촌스럽게 느껴지기는 하지만 이 책에서 빅 브라더가 의미하는 바를 생각하면 어쩌면 가장 적합한 표현일지도 모르겠다. 왜냐하면 사실 빅 브라더는 특정인의 이름이나 별명으로 쓰인 고유명사라기보다는 신격화된 절대적 무언가를 지칭하는 대명사에 가깝기 때문이다.

빅 브라더의 정체성은 아래와 같이 세 가지 측면에서 규정할 수 있다.

첫 번째는 오세아니아를 지배하는 영사의 최고 권력자로서의 빅 브라더이다. 이때의 빅 브라더는 바로 김정은과 같은 살아 있는 절대 권력의 상징이며, 인간의 일거수일투족을 지배·통제하려는 몰카 파시스트의 우두머리쯤의 의미로 이해할 수 있다.

> 층계참을 지날 때마다 엘리베이터 맞은편 벽에 붙은 커다란 얼굴의 포스터가 그를 노려보았다. 그 얼굴은 교묘하게 그려져 있었다. 마치 눈동자가 사람이 움직이는 대로 따라 움직이는 것 같았다. 그 얼굴 아래 '빅 브라더가 당신을 주시하고 있다.'라는 글이 적혀 있었다.
>
> - 《1984》, 조지 오웰 저, 정회성 역, 민음사, 10쪽

그리고 두 번째는 실재 인물이 아닌 당이 추구하는 절대 권력의 보조적 이미지로서의 빅 브라더이다. 간혹 빅 브라더가 이문열의 작품《우리들의 일그러진 영웅》의 엄석대와 같이 작품 내에 살아 움직이는 구체적 인물일 것으로 오판하는 경우가 있는데, 이 작품에서 빅 브라더는 과거의 기사나 선전 벽보, 동전의 초상화 등으로만 등장할 뿐 사건과 갈등을 이끄는 구체적 등장인물로 출연하지는 않는다. 즉 가랑잎을 탄 채 대동강을 건너고 솔방울로 수류탄을 만드셨던 SF적 김일성 장군으로서의 빅 브라더가 신격화될 뿐 심근경색증으로 죽은 김성주와 같은 인간 빅 브라더는 존재하지 않는다는 얘기되겠다.

"빅 브라더가 존재합니까?"

"물론 존재하지. 당도 존재하고 말일세. 빅 브라더는 당의 화신이네."

"제가 이렇게 존재하듯 존재한다는 겁니까?"

"자네는 존재하지 않네. 윈스턴."

(중략)

"저는 저 자신을 의식하고 있습니다. 저는 태어났고, 언젠가는 죽을 겁니다. 팔다리도 있습니다. 저는 공간의 한 부분을 차지하고 있습니다. 어떤 물체든 제가 차지한 부분을 동시에 차지할 수는 없습니다. 그런 의미로도 빅 브라더는 존재합니까?"

"그런 건 중요하지 않네. 어쨌거나 그분은 존재하고 있다네."

"빅 브라더도 죽을까요?"

"물론 죽지 않지. 어떻게 죽겠나? 다음 질문은 뭔가?"

– 《1984》, 조지 오웰 저, 정회성 역, 민음사, 362~363쪽

마지막 세 번째는 역사적 실존 인물인 소비에트공화국의 스탈린에 대한 문학적 상징으로서의 빅 브라더이다.

여느 때와 마찬가지로 인민의 적인 임마누엘 골드스타인의 얼굴이 스크린에 나타났다. 여기저기에서 관중의 야유가 터져 나왔다. 갈색 머리의 자그마한 여자는 두려움과 혐오감이 뒤섞인 비명을 꽥꽥 질러댔다. 골드스타인은 오래전(얼마나 오래전인지는 아무도 기억하지 못한다.) 당의 지도급 인물로서 빅 브라더와 거의 맞먹는 지위를 누렸는데, 반혁명 활동에 가담하여 사형 선고를 받았다가 용케 탈출한 뒤 감쪽같이 종적을 감춘 변절자이자 반동분자였다. '이 분 증오'의 프로그램은 날마다 바뀌었지만, 중심인물은 언제나 골드스타인이었다. 그는 최초의 반역자요, 당의 순수성을 처음으로 모독한 인간이었다.

– 《1984》, 조지 오웰 저, 정회성 역, 민음사, 23쪽

위 인용문에서 인민의 적 임마누엘은 '영구혁명론'을 주장하다가 추방당했던 트로츠키를 상징하며 이후 모든 반역죄에는 트로츠키주의자라는 올가미를 씌워 대대적 숙청을 벌여 30여 년간 유혈 독재를 했던 스탈린이 바로 빅 브라더의 모델이라 할 수 있다(앞서 밀란 쿤데라의 《농담》에서도 주인공이 트로츠키를 찬양하는 농담을 했다가 당에서 축

1984

출되었음을 기억하자).

사실 조지 오웰의 작품에는 스탈린과 트로츠키가 늘 함께 언급된다. 《동물농장》이 그러하고, 《1984》가 그러하며, 《카탈로니아 찬가》는 더욱 직접적으로 그러하다. 그리고 바로 이 점 때문에 조지 오웰의 작품은 특히 대한민국에서 똘이장군에 버금가는 반공 서적쯤으로 널리 오인되기도 했던 것이다.

조지 오웰은 반공 작가인가

조지 오웰이 소련의 스탈린 독재를 비판한 것은 분명한 사실이기 때문에 많은 이들이 혼란에 빠질 수 있는 부분이라 하겠다. 특히 《동물농장》의 경우 해외에 첫 번역된 나라가 대한민국이었을 만큼 그의 작품은 소위 빨갱이를 주적으로 삼고 있는 나라에서는 그 어떤 잠입 르포보다 공산주의의 허상을 까발리는 효과적인 반공 서적으로서 국가적 차원에서 장려된 바 있다.

게다가 러시아혁명이 스탈린 독재에 의해 배반당한 혁명임을 우화적으로 그린 것이 《동물농장》이라면 《1984》는 그 후편 격으로, 스탈린 독재가 가져올 인류의 암울한 미래를 실감나게 그린 작품이라 하겠으니 아마 모르긴 몰라도 조지 오웰이 오래만 살았더라면 대한민국으로부터 무궁화훈장이나 하다 못해 〈조선일보〉의 동인문학상 정도는 자셔도 몇 번은 자셨지 않았을까 싶다.

심지어 그의 조국인 영국에서마저도 어느 덜떨어진 보수단체가 그를 반공 작가로 착각하여 강연을 요청했다가 퇴짜를 맞은 일화도 있다고 하니, 일반 독자들이 그동안 그를 멸공통일의 선봉에 선 재향군인회 소속 문인쯤으로 착각하는 것도 무리는 아니라 할 것이다.

그렇다면 조지 오웰의 이데올로기적 정체성은 대체 무엇인가?

조지 오웰은 오직 노동자계급의 집권만이 세상을 바로 세울 수 있는 유일한 방법이라 생각하고, 그 이상을 실천하기 위해 남의 나라 전쟁에 자기 목숨까지 걸었던, 좌파 중에서도 거의 좌측 갓길의 인도까지 점령한 소위 극좌라 할 수 있다. 그리고 그 극단적인 이념의 지점이 바로 미국과 대한민국을 비롯한 극우적 국가들이 앞다투어 그의 작품을 반공 서적이라며 국민들에게 널리 보급했던 본의 아닌 코미디의 시발점이라 하겠다.

이게 대체 무슨 얘기냐.

간단히 얘기하자면 조지 오웰은 너무도 독실한 빨갱이다 보니 점점 파시즘과 독재로 변질되어가는 러시아를 반면교사로 삼아 앞으로는 더욱 완성도 높은 사회주의 국가를 건설하는 데 힘을 모으자고 외쳤던 것인데, 이를 두고 서구 자본주의 국가들은 마치 귀순 용사가 덤으로 비행기라도 한 대 몰고 온 듯 아전인수의 호들갑을 떨었다는 얘기 되겠다. 특히 대한민국의 경우에는 스탈린을 돼지 '나폴레옹'으로 조롱한 《동물농장》에 영감을 받은 이들이 일사분란하게 김일성을 인간의 탈을 쓴 돼지로 묘사하는 바람에 조지 오웰은 본의 아니게 똘이장군의 원작자쯤으로 여겨지게 되었던 것이다.

좀 복잡하게 얘기하자면 다음과 같다. 조지 오웰이 활동하던 시기의 좌파는 대략 마르크스-레닌주의, 스탈린주의, 트로츠키주의

의 세 개 분파로 나뉘는데, 조지 오웰은 당시 좌파들 중에서도 마이
너라 할 수 있는 트로츠키주의자에 속했다. 권력 쟁탈보다는 민주적
사회주의를 지향했던 트로츠키주의는 마르크스─레닌주의자들에게
도 따돌림을 당하고, 스탈린주의자들에게는 부르주아 이상의 공적
으로 여겨지며 박해를 받던 터, 바로 여기에 조지 오웰이 스탈린주
의자들을 향해 비판의 총대를 겨눈 이유가 있는 것이다.

　다시 말해 한편으로는 스탈린 체제의 소련 공산당은 반드시 변
질될 것이라 예견했던 트로츠키의 논리에 대한 공감 때문에, 그리고
또 한편으로는 당시 소련 공산당이 트로츠키주의자들을 이중간첩
혹은 분열주의자라며 전략적 누명을 씌워 숙청했던 정치 공작에 대
한 고발 차원에서 조지 오웰은 소련 공산당을 비판의 대상으로 삼았
던 것이라 하겠다.

　예컨대 과거 민노당이 선거 전략의 일환으로 가장 보수적인 새
누리당(구한나라당) 대신, 어정쩡한 민주당(구열린우리당)의 보수성을
공격함으로써 범진보 세력에게는 내부의 적으로 비난을 받고, 보수
세력에게는 본의 아니게 환호를 받았던 것처럼 조지 오웰 역시 이념
적 주적은 당연히 서구 자본주의 진영이지만, 발등에 떨어진 불부터
끌 요량으로 스탈린주의를 비판의 대상으로 삼았다가 본의 아니게
귀순 용사처럼 되었다 할 수 있는 것이다.

　물론 이 작품을 읽은 척하기 위해 트로츠키주의가 어떻고 범진
보세력이 저떻다는 둥의 배보다 배꼽이 더 커지는 얘기를 꺼내는 것
은 어쩌면 스스로 무덤을 파는 자멸행위가 될 수도 있으므로 이런

얘기가 평소 자신의 정치적 신념과 자연스럽게 부합될 수 있는가를 따져봄과 동시에 상대의 지적 수준과 정치 성향 역시 면밀히 체크하는 신중함도 필요하다.

가령 상대가 학교 교장선생님이나 대기업의 부장급 이상의 우편향 가능성이 높은 어르신 앞에서 이 책을 읽은 척해야 할 경우에는 뭐라 길게 떠벌일 필요도 없이 "제가 좀 조숙해서 현실에 일찍 눈을 뜬 편이라 사회 혼란을 가중시킬 수 있는 좌편향 작가의 책은 일부러 읽지 않고 있습니다" 정도의 멘트면 충분하다는 얘기 되겠다.

《1984》와 파시즘

조지 오웰이 반공 작가인 것처럼 알려졌지만 사실은 그렇지 않다는 이유 하나만으로 《1984》가 읽은 척 대상 서적에 선정될 리는 없다. 게다가 그가 저주를 퍼부었던 구소련의 공산당이 결국 역사에서 퇴장한 지 십여 년이 넘은 지금에도 이 작품이 널리 회자되는 데에는 그만한 이유가 있다 할 것이다.

그것은 바로 이 책이 스탈린 자체를 비판했다기보다는 파시즘으로 변색될 수밖에 없는 구조의 비민주적 공산주의를 비판했기 때문이고, 또한 그 파시즘은 오직 소련의 공산주의에서뿐만 아니라 민주주의가 견고하게 자리 잡은 국가에서도 얼마든지 발생할 수 있다는 것을 경고했기 때문이라 할 수 있다.

《1984》에서 조지 오웰은 윈스턴과 오브라이언의 대화를 통해 미래의 발전된 형태의 파시즘에 대해 이렇게 얘기하고 있다.

우리는 우리 자신이 무얼 하고 있는지 알고 있다는 점에서 과거의 과두정치와 다르네. 우리와 다르든 비슷하든 과거의 사람들은 모두 겁쟁이고 위선자일세. 독일의 나치와 소련의 공산당은 그 수법에서는 우리와 매우 흡사하지만, 그들은 자신들의 권력에 대한 동기를 인정할 만한 용기가 없었네. 그들은 어쩔 수 없이 한시적으로만 권력을 장악하겠다고 약속하고는 인간이 자유롭고 평등하게 살 수 있는 낙원이 도래할 것이라고 꾸며댔지. 그리고 실제로 그렇게 믿기까지 했네. 우리는 그들과 다르네. 누구든 권력을 장악하면 그것을 포기하려 하지 않는 법이지. 권력은 수단이 아닐세. 목적 그 자체이네. 혁명을 보장하기 위해서 독재를 행사하는 게 아니라 독재를 하기 위해서 혁명을 일으키는 걸세. 박해의 목적은 어디까지나 박해일 뿐이네. 고문의 목적은 고문이고 말일세. 그처럼 권력의 목적도 권력 그 자체이네. 이제 내 말을 이해하겠나?

- 《1984》, 조지 오웰 저, 정회성 역, 민음사, 368쪽

개인은 오직 개인임을 포기할 때만 권력을 갖게 되지. '자유는 예속'이란 당의 슬로건을 알고 있지? 혹시 그것을 뒤집어서 생각해 본 적이 있나? 예속은 자유라고 말일세. 혼자 있는 인간, 다시 말해 자유로운 인간은 언제나 패배하네. 모든 인간은 언젠가는 죽게 마련이고, 죽음은 가장 커다란 패배이기 때문이지. 하지만 인간이 철저하고 완전하게 복종함으로써 자신의 존재를 버리고 스스로 당이 될 만큼 당의 일에 적극적으로 나선다면, 그때는 불멸의 전능한 존재가 된다네. 두 번째로

자네가 알아야 할 건 권력이란 곧 인간 위에 군림한다는 점일세. 권력은 인간의 육체도 그렇지만, 특히 그 정신을 지배하는 것이어야 하네. 물질에 대한 권력, 자네 식으로 말하자면 외적인 실재에 대한 권력은 중요하지 않네. 사물에 대한 우리의 권력은 이미 절대적이니까 말일세.
— 《1984》, 조지 오웰 저, 정회성 역, 민음사, 369~370쪽

사실 파시즘이란 뭐라 명확하게 정의될 수 있는 간단한 용어가 아니다. 신문이나 토론 게시판 등에서 많이 쓰이고는 있지만 대체로는 그저 '나쁜 놈, 맘에 안 드는 놈' 정도의 통칭 격으로 사용되고 있는 게 현실이다. 하지만 과거의 역사를 통해 분명히 말할 수 있는 사실 한 가지는, 파시즘은 늘 정치적·경제적 위기 상황에서 욕구불만 집단이 혁명이랍시고 벌인 행위가 사실은 집단 광분에 지나지 않았다는 것이다.

고로 최근 청년 실업과 장기 불황, 금융 위기 등이 겹치면서 IMF환란 못지않은 경제적·정신적 공황을 맞고 있는 우리 대한민국의 운명에 대해 거론할 때, 《1984》의 내용을 인용하여 대한민국의 미래와 지구의 운명을 예측해보는 푸닥거리적 읽은 척도 충분히 가능하다 할 것이다.

말하자면 2008년 미국발 금융위기 사태와 같이 자본주의의 폐단이 드러날 때면 자연스럽게 사회주의가 다시 싹틀 것이라 기대하는 낭만적 좌파들도 있고, 기대가 아닌 우려의 차원이겠지만 빨갱이의 부활을 염려하는 우파들도 생기게 마련이다. 바로 이때, 세상이

그렇게 단순한 것은 아니라며, 조지 오웰 선생님 말씀에 따르면 위기의 대한민국에서 발생할 수 있는 이데올로기는 수정 자본주의도 아니고, 사회주의도 아닌 바로 파시즘이라며 마치 인류의 미래를 짊어지고 있는 듯한 진격의 목소리로 일갈할 수 있다는 얘기 되겠다.

알아두어야 할 특수용어들

이 책에는 언뜻 의미를 파악하기 힘든 특수용어들이 나온다. 이는 파시즘이 전 세계를 삼분하여 통치하고 있는 미래 상황을 좀 더 치밀하게 구축하기 위한 작가의 상상력에서 파생된 용어들로, 마치 〈스타워즈〉의 '제다이'라든가, '무역연합', '나부 행성' 등과 같은 가상의 명칭들이라 하겠다.

물론 〈스타워즈〉를 감상함에 있어 나부 행성이 어디 박혀 있는지, 무역연합이 무엇에 대한 상징인지, 그딴 거 몰라도 얼마든지 재미있게 볼 수 있다. 하지만 이는 어디까지나 실제로 본 사람에 한해 적용시킬 수 있는 무지에 대한 톨레랑스(관용)라 하겠다.

고로 소탐대실이라고, 아래에 정리한 작품 관련 특수 용어들에 대해서는 괜히 읽은 척 선빵을 날리기 위한 공격용 스킬로 사용할 것이 아니라, 특정 부위만을 선호하는 일종의 페티시(fetish)적 취향의 디테일한 적들에 대한 방어용 스킬로 이용하는 것이 현명한 선택이라 하겠다.

먼저, 전 세계를 삼분하고 있는 세 나라의 이름들이다.

- **오세아니아** 주인공 윈스턴이 살고 있는 나라. 아메리카 대륙과 영국, 오스트레일리아를 포함한 대서양의 여러 섬들과 아프리카의 남부 지역을 차지하고 있으며 영국사회주의(영사)를 근본 철학으로 하고 있다.
- **유라시아** 포르투갈에서부터 베링 해협에 이르기까지 유럽과 아시아 대륙의 북부 전 지역을 장악하고 있으며 '신(新)볼셰비즘'이 근본 철학이다.
- **동아시아** 중국을 중심으로 하여, 일본과 베트남, 대한민국, 몽골 등이 이에 포함된다. 동아시아는 '죽음 숭배'의 이념으로 사회를 유지하고 있다.

여기서 주의할 것 하나. 중요한 것은 세 개의 초강국이 존재하고 있다는 것이 아니라 그 세 나라의 이율배반적 관계라 하겠다. 앞서 언급한 바 있듯, 주인공 윈스턴은 현재 적대 국가로 증오의 대상이 되고 있는 유라시아가 사실 몇 년 전에는 동맹 국가였던 것으로 기억하며, 지금 진행되고 있는 전쟁이 대체 무엇을 위한 것인지에 대한 총체적 회의에 빠져 있는 중이었다. 그리고 그에 대한 해답은 오브라이언이 윈스턴에게 주었던 논문 형식의 책에 나오는데, 사실 세 나라의 전쟁은 서로의 운명을 건 전면전이 아니라 세 나라의 통치자들이 체제를 유지하기 위한 눈속임에 불과했던 것이다.

다시 말해 현재 끊임없이 치러지고 있는 전쟁의 실제 목적은 적의 침략 때문도 아니고, 세계 정복의 야욕 때문도 아닌 국민의 전반적 생활 수준을 향상시키지 않으면서 공산품들을 완전히 소모함으로써 잉여생산물을 두고 벌어질 수 있는 계급투쟁 및 내적 반란의 가능성을 미리 차단하는 데 있다. 결국 오세아니아와 유라시아, 동아시아는 그동안 정기적으로 동맹과 적의 관계를 서로 교대하는 쇼를 해 자국민들을 속여왔을 뿐 사실은 체제 유지를 위해 서로에게 없어서는 안 될 파트너들이었던 것이다.

이는 과거 남과 북의 위정자들이 독재를 유지하기 위해 국민들에게 서로에 대한 증오심을 부추겼던 시스템을 거의 정확하게 설명하는 대목으로, 국방부에서 선정하는 불온 서적 리스트 1위에 올라야 마땅했을 이 책이 그동안 오히려 반공 교육을 위한 권장 서적으로 쓰였다는 점은 대한민국의 군 수뇌부에게 《고전문학 읽은 척 매뉴얼》의 보급이 얼마나 절실한지에 대한 방증이라고도 할 수 있을 것이다.

그 밖의 주요 용어들로 다음과 같은 것들이 있다.

- **텔레스크린** 간단히 말해 송신과 수신이 동시에 이뤄지는 쌍방향 커뮤니케이션 툴이라 하겠다. 즉 당의 소식과 지령을 전달하는 텔레비전으로 작동하기도 하고, 각 개인의 행동과 말을 감시하는 몰래 카메라이기도 한 것이다. 습관적으로 몰래 카메라 자체를 빅 브라더로 혼동하는 경우가 있으니 주의하도록 하자.
- **마이크로폰** 텔레스크린이 없다고 찧고 까부는 당원들을 위해

만든 도청 장치. 텔레스크린이 없는 야외에서도 당원들이 긴장할 수밖에 없게끔 만드는 메커니즘적 설정이라 하겠다.

- **이중사고** 이중사고란 말 그대로 서로 모순되는 생각을 동시에 받아들이는 것을 의미한다. 이는 원래 진리부에서 근무하는 주인공이 과거의 기록을 왜곡하는 중에 스스로 왜곡하면서도 그것을 진실이라고 믿는 모순을 가능케 한 사고방식으로, 사람에 대한 애증의 마음을 동시에 갖는 것과 유사하다고 할 수도 있다. 그리고 진실과 거짓을 동시에 말할 수 있기 때문에 뱀의 혓바닥이 갈라진 것이라는 전설과도 맞닿는 부분이라 하겠다.

  어쩌면 한때 모 커뮤니티 사이트에서 유행된 바 있던 '좆타가도 좆치안타'라는 구호가 딱 이에 해당한다고 볼 수도 있다. 이런 거 자꾸 보면 안 되는데 하면서도 계속 보게 되는 심리 말이다.

- **2분간 증오** 이는 오세아니아 사회에서 매일 진행되는 것으로 영사의 첫 반역자인 골드스타인과 적국으로 상정된 유라시아에 저주를 퍼붓는 의식을 의미한다. 이 정도로 네거티브한 수준은 아니지만 과거 오후 5시면 '동작 그만' 자세로 국기에 대한 맹세를 하면서 움직이는 사람은 매국노라고 속으로 욕을 퍼부어본 경험이 있는 독자들은 대번에 이해가 갈 것이다.

- **101호실** 아련한 모텔 방 혹은 반지하의 추억이 떠오르는 독자도 있겠으나 《1984》에 등장하는 101호는 가혹한 고문이 이

뤄지는 애정부 내에서도 가장 최악의 공포가 대기하고 있는 그야말로 인생막장의 공간을 의미한다. 그런데 그 최악의 공포라고 하는 것이 누구에게나 적용될 수 있는 공포의 절대값을 뜻하는 것은 아니다. 그동안 텔레스크린 등을 통해 수집된 개인 정보와 취향, 과거의 트라우마 등을 종합 분석하여 내놓는 개인별 맞춤형 고문 방법이 제공된다. 참고로 주인공 윈스턴이 101호실에서 겪는 공포는 '쥐'와 관련 있다.

"(중략) 말해 보게. 빅 브라더에 대한 자네의 진심은 뭔가?"
"그를 증오합니다."
"그를 증오한다고? 좋아. 결국 자네가 마지막으로 밟아야 할 단계가 코앞에 다가왔군. 이보게. 윈스턴. 자네는 빅 브라더를 사랑해야만 하네. 그에게 복종하는 걸로는 부족하단 말일세. 다시 한번 말하지만, 그를 적극적으로 사랑해야 하네."
그는 그렇게 말하고, 윈스턴을 간수들 쪽으로 밀치면서 덧붙였다.
"101호실로!"

– 《1984》, 조지 오웰 저, 정회성 역, 민음사, 395쪽

조지 오웰의 작품 중에서 어떤 작품을 가장 읽은 척해야 할 것인가에 대해 필자 나름의 고민이 있었다. 대중적으로 가장 많이 알려진 작품으로는 《동물농장》, 모든 작품의 사상적 기반이 된 작품으로는 《카탈로니아 찬가》, 생애 마지막 유작이자 역작인 《1984》를 두

고 어떤 작품에 대한 읽은 척이 독자에게 가장 득이 될 것인지를 두고 고민했다는 얘기 되겠다.

결국 필자는 효율성의 측면에서 《1984》를 선택하였다. 작가들 중에는 초기에 완성된 세계관을 다른 구조와 관점으로 반복 재생하는 경우가 있는 반면, 조지 오웰의 경우는 나이를 먹고 경험이 쌓이며 조금씩 성숙해지기 시작한 세계관을 마지막 작품에 집대성한 경우라 평할 수 있기 때문이다.

호밀밭의 파수꾼

The Catcher in the Rye

제롬 데이비드 샐린저

샐린저(1919~)는 미국의 소설가이다. 대표작으로는 1951년 발표한 《호밀밭의 파수꾼》과 1961년 발표한 단편집 《프래니와 주이》가 있다. 1965년 이후 은둔생활을 시작한 샐린저는 언론과의 인터뷰도 없이 철저히 베일에 가려진 생활을 하고 있다.

등 장 인 물

콜필드 변덕의 제왕이자 변태의 제왕이기도 한 주인공. 예민한 감수성 때문에 어른의 세계에 진입하는 데 애를 먹고 있는 전형적인 사춘기 고등학생이다.

스펜서 콜필드가 좋아하는 두 명의 선생님 중 한 명. 역사를 가르친다.

애클리 학교 다닐 때 한 번쯤은 만나게 되는 어리버리하고 지저분한 인간이다.

스트라드레이터 역시 한 번쯤은 만나게 되는 돈 많고, 잘생기고, 여자들한테 인기도 많은 재수 없는 놈이다.

애리 콜필드가 무척 좋아했지만 일찍 죽고 만 남동생.

피비 역시 콜필드가 무척이나 아끼는 여동생.

D. B. 콜필드의 형. 재능 있는 소설가이지만 할리우드의 영화판에 진출한다. 이 때문에 평소 영화를 혐오하던 콜필드에게 변절자 취급을 당한다.

제인 콜필드가 짝사랑하는 여자 친구.

샐리 콜필드의 여자 친구. 콜필드는 샐리가 얼굴은 예쁘지만 제인만큼 똑똑하지는 못하다고 생각한다.

앤톨리니 콜필드가 좋아하는 두 명의 선생님 중 나머지 한 명. 옳은 소리도 곧잘 하고 유머감각도 훌륭한 사람이지만 작품 막판에 콜필드에게 반전의 변태 짓을 저지른다.

지금으로부터 대략 5000년 전, 중동의 티그리스 강과 유프라테스 강에 둘러싸인 바빌로니아 남부의 기름진 땅에서 인류 최초의 문명이 탄생하였으니 우리는 이를 수메르 문명이라 부른다. 수메르 문명이 남긴 기록에는 놀라운 것들이 가득하다. 로켓으로 추정되는 미확인 비행물체가 등장하기도 하고, 사실 지구의 문명은 태양계의 알려지지 않은 열두 번째 행성의 외계인으로부터 이식되었다고 추정할 만한 언급이 나타나기도 한다.

물론 이는 제카리아 시친이라는 한 고고학자의 가설일 뿐 검증된 사실은 아니다. 하지만 그렇지 않음을 증명할 수 있는 뚜렷한 반증도 없으므로 언젠가는 사실로 판명될지도 모르는 잠재적 진실의 SF적 가설이라 하겠다.

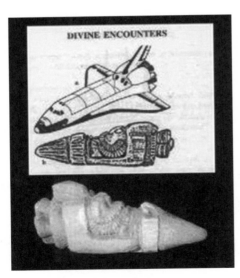
수메르 유적지에서 발견된 미확인 비행물체

아무튼 로켓이니 외계인이니 하는 것들은 정확히 밝힐 수 없는 미스터리인 반면, 전에도 그러했고 지금도 그러하며 앞으로도 그럴 수밖에 없을 것으로 보이는 명명백백한 진실 하나가 수메르의 점토판에서 발견되었다 하겠으니 그 불편한 진실의 내용은 다음과 같다.

"요즘 젊은 것들은 어른을 공경할 줄도 모르고 버르장머리가 없어. 니미 말세여."

그리고 20세기 최고의 베스트셀러 중 하나이자, 수많은 후배 작가들에게 영감을 주었고, 전 세계 십 대들이 열광해 마지않았던 샐린저의 《호밀밭의 파수꾼》을 읽은 척할 수 있는 결정적 대사가 바로 5000년 전 수메르 꼰대들이 점토판에다 불편한 심경을 토로했던 그것과 한 치도 다를 바가 없다 하겠다.

물론 십 대가 읽은 척을 할 경우에는 이와 다르겠지만, 원래 대한민국에서는 십 대에 읽어야 할 책을 삼십이 넘어 실직 후에나 본의 아니게 시간이 남아돌아 처음 보는 것이 상례라 하겠다. 따라서 십 대가 아닌 기성세대의 시각에서 살펴보고자 한다.

교양이 바닥 난 당신을 위한
읽은 척 뻔뻔 스킬

《호밀밭의 파수꾼》은 1인칭 주인공 시점의 소설이다. 내용 전달의 효율성과 일관성을 위해 다른 1인칭 주인공 시점의 작품(《이방인》, 《데미안》 등)도 3인칭 시점으로 줄거리를 정리했으나, 이 작품만은 원래 구성과 최대한 비슷한 형식으로 내용 요약을 하고자 한다. 《호밀밭의 파수꾼》은 스토리보다는 오히려 사춘기의 주인공이 구사하는 시니컬

한 구어체의 말투가 굉장히 중요한 읽은 척 소재이기 때문이다.

***

나는 지금 폐렴으로 한 요양원에 와 있어. 나이는 열일곱이지만 워낙에 담배도 많이 피고, 학교에서 짤린 요 며칠 동안은 하도 밖으로 싸도는 바람에 원래 있던 폐병이 좀 악화가 됐거든. 내가 학교도 짤리고, 담배도 좀 피운다고 해서 어디 골목에서 애들 코 묻은 돈이나 뜯는 양아치라고 생각하지는 말아줘. 나도 나름대로는 진지하고 치열하게 삶을 살아내고 있거든. 아무튼. 내가 왜 불과 십 대 중반의 꽃다운 나이에 퇴학을 당한 채 여기 이렇게 요양원에 누워 있는지, 내 얘기 한 번 들어볼래?

맞다! 까먹었는데 내가 인간에 대한 예의랄지, 뭐 쉽게 말해 싸가지 같은 건 안 키운 지 오래됐거든? 그러니까 내가 얘기하는 중에 약간의 욕도 있을 수 있고, 말도 안 되는 헛소리가 있을지도 몰라. 뭐라구? 어릴 땐 다 그런 거라구? 지랄. 내 말투가 이런 건 어려서가 아니라 내 주위의 가식적인 속물들한테 하도 질려서 그런 거야. 너희들도 알잖아. 우리 주위에 텍사스 소떼 같이 널려 있는 그 속물들을 말야. 하긴 뭐 이 글을 읽는 너희들도 가식적 속물들이겠지.

내 얘기는 이래. 펜시 고등학교라고 알아? 그곳은 내가 네 번째로 옮긴 학곤데 말야. 명문 사립학교로 소문난 곳이지. 하지만 명문은 개뿔. 그 학교 역시 내가 전에 다녔던 학교들과 마찬가지로 가식이 넘치는 사기꾼들이 득실거리는 곳이었어. 돈 많은 집 애들이 다니는 곳인데 왜 사기꾼이 득실거리냐고? 야, 네가 돈이 없어봐서 잘 모르나 본데, 사립학교 학부모의 대다수가 사기 쳐서 돈을 번 사기꾼들이니 그 자식들이라고 다를 게 있겠어?

아무튼. 그날은 정말 최악이었어. 얼떨결에 내가 주장을 맡고 있는 펜싱부에서 대회를 나갔다가 지하철에 장비를 두고 내리는 바람에 대회 참석도 못해보고 학교로 돌아오질 않나, 영어만 빼고 전 과목 낙제를 받는 바람에 교장선생님한테 붙들려서 무려 두 시간 동안 훈화 말씀을 듣다가 결국 퇴학 통고를 받질 않나. 정말 엉망인 하루였지. 그나마 존경할 만한 선생님이라 여겼던 스펜서 선생님께 애써 마지막 인사를 드리러 갔는데 이 영감탱이, 남의 속도 모르고 낙제를 받았던 답안지나 다시 들추며 낭만이라곤 눈곱만큼도 없는 후진 이별을 연출하더군. 오는 게 아니었는데 젠장!

하지만 사람 마음이란 게 참 간사한 거 같아. 그렇게도 정이 안 가는 학교였지만 막상 다시는 오지 못한다고 생각하니 학교 구석구석이 막 그리워질 거 같아 울적하고 그러는 거야.

기숙사에 돌아와 보니 여드름투성이에 이끼 낀 이빨의 애클리도 축구 시합을 보러 가지 않고 방에서 서성대고 있었어. 애클리 이 녀석은 내 옆방에 사는 놈인데 난 이놈이 이를 닦는 걸 한 번도 본적이 없어. 아마 북반구에서 제일 더러운 자식일 거야.

좀 이따가 나의 룸메이트인 스트라드레이터가 돌아왔어. 이 자식은 돈 많고, 얼굴도 잘생긴 색골이지. 오늘도 어김없이 데이트를 하러 간다는데, 어라? 오늘 이 색골 자식의 데이트 상대가 제인 갤

러허라니! 제인 갤러허는 내가 어렸을 때 꽤 좋아했던 옆집 여자애 거든. 근데 이런 색골 자식하고 데이트를 하다니. 제길, 결국 난 한 때 좋아했던 여자애와 스트라드레이터가 만나지 못하게끔 방해공작 을 펴긴커녕, 둘이 데이트를 하는 동안 그 색골 자식의 작문 숙제만 대신하게 됐지 뭐야.

사실 난 글 쓰는 걸 좋아해. 책 읽는 것도 굉장히 좋아하지. 하 지만 영화는 정말 싫어. 별다른 이유가 있는 건 아니고 그냥 싫어. 가식적이잖아. 아무튼 이왕 작문 숙제를 해주기로 한 거 난 내 동생 앨리의 야구 미트(mitt)에 대한 얘기를 쓰기로 했어. 내 동생은 말야. 정말 괜찮은 놈이었어. 마음씨도 상냥하지만 정말 머리가 좋은 녀석 이었지. 보통 좋았던 게 아냐. 나보다 오십 배는 더 똘똘했을 거야. 하지만 내 동생은 몇 년 전에 백혈병으로 죽고 말았어. 난 그때 열세 살이었는데 정말 너무 미치도록 화가 나서 차고의 유리창들을 맨주 먹으로 다 깨부숴버렸어. 미친 짓이었다는 건 나도 알아. 하지만 어 쩔 수가 없었어. 앨리는 정말 영리하고 사랑스러운 녀석이었거든.

근데 말야. 이 색골 자식이 글쎄 데이트를 마치고 돌아와서는 말이지. 가뜩이나 그 자식 숙제로 대신 해준 작문에 대해 시큰둥한 반응을 보여 빈정이 상해 있던 마당인데, 왠지 이 자식이 나의 제인 한테 뭔가 음흉한 짓거리를 했을 게 틀림없어 보이는 거야. 아니 세 상에, 어디 가지도 않고 몇 시간 동안 차 안에만 있었다니 안 봐도 비디오 아니겠어? 난 정말이지 복장이 터져 죽어버릴 것만 같았지. 그래서 괜한 일로 트집을 잡아 그 색골 녀석에게 주먹을 한 방 날렸지만 안타깝게도 흠씬 두들겨 맞고 뻗어버린 건 나였어. 세상에 태어나서 그렇게 많은 피를 흘린 건 그때가 처음이었던 것 같아. 정말 아프더군. 그건 그렇고 말야⋯⋯. 제인은 정말 그놈이랑 한 걸까?

난 이제 더 이상 학교에 1분도 머물고 싶지가 않았어. 그래서 바로 짐을 챙겨 뉴욕행 기차에 올랐지. 기차에서 내가 누굴 만났는지 알아? 펜시 고등학교 최강의 개자식인 어니스트의 엄마를 만난 거야. 그 자식은 개차반인데 엄마는 꽤 매력적이더군. 나는 그 개자식을 학교 최고의 모범생으로까지 만드는 거짓말을 해가며(왜냐하면 엄마들은 자기 자식이 최고라는 말에는 사족을 못 쓰잖아) 그녀와 식당 칸에 가서 칵테일이라도 한잔 할 수 있기를 바랐는데 이런 젠장, 시간이 너무 늦어 문을 닫고 말았지 뭐야. 아아, 칵테일 한잔만 할 수 있었어도 영화 〈아메리칸 파이〉의 한 장면이 연출될 수도 있었을 텐데. 빌어먹을. 내 인생은 왜 이렇게 꼬이나 몰라.

뉴욕에 도착해서는 참 막막하더군. 크리스마스 휴가가 언제부턴지 가족들이 뻔히 아는데 지금 집에 갔다가는 퇴학당한 사실이 금방 들통 날 거 같고, 그렇다고 달리 찾아갈 만한 다른 사람도 없고 말야. 전화를 걸어 아무하고라도 대화를 나누고 싶었지만 시간이 늦어서 그것도 마땅치 않더군.

결국 난 시내의 한 호텔에 투숙했는데 말이지. 호텔이란 곳은 정말 역겨운 변태들의 시청 앞 광장이라 할 만했어. 나이 지긋한 중년의 남성이 여자 속옷을 걸치고서 교태를 부리질 않나, 어떤 커플은 서로의 얼굴에 물을 뿜어대는 분수쇼를 하며 좋아 죽겠다 그러더군. 스트라드레이터, 그 색골 자식이 여기 왔다면 아마 왕 노릇을 할 수 있었을 거야.

자고 싶지도 않고 기분도 우울해서 난 호텔 로비의 홀에 들어가서 술을 시켰지. 근데 이 망할 놈의 웨이터가 내 나이를 눈치 깠는지 술을 못 주겠다는 거야. 그래서 내가 어떻게 했겠어. 불같이 화를 내며, 그럼 콜라라도……. 그랬지 뭐. 이때 그냥 방에 올라가 잠이나 퍼질러 잤어야 했어. 하지만 그날 난 도저히 잠을 이룰 수가 없어서 결국 밖에 나가 술을 좀 먹고 돌아왔지. 호텔에 돌아왔는데 이게 웬일. 호텔 보이 하나가 나에게 와서는 이러는 거야.

"손님, 나이도 있어 뵈는데 인생을 즐기지 않으실랍니까? 괜찮은 여자가 있습니다만……."

이 자식, 나는 오늘 처음으로 내게 인간다운 대접을 해주는 사람을 만난 거라구! 나의 동정을 매춘부에게 바친다는 건 좀 서글펐지만 말야. 아니 솔직히 서글픈 생각이 들기도 전에 득달같이 이런 대답이 나오더라고.

"좋아염!"

하지만 막상 여자가 내 방으로 들어오니 하고 싶은 마음이 싹 가시는 거야. 그 여자가 굉장히 못생겼다거나 그런 건 아니었어. 섹스 말고 그냥 대화를 좀 하고 싶었거든. 하지만 그녀는 그런 내가 이해가 되질 않았나 봐. 오히려 불쾌해했어. 어쩌면 내가 바보짓을 한 건지도 모르겠어. 근데 말야. 나의 바보스러움은 거기서 끝이 아니었어. 분명히 호텔 보이는 화대가 5달러라고 했는데 여자가 10달러를 달라고 하기에 난 약속한 대로 5달러만 지급하겠다고 했더니 나중에 그 호텔 보이를 데리고 다시 나타나더니 악착같이 5달러를 더 뜯어가지 뭐야. 게다가 한 대 얻어맞기까지 하면서. 이런 젠장, 억울해서 눈물이 다 나더라고.

그렇게 뉴욕에서의 하루를 보낸 다음날 샐리 헤이즈를 만나기로 했어. 샐리 헤이즈는 전부터 알고 지내던 여자 친군데 얼굴은 예쁘지만 자기 엄마 못지않은 엄청난 속물이지. 그런데 왜 만나냐고? 글쎄, 달리 연락할 만한 사람이 없기도 했지만, 나도 내 마음을 잘 모르겠어. 내가 혹시 미친 걸까?

그녀를 만나기 전에는 한 식당에서 수녀님들을 만났어. 난 부잣집 자식이라 베이컨과 달걀, 토스트에 오렌지 주스, 커피까지 질펀하게 시켜 먹고 있었는데 수녀님들은 가난해서 그런지 오직 토스트에 커피만 시키더군. 난 또 이상하게 그런 광경을 보면 슬퍼져. 그래서 수녀님들한테 10달러나 기부를 했지. 안 받겠다는 걸 억지로 드렸거든. 근데 수녀님들도 책을 볼 텐데 책에 야한 부분이 나오면 과연 어떤 기분이 들까? 내가 변태라서 그런 게 아니라 그냥 궁금하다는 얘기야. 아냐. 솔직히 어쩌면 나야말로 은하계 최강의 변태일지도 모르겠어.

결국 샐리를 만났는데 역시 결과는 좋지 않았어. 같이 본 형편없는 연극을 샐리는 엄청 재밌다고 하니 참 한심해보였어. 게다가 아이비리그, 그러니까 대한민국으로 치면 연고대쯤 다니는 속물 하나가 샐리와 나 사이에 끼어들어 구역질 날 것 같은 잘난 척을 하는 바람에 더 맘이 상했거든. 결국 스케이트장에 가서는 그녀에게 같이 멀리 도망가자고 했다가, 또 나중에는 너랑 같이 있으면 너무 지루하다는 말을 해버리는 바람에 그녀는 엉엉 울며 엄청 화를 냈어. 내가 아무래도 정말 미친 거 같았어. 근데 제인은 그 색골 자식이랑 어디까지 한 걸까.

저녁에는 내가 후튼 고등학교에 다닐 때 선배였던 루스를 만나서 술을 먹었어. 원래는 오랜만에 만나서 뭔가 지적인 대화를 하고 싶었는데, 이상하게 내 입에서는 여자에 대한 얘기만 나오더군. 그놈도 그런 내가 미친놈 같았는지 금방 가버리고 말았어. 아, 정말 외로워서 죽어버릴 것만 같았지. 그 이후에는 말도 마. 난 엄청 술이 취해서 그 클럽의 여가수에게 되도 않는 수작을 부리기도 하고 카운터에서 일하는 엄마뻘 되는 아줌마에게 데이트를 신청했다가 비웃음을 당하기도 했어. 내가 생각해도 내가 너무 한심했지. 확 자살을 해버릴까 싶은 생각이 들 정도로 말야.

이제는 돈도 얼마 없고, 술도 깰 겸 센트럴파크까지 걸어갔어. 전부터 늘 궁금한 게 있었거든. 센트럴파크 연못에는 오리들이 있는데 말야, 이렇게 추운 겨울이 되면 오리들은 대체 어떻게 되는지가 늘 궁금했어. 어디 동물원 같은 곳에서 사람들이 나와 오리들을 춥지 않은 곳으로 데려가는 건지, 아니면 오리들이 알아서 다른 곳으로 이동을 하는 건지 말야. 하지만 연못에는 아무것도 남아 있지 않더군. 결국 난 그 답을 얻을 수 없었던 거야. 난 허탈해서 갖고 있던 동전들을 연못에다 집어 던져버렸어. 내가 미친 게 틀림없나 봐.

돈도 다 떨어지고 공원 호수에서 얼어 죽을 것 같던 중에 갑자기 내 여동생 피비가 미치도록 보고 싶어져서 몰래 집에 들어갔어. 마침 엄마랑 아빠는 파티에 가서서 별 어려움 없이 피비를 만날 수 있었지. 처음엔 그 녀석도 무척이나 날 반겼어. 하지만 피비는 내가 퇴학을 당해서 예정보다 일찍 집에 찾아왔다는 걸 곧 알아채더군. 이번에는 이 녀석도 실망이 컸나 봐. 계속 아빠가 오빠를 죽일 거라는 소리만 해대는 거야. 그 와중에 엄마 아빠가 집에 돌아오셨고, 난 동생이 억지로 쥐어주는 돈 몇 푼을 받아 몰래 빠져나왔어. 내가 얼마나 비참한 기분이 들었는지 짐작할 수 있겠어?

  밤이 깊었지만 난 어린 동생이 준 돈을 들고 호텔에 갈 수는 없었어. 그래서 그나마 내가 좋아하던 선생님 중 또 한 명인 앤톨리니 선생님에게 전화를 건 후 그 집에 찾아갔지. 많이 늦은 시각이었지만 선생님은 고맙게도 날 반겨줬어. 선생님은 꽤 취한 상태였는데 내가 이번에도 퇴학을 당했다고 하자 또 그놈의 일장훈계를 하더군. 물론 앤톨리니 선생님의 말이 틀렸다는 건 아냐. 나에게 정말 도움이 될 만한 얘기들도 있었거든. 예를 들어 학교 교육을 통해 자기 사고의 크기를 가늠할 수 있다든가, 나 말고도 같은 고민을 했던 사람들은 수없이 많았으며 그 사람들이 남긴 책들을 보면 덜 외로워진다든가 하는 얘기들은 정말 마음에 들었어. 근데 문제는 내가 너무 피곤해서 졸음이 쏟아지고 있었다는 거야. 선생님도 내 상태를 알아보고는 하던 얘기를 중단하고 내가 소파에서 잘 수 있도록 해주셨어. 거기까진 좋았어. 정말 평화롭고 훈훈했지.

난 쓰러지다시피 잠에 취해 있었는데 이런 니미! 자는 중에 느낌이 이상해서 눈을 떠보니까 그 선생이 글쎄 내 꼬추를 만지작거리고 있지 뭐야! 제기랄. 왜 나한텐 이렇게 변태들이 꼬이는 걸까. 어릴 때부터 지금까지 이런 일이 스무 번은 있었을 거야. 난 너무 놀라서 도망치다시피 그 집을 빠져나왔어. 가뜩이나 피곤했는데 이런 충격적인 일을 경험하니 난 거의 숨이 넘어갈 지경이었지. 그래서 난 결심했어. 서부로 가겠다고. 아무도 날 모르고 나 역시 아는 사람이 없는 곳에 가서 주유소 일이라도 하면 어떻게든 먹고는 살 수 있을 테니까. 그래도 제인에게 전화 한 통 정도는 하고 떠날까?

서부로 떠나기 전에 동생에게 받았던 돈은 돌려줘야겠다는 생각이 들었어. 그래서 피비에게 학교 근처 박물관 앞으로 나오라는 편지를 전해주고 기다리고 있었는데 이런 젠장, 피비가 글쎄 자기도 오빠를 따라가겠다며 지 몸집만 한 트렁크를 질질 끌고 나오는 게 아니겠어? 난 정말 너무 화가 나서 한 대 쥐어박고 싶었지만 결국 동생에게 서부로 떠나지 않겠다고 약속해서 겨우 말릴 수가 있었지. 결국 서부로 떠나 야생마를 타는 대신 동생과 함께 동물원에서 회전목마만 실컷 탔고 말이야. 그래도 뭐 기분이 나쁜 건 아니었어.

내 얘기는 여기까지야. 그 이후로 내가 집에 돌아가서 뭘 했고, 어떻게 병에 걸렸으며, 퇴원 후에는 어느 학교를 가기로 했는지 등은 별로 말하고 싶지 않아. 사실 난 지금까지 내 얘기를 들려준 걸 후회하고 있어. 누구에게든 뭔가 말을 하게 되면 말야. 내가 얘기했던 모든 사람들이 그리워지기 시작하거든.

외로워.

외로워.

외로워.

어떤 질문에도 당황하지 않는
읽은 척 꼼꼼 스킬

문학사 최강의 투덜이, 콜필드

앞서 그 어떤 읽은 척 대상 서적보다 방대한 양을 자랑하는 《호밀밭 파수꾼》의 '읽은 척 뻔뻔 스킬'을 끝까지 참고 읽어낸 독자라면 충분히 짐작할 수 있듯 《호밀밭의 파수꾼》은 미성년자인 콜필드가 이틀간 겪는 뉴욕 거리의 잔혹사라 할 만하다. 물론 그 잔혹사란 것이 무슨 뉴욕 뒷골목을 지키는 파수꾼들의 피비린내 진동하는 세력 다툼 따위도 아니고, 가난에서 비롯된 지지리 궁상에 대한 사실적 기록 같은 것도 아니다.

학교에서 퇴학을 먹고, 전부터 좋아했던 여자 친구가 학교 최고의 색골 자식과 데이트를 하고, 까불다 맞고, 친구 엄마는 안 꼬셔지고, 술 먹고 싶은데 어리다고 술은 안 팔고, 여자들한테 채이고, 포주한테 사기 당하고, 빌어먹을 선배는 날 무시하고, 집에도 못 들어가고, 믿었던 선생님한테는 성추행을 당하는 등등 이 책은 한편으론

우스꽝스럽지만 독자 제위도 지난 과거를 돌이켜보면 한 번쯤은 겪었을 만한 욕망 좌절의 청춘 잔혹사에 대한 묵시록이라 할 수 있는 것이다.

고로 이 책을 읽은 척하는 것은 전혀 어려운 일이 아니다. 전술했던 '읽은 척 뻔뻔 스킬'을 빌리지 않고서도 중고딩 시절의 그 유치찬란했던 미숙함과 나름 죽음까지도 생각했던 진지함을 동시에 떠올리면 그만이기 때문이다. 물론 수위 조절은 필요하겠지만 말이다.

주인공 콜필드는 돼지표 본드 한 사발과 검은 비닐봉지 한 장으로 동네 뒷산을 호령하던 위성도시 비행청소년의 면모도 아니고, 선과 악, 삶과 죽음에 대한 존재론적 회의에 빠져 알 껍질과의 사투를 벌이던 《데미안》의 싱클레어처럼 간지 좔좔 흐르는 철학 소년 스타일도 아니다. 세상 그 무엇에도 궁시렁거릴 준비가 되어 있는 문학사 최강의 투덜이, 그것이 바로 콜필드의 실체라 할 만하다. 게다가 그가 투덜거리는 방식은 너무도 섬세하고, 소심한 나머지 본의 아닌 코믹함까지 연출한다.

> 스펜서 선생은 다시 고개를 끄덕이기 시작했다. 그러고는 손가락으로 코를 후비기 시작했다. 그냥 코를 잡고 있는 것처럼 보이려고 했지만, 사실은 엄지손가락이 콧구멍 속으로 들어가 있었다. 방안에는 나밖에 없으니까 그런 짓을 해도 된다고 생각한 모양이었다.
>
> – 《호밀밭의 파수꾼》, 제롬 데이비드 샐린저 저, 공경희 역, 민음사, 20쪽

이윽고 그가 방으로 들어왔다. 「이봐」 그가 말했다. 그는 언제나 자신이 굉장히 지루하다거나, 피곤하다는 듯이 말을 하곤 했다. 그는 일부러 이 방을 찾아왔다고 다른 사람이 생각하는 것을 원하지 않았기 때문에 언제나 실수로 들어온 척 행세하곤 했다.

— 《호밀밭의 파수꾼》, 제롬 데이비드 샐린저 저, 공경희 역, 민음사, 34쪽

하지만 거기 앉아 있는 동안 난 거의 사람을 미치게 만들 만한 광경을 보고 말았다. 누군가가 벽에다가 〈이런, 씹할〉이라고 낙서를 해놓은 것이다. 피비나 다른 아이들이 이런 걸 보게 된다고 생각만 해도 정말 사람 환장할 노릇이었다. 아이들은 이 말의 뜻을 궁금해할 것이다. 그러다 문득 어떤 나쁜 놈이 아이들에게 잘못된 뜻을 가르쳐주게 되는 건 아닐까 하는 생각까지 들었다. 그렇게 되면 아이들은 그 생각에 며칠 몇 밤을 걱정 속에서 보내게 될 것이었다.

— 《호밀밭의 파수꾼》, 제롬 데이비드 샐린저 저, 공경희 역, 민음사, 263쪽

요컨대 《호밀밭의 파수꾼》을 읽은 척함에 있어 가장 우선해야 하는 것은 이 세상 모든 가식적인 말과 행위를 혐오하면서도, 본인 역시 그런 가식적 삶을 따라갈 수밖에 없었던 생의 부조리에 대해 되돌아보며, 누가 뭐래도 콜필드는 내 십 대의 대변인이었다는 식으로 이 책의 주인공에 대해 깊은 애정과 신뢰를 갖는 마음가짐이라 하겠다.

호밀밭의 파수꾼

제목에 대한 이해

아마도 앞서 이 책의 '읽은 척 뻔뻔 스킬'을 정독한 독자라면 책의 제목이 '호래자식의 파수꾼'이 아니라 '호밀밭의 파수꾼'이란 것이 언뜻 이해가 안 가는 부분이라 할 것이다. 유치찬란했던 십 대 시절의 좌절 묵시록인 이 책의 내용과 호밀밭의 파수꾼이란 제목은 당췌 상관이 없어 보이니 말이다. 고로 앞서 언급한 내 불운했던 십 대의 방황과 주인공 콜필드의 그것을 동격화시키는 읽은 척 스킬 외에 이 책의 제목에 대한 이해 역시 필수적이라 하겠다.

호밀밭의 파수꾼이란 일종의 직종을 의미한다. 그렇다고 무슨 잡코리아 같은 취업 사이트에서 검색값이 나오는 그야말로 식자재 보관 및 경비 종류의 직종도 아니고, 국가의 지원을 받는 영농 후계자쯤의 어떤 제도도 아니다.

호밀밭의 파수꾼이란 직업은 주인공 콜필드가 여동생 피비와 대화를 나누던 중 자신이 이다음에 갖고 싶은 직업을 얘기하는 대목에서 언급되는 것으로, 일종의 청소년 선도위원회의 간부 정도로 생각하면 되겠다. 그렇다고 우리에게 익숙한 이미지의 완장 차고 PC방, 노래방 등을 습격하는 선도위원쯤으로 성급한 판단을 내려서는 곤란하다.

「내가 뭘 하고 싶은지 알고 싶어? 내가 뭐가 되고 싶은지 말해 줄까? 만약 내가 그놈의 선택이라는 걸 할 수 있다면 말이야」
「뭔데? 말 좀 곱게 하라니까」

「너 '호밀밭을 지나가는 사람을 붙잡는다면'이라는 노래 알지? 내가 되고 싶은 건……」

「그 노래는 '호밀밭을 걸어오는 누군가와 만난다면'이야」 피비가 말했다. 「그건 시야. 로버트 번스가 쓴 거잖아」

「로버트 번스의 시라는 것쯤은 나도 알고 있어」

그렇지만 피비가 옳았다. 「호밀밭을 걸어오는 누군가와 만난다면」이 맞다. 사실 난 그 시를 잘 모르고 있었다.

「내가 '잡는다면'으로 잘못 알고 있었나 봐」 나는 말을 이었다. 「그건 그렇다치고, 나는 늘 넓은 호밀밭에서 꼬마들이 재미있게 놀고 있는 모습을 상상하곤 했어. 어린애들만 수천 명이 있을 뿐 주위에 어른이라고는 나밖에 없는 거야. 그리고 난 아득한 절벽 옆에 서 있어. 내가 할 일은 아이들이 절벽으로 떨어질 것 같으면, 재빨리 붙잡아주는 거야. 애들이란 앞뒤 생각 없이 마구 달리는 법이니까 말이야. 그럴 때 어딘가에서 내가 나타나서는 꼬마가 떨어지지 않도록 붙잡아주는 거지. 온종일 그 일만 하는 거야. 말하자면 호밀밭의 파수꾼이 되고 싶다고나 할까. 바보 같은 얘기라는 건 알고 있어. 하지만 정말 내가 되고 싶은 건 그거야. 바보 같겠지만 말이야」

– 《호밀밭의 파수꾼》, 제롬 데이비드 샐린저 저, 공경희 역, 민음사, 229~230쪽

다시 말해 호밀밭의 파수꾼이란 지구상에서 유일하게 '아직은' 속물이 아니라 할 만한 아이들을 보호하고자 하는 주인공의 의지가 반영된 직업임과 동시에, 소위 '질풍노도의 시기'라 불리는 사춘기의

좌충우돌을 긍정적으로 인정하면서 혹시라도 아이들이 폭주해 낭떠러지에서 떨어지는 극단적 사태만은 막고 싶다는 일말의 염려가 담긴 직업으로, 이 책의 궁극적 주제의식과도 맞닿아 있는 직업이라 하겠다.

그렇다고 누군가 만약 이 책의 제목이 왜 '호밀밭의 파수꾼'인지를 노골적으로 물으며 똥인지 된장인지 굳이 간을 보려 할 경우에는 애써 위와 같은 모범답안을 외움으로써 나 지금 떨고 있다는 사실을 만천하에 드러낼 필요는 없다.

순수한 아이들을 너무나 사랑해서 호밀밭의 파수꾼이 되고 싶다는 주인공의 직업관에 대하여 어느 정도는 비판적 태도를 견지하는 것으로 읽은 척을 갈음할 수도 있을 것이기 때문이다.

이를테면 이런 식으로 말이다.

***

콜필드가 속물 여부를 나이로만 따져서 결국 아이들만 보호하는 파수꾼이 되려는 건 좀 모순적인 것 같아. 주인공이 혐오하는 모든 속물적 어른들 역시 한때는 다들 순수한 어린아이였을 테니까 말이야. 거꾸로 말하자면 주인공이 사랑하는 여동생 피비를 비롯한 모든 아이들도 언젠가는 나이를 먹어 속물이 될 거라는 얘기지. 그러니까 속물이냐 아니냐를 따질 수 있는 기준이 나이가 될 수는 없다는 거야. 따라서 호밀밭의 파수꾼이 보호해야 할 건 아직 속물화되지 않은 아이들과 더불어 스스로 속물화를 거부한 일부 어른들도 그

대상이 되어야 할 것 같아.

그렇다면 여기서 다시 '속물적이지 않음(혹은 순수함)'의 속성에 대해 고민해볼 필요가 있을 것 같아. 왜냐면 순수함은 아직 오염되지 않은 아이들만의 전유물이 아니라 충분히 오염당할 환경에 놓인 어른들도 오염을 스스로 거부함으로써 순수함을 획득할 수 있다는 얘기니까 말이야. 다시 말해 순수함이란 아직 세상을 잘 모르는(무지의) 아이의 타고난 특성이기도 하고, 이미 세상을 잘 알지만 그 세상과 타협하지 않는 어른의 의지의 산물이기도 하다는 거지. 물론 후자의 순수함이 더욱 견고할 테고 말이야. 그렇잖아, 무지의 순수함은 변질될 가능성을 늘 내포하고 있는 거지만 의지의 순수함은 마치 예방주사를 맞은 것처럼 변질 가능성에 대한 저항력을 이미 갖고 있는 상태일 테니까.

결국 콜필드가 지키려 했던 순수함은 '무지의 순수함'에 국한된 것으로 보여. 어쩌면 진정 소중한 순수함은 '의지의 순수함'일 수도 있을 텐데 말이야. 의지가 들어가는 순간 순수함과는 멀어지는 것 아니냐는 반문이 들어올 수도 있을 것 같아. 하지만 그 반문을 인정한다면 결국 완벽한 순수는 정글에서나 찾을 수 있는 그 무엇일 수밖에 없을 거야. 참고로 나의 구분 기준은 이래. 순수한 게 좋은 건지 혹은 나쁜 건지의 가치 판단이 전혀 없는 순수라면 그건 무지의 순수함이고, 순수함이 좋다는 가치 판단이 있기 때문에 순수를 지향하는 것은 의지의 순수함인 거지. 이 얘기는 곧 우리가 높이 평가하는 어떤 형이상학적 미덕들, 예를 들어 순수, 사랑, 존중, 신뢰 등은 어린아이일 때나 잠깐 가져볼 수 있는 꿈동산 같은 무엇이 아니라는 거지. 타고난 누군가만이 가질 수 있는 어떤 자격 같은 것도 아니고 말이야.

운동선수가 훈련을 하듯, 수험생이 예습복습을 반복하듯 형이 상학적 미덕들 역시 부단한 연습과 훈련, 불굴의 의지와 노력이 있어야만 쟁취할 수 있는 것들이라는 얘기야. 하지만 나이를 먹고 철이 들고부터는 대부분 그런 미덕들을 쟁취하려 들지 않잖아. 솔직히는 그게 왜 미덕인지도 잘 모르겠고 말이야. 그래서 속물이 되는 거거든. 속물이 되려는 강력한 의지가 있어서 속물이 되는 게 아니고 말이야.

결국 거의 모든 악덕은 미덕에 대한 무지에서 비롯되는 것인지도 몰라. 잘 모르겠으니까 불신하고, 불신하니까 쟁취를 위해 노력을 기울일 이유도 없는 거잖아. 바로 이 점에서 콜필드는 순수함(형이상학적 미덕)을 쟁취의 대상으로는 생각지 못한 채, 나이가 들면 빠지는 젖니와 같은 숙명적 무엇으로 간주하는 한계를 갖고 있다 말할 수밖에 없다는 거지.

센트럴파크의 오리들

이 책의 교훈이랄지, 문학적 상징에 대해 논할 경우 늘 인용되곤 하는 것이 바로 센트럴파크의 오리들 되겠다. 이는 마치 《국부론》의 '보이지 않는 손'이나 《법철학》의 '미네르바의 부엉이'와 같이 《호밀밭의 파수꾼》 하면 자연스레 튀어나와야 하는 관용구처럼 여겨지곤 하므로 꼭 알아두어야 할 테마라 할 것이다.

일단 이 책에서 센트럴파크의 오리들이 언급되는 곳은 딱 세 군데다. 주인공 콜필드가 택시를 타고 이동하면서, 바쁜 택시기사님들께 두 번 물어 두 번 다 배터지게 욕을 먹는 대화의 소재가 바로 센트럴파크의 오리들이고, 또 나중에는 술에 잔뜩 취해 연못에서 실족사를 당할 뻔했던 이유 역시 센트럴파크의 오리들 때문이다.

「저기요, 아저씨. 센트럴 파크 남쪽에 오리가 있는 연못 아시죠? 왜 조그만 연못 있잖아요. 그 연못이 얼면 오리들은 어디로 가는지 혹시 알고 계세요? 좀 엉뚱하기는 하지만 아시면 말씀해 주시겠어요?」 그 사람이 알고 있을 가능성은 백만 분의 일의 확률이었다.
기사는 고개를 돌리더니 날 미친 사람 보듯 쳐다보았다. 「지금 뭐하는 거요? 날 놀리는 건가?」
– 《호밀밭의 파수꾼》, 제롬 데이비드 샐린저 저, 공경희 역, 민음사, 85쪽

기사의 이름은 호이트로, 이전에 탔던 기사보다 훨씬 좋은 사람이었다. 난 그가 어쩌면 오리들에 대해서 알고 있을지도 모른다는 생각이 들었다.
(중략)
「오리 말이에요. 혹시 알고 계시면 말씀해 주세요. 누군가 트럭을 몰고 와서 오리들을 싣고 가버리는 건지, 아니면 남쪽이나 어디 따뜻한 곳으로 날아가 버리는 건지 말이에요」

호밀밭의 파수꾼

호이트는 몸을 돌리고는 나를 쳐다보았다. 그는 성질이 아주 급한 사람인 것처럼 보였다. 그렇지만 나쁜 사람은 아니었다.

「그걸 내가 어떻게 알겠소? 어째서 그런 멍청한 일까지 내가 알 거라고 생각하는 거요?」

– 《호밀밭의 파수꾼》, 제롬 데이비드 샐린저 저, 공경희 역, 민음사, 112~113쪽

그러다가 마침내 목적지를 발견했다. 연못은 반은 얼어 있었고, 반은 얼지 않아 있었다. 하지만 오리는 없었다. 연못을 한 바퀴 돌아보았다. 하마터면 물에 빠질 뻔했다. 그래도 오리는 한 마리도 보이지 않았다. 나는 오리가 있다면, 물가나 수풀 가까이에서 자고 있을 거라고 생각했다. 그러다가 연못에 빠질 뻔했던 것이다. 그렇게 했는데도 오리는 전혀 찾아볼 수가 없었다.

– 《호밀밭의 파수꾼》, 제롬 데이비드 샐린저 저, 공경희 역, 민음사, 206쪽

사실 '센트럴파크의 오리들'이 의미하는 것이 대단히 복잡한 무언가는 아니다. 앞서 이 책의 제목이 왜 '호밀밭의 파수꾼'인가를 이해한 독자라면 쉽게 짐작할 수 있는 문학적 상징이라 할 것이다. 즉 날지 못하는 오리들이 겨울이 찾아오면 어떻게 될 것인가의 문제는 앞뒤 안 가리고 호밀밭에서 뛰어다니며 노는 아이들이 잘못해서 낭떠러지로 몸을 날리면 어떻게 될 것인가의 문제와 같은 맥락의 얘기인 것이다.

만약 센트럴파크에 겨울이 왔을 때, 누군가 오리들을 데리고 얼

어 죽지 않을 만한 어딘가로 데려간다고 밝혀졌다면 아마도 주인공의 장래 희망은 오리몰이꾼이 되었을지도 모르고, 이 책의 제목 역시 '센트럴파크의 오리몰이꾼' 정도로 바뀌었을지도 모를 일이다. 고로 이 대목에서 작가가 오리의 행방을 묘연하게 만든 것은 어쩌면 '센트럴파크의 오리몰이꾼'보다는 '호밀밭의 파수꾼'이라는 제목이 더욱 마음에 들었기 때문이 아니겠냐고 유추해볼 수도 있다 할 것이다.

거의 모든 대학과 매체 등에서 《호밀밭의 파수꾼》을 청소년 필독서로 꼽곤 한다. 그만큼 십 대 청소년 시절의 방황과 갈등을 제대로 그린 수작이기 때문이다. 허나 필자의 사견으로는, 이 책은 청소년 필독서이기 전에 집에 아이를 둔 학부모나 아이를 가르치는 선생님들이 먼저 읽은 척을 해야만 할 필독서라 판단하는 바이다. 모든 명작이 '인간에 대한 이해'를 기본으로 한다고 했을 때, 이 책은 십 대를 이해하기 좋은 책이고, 십 대를 이해해야 할 사람은 같은 또래의 청소년이 아니라 늘 십 대에게 뭔가를 요구하는 기성세대여야 하기 때문이다.

채털리 부인의 연인

Lady Chatterley's Lover

데이비드 허버트 로렌스

로렌스(1885~1930)는 영국의 소설가, 문학평론가, 시인이다. 1928년에 완성한 《채털리 부인의 연인》은 그의 성철학(性哲學)을 펼친 작품으로 외설 시비로 오랜 재판을 받은 끝에 미국에서는 1959년, 영국에서는 1960년에야 출판이 허용되었다. 그 밖의 주요 작품으로 《아들과 연인》, 《사랑에 빠진 여인》, 《아론의 지팡이》, 《처녀와 집시》 등이 있다.

등 장 인 물

콘스턴스 채털리 이 책의 주인공. 주로 '코니'라는 애칭으로 불린다. 사랑밖에 모르는, 특히 육체적 사랑밖에 모르는 백치미 만땅의 마님일 것 같으나 결코 그렇지 않다. 그녀의 외도는 욕망의 결과물이라기보다 신념의 실천에 가깝다.

멜러즈 이 책의 실질적 주인공이자 작가 로렌스의 화신. 광부의 아들로 태어났으나 교육 수준이 높은 어머니를 통해 고등교육을 받은 후 스스로의 선택으로 채털리가의 사냥터지기가 되어 은둔 중인 실존주의적 인물이다.

클리퍼드 채털리 콘스턴스의 남편. 전쟁으로 하반신이 마비된 후 작가로 성공하고 나중에는 탁월한 사업가로 능력을 발휘한다.

마이클리스 채털리 부인의 첫 번째 애인.

토미 듀크스 채털리 부인의 두 번째 애인이 될 것처럼 보이다가 어느 날 갑자기 증발하는 인물.

밀란 쿤데라의 《불멸》에 보면 본의 아니게 불멸의 반열에 오른 이에 대한 얘기가 나온다. 태양은 지구 주위를 돌지만 다른 행성은 지구가 아닌 태양을 중심으로 공전한다고 하는 천동설과 지동설의

티코 브라헤

절충설을 제시한 티코 브라헤라는 천문학자로, 천문학계에 그가 남긴 업적이 적지 않으나 약 오백 년이 지나 현대인들이 그를 기억하는 가장 주된 이유는 바로 프라하의 황궁에서 귀족의 식사 예법을 지키려 장시간 소변을 참다가 결국 방광이 터져 죽었다는 슬픈 희극 때문이다.

데이비드 허버트 로렌스의 생애 마지막 장편소설인 《채털리 부인의 연인》도 어쩌면 본인은 전혀 원치 않았던 이유로 거의 1세기가 지난 지금까지 유명세를 타고 있는 작품이라 할 수 있겠다. 많은 공이 있음에도 불구하고 붕당의 소용돌이에 휘말려 후세들에게 폭군으로 기억되는 광해군처럼, 《채털리 부인의 연인》은 명작의 반열에 충분히 오를 만한 인문학적 가치가 있음에도 불구하고 대중들에게는 고전명작 야설쯤으로 각인된 나머지, 마치 올림픽 체조경기를 보며 너무 야하다고 얼굴을 붉히는 형국의 읽은 척 오발탄이 난사될 가능성이 매우 높다는 바로 이 점이 이 책을 읽은 척함에 있어 가장 주의해야 할 부분이다.

교양이 바닥 난 당신을 위한
읽은 척 뻔뻔 스킬

《채털리 부인의 연인》은 다른 문학작품과는 달리 스토리에 대한 학습이 크게 중요하지 않다. 이 책은 소설의 형식을 띤 자전적 사상서에 가까우므로 등장인물이 누구와 언제 어떻게 만나서 무엇을 했는지의 여부는 본 무대에 앞서 선보이는 호객용 차력쇼에 불과할 뿐 핵심은 '왜?'가 되기 때문이다. 다시 말해 채털리 부인은 왜 다른 유부남과 그토록 처절하게 바람을 피워야 했으며, 작가는 또 왜 이런 글을 써서 수십 년간 본의 아니게 야설 작가로 위명을 떨치게 되었는가를 이해하는 것이 이 책을 읽은 척함에 있어 가장 중요한 핵심사항이라 할 수 있다.

굳이 작품의 스토리를 설명하자면 한 줄로 요약할 수 있다.

'진짜 여자가 진짜 남자를 만나 서로 사랑하다.'

이를 조금 더 구체적으로 풀면 다음과 같다.

'20세기 초의 영국, 중산층계급에서 비교적 자유분방하게 자란 코니는 '클리퍼드 채털리'라는 귀족과 결혼을 함으로써 거대한 영지의 귀부인이 되어 행복하게 사는 것 같던 중, 남편 클리퍼드가 제1차 세계대전에 참전해 하반신이 마비되는 비극을 맞는다. 허나 인생사 새옹지마라고 그 비극은 일생에 한 번 만날까 말까 한 운명적 연인인 멜러즈(애 딸린 유부남이자 채털리 가문의 영지를 관리하는 하인)를 만나는 간접적 계기가 되고, 결국 채털리 부인과 멜러즈는 마님과 돌쇠,

귀부인과 하층민이라는 신분과 빈부의 격차를 초월한 채 지구상에서 가장 행복해 보이는 불륜 커플이 되어 각자 성실하게 이혼을 준비한다.'

어떤 질문에도 당황하지 않는
읽은 척 꼼꼼 스킬

고전의 재발견

지금이야 널린 게 야동이지만, 그 옛날 포르노 한 편을 보려면 청계천 세운상가에 가서 이것이 올림픽 하이라이트 녹화 테이프인 줄도 모른 채 거금을 들여 사오는 수고를 들여야 했거나, 설령 운이 좋아 이미 부모님 방 장롱에 라벨 없는 비디오테이프의 존재를 확인했다손 치더라도 언제 시장에서 돌아올지 모를 어머니의 발자국 소리를 탐지하느라 시신경과 청신경이 서로 다른 것을 추구해야만 했다. 1980년대의 문화적 암흑기 때 사람들이 '아아, 이것 때문에 그렇게 고전이 좋다고들 했던 것인가' 하고 탄성을 지르며 고전의 가치와 효용성에 대해 새삼 온몸으로 느낄 수 있게 해준 작품이 있었으니 그것이 바로 《채털리 부인의 연인》이라 할 것이다.

사실 살면서 《채털리 부인의 연인》을 읽은 척해야 할 상황을 직면하는 경우는 그리 많지 않을 것이다. 게다가 설령 그러한 상황을 맞이한다 하더라도 살며시 눈을 내리깔며 수줍은 미소를 지으면 그만일 뿐, 굳이 채털리 부인의 엽색 행각을 줄줄이 외워가며 읽은 척을 했다가는 고전문학에 대한 해박한 지식을 갖춘 교양인으로 평가받기에 앞서 저 인간은 국어사전의 '성교'에 대한 뜻풀이만으로도 능히 발기를 경험했을 것이라는 식의 인신공격의 역습을 받을 가능성도 배제할 수 없다 하겠다.

따라서 《채털리 부인의 연인》을 읽은 척함에 있어서는 대중들에게 야설로 각인된 이미지와 진짜 읽어버린 사람들에게 명작으로 평가받는 그 극단적 경계를 자연스럽게 넘나들며 마치 롤러코스터를 타듯 야한 얘기를 할 것 같다가도 어려운 얘기를 꺼내고, 인류의 미래를 걱정하는 듯하다가도 다시 남녀 생식기의 바람직한 마찰계수를 논하는 식의 애간장 쥐락펴락의 능수능란한 스킬이 필요하다.

《채털리 부인의 연인》은 정말 야설일까

《채털리 부인의 연인》이 야설인지 아닌지에 대한 질문은 이 작품을 읽은 척함에 있어 거의 알파요 오메가인 문제 제기라 할 수 있다. 그만큼 《채털리 부인의 연인》의 정체성에 대한 각자의 규정은 읽은 척 행위자가 진짜로 이 책을 문학작품으로 대한 것인지, 아니면 한 손에는 휴지를 든 채 리모컨 빨리 감기 버튼을 누르듯 특정 부분만을 발췌해 일종의 비뇨기과 처방전으로 삼았는지를 짐작케 할 수 있는 결정적 분수령이 되기 때문이다.

물론 이미 이런 질문을 던질 때는 후자일 가능성이 없기 때문에 묻는 질문임을 충분히 예상할 수 있다 할 것이다. 하지만 이 부분은 좀 애매한 구석이 있다. 그럴 수도 있고 아닐 수도 있기 때문이다. 이는 야설의 정의를 무엇으로 할 것인가에 따라 이 책의 정체성이 달라질 수도 있다는 얘기 되겠다. 어떤 형태로든 인간의 말초신경을 자극하여 성 에너지를 촉발하는 글을 통틀어 야설이라 정의한다면 이 책은 야설에 해당될 수 있다. 허나 만약 야설에는 인간에 대한 깊은 통찰 및 사회의 구조적 모순에 대한 날카로운 고발이 들어감으로써 귀두가 아닌 진짜 머리를 커지게 해서는 안 된다는 규정이 있다면 이 책은 야설과는 거리가 멀다 할 수 있다.

실제로 《채털리 부인의 연인》에서 성애 장면이 묘사된 부분은 전체 약 700쪽의 방대한 분량 중 고작 30여 쪽에 불과하며, 횟수로 따져져도 여덟 차례에 그친다. 이 여덟 번의 횟수라고 하는 것은 채털리 부인과 사냥터지기 멜러즈와의 관계만을 산정한 것인데, 설령 백번 양보하여 그녀의 불구 남편이 개인 간호사 격인 볼턴 부인의 가슴을 마치 어린아이처럼 그로테스크하게 애무하는 행위나, 멜러즈의 법률상 부인인 버사 쿠츠가 이혼하겠다고 덤비는 남편을 무력화시키기 위해 벌였던 난잡 판토마임 등의 삽입 없는 유사 성행위를 횟수에 포함시킨다 할지라도 그 횟수는 십 회 내외에 불과하다.

고로 혹여 이 책을 야설적 효용성에서 접근하고자 하는 독자가 있다면 이는 회당 3.7쪽 분량의 베드신을 감상하기 위해 매번 약 90쪽 분량의 설레발을 감내해야 하는 형국이다. 결국 이는 마치 김혜수의 빤스 색깔을 확인하기 위해 영화 〈타짜〉를 처음부터 끝까지 보려는 자학적 고행에 다름없다 할 것이다. 노파심에서 하는 얘기인데 읽은 척 실전에서 이 책에 섹스 신이 몇 번 나온다는 둥, 전체 분량 중 몇 쪽만 야설적 가치가 발견된다는 둥의 과도한 읽은 척은 삼가도록 하자. 필자는 독자의 이해를 돕기 위해 자괴감을 무릅쓰고 페이지를 헤아리는 (아무도 알아줄 것 같지 않은) 학구적 차력을 벌인 것이지, 읽은 척의 실전에서는 아무 의미 없는 수치일

이 작품의 야설적 이미지 구축에 가장 혁혁한 공을 세운 당시의 영화 포스터. 특히 엠마누엘 부인으로 유명한 실비아 크리스텔이 여주인공을 맡았다는 점이 결정적이었다 하겠다.

뿐만 아니라 자칫 남들로 하여금 무슨 트라우마라도 있냐는 비웃음을 살 수도 있다.

　또한 성불구 남편을 둔 욕구불만의 귀부인이 돌쇠든 도련님이든 상대를 가리지 않고 닥치는 대로 정사를 벌일 것만 같은 강력한 예감이 들 수도 있겠으나, 주인공 채털리 부인은 소설의 서두에서 마이클리스라고 하는 작가와 몇 차례 관계가 있었을 뿐 사냥터지기 멜러즈를 만난 후에는 다른 유혹이 넘실거림에도 불구하고 마치 일부종사를 하듯 멜러즈와만 청교도적 불륜 관계를 지속한다는 점에서 프리섹스를 표방하는 여타 야설의 근본적 지향점과는 거리가 멀다 하겠다.

그렇다면 대체 이 책의 정체는 무엇인가? 간단히 정리하자면 《채털리 부인의 연인》은 허위의식으로 가득한 인류에게 조만간 종말이 도래할 수도 있음을 경고하는 일종의 예언서이자 묵시록이라 할 수 있다. 다시 말해 자본주의와 산업화를 통해 이룩된 소위 인류의 위대한 물질문명이란 것이 사실은 인간이 인간을 더욱 교묘히 억압하게끔 만든 허위적 진보에 불과하며, 마치 좀비들처럼 돈과 성공을 향해 무의식적으로 달려들게끔 인간을 사육시킨 재앙에 다름 아니라는 사실을 규정함으로써 격정적 관능과 사랑의 능력 유무 여부로 구별 가능한 생명력 있는 진짜 인간이 멸종되어가고 있음을 안타까워한 몹시도 염세적이며 비극적 세계관을 보여주는 작품이라 할 수 있다.

이를 여실히 느낄 수 있는 한 대목을 확인해보자. 아래 부분은 채털리 부인이 멜러즈의 오두막에서 한바탕 몸부림을 친 후의 대화 내용을 발췌한 것이다. (참고로 다음 인용문에 나오는 어색한 맞춤법은 멜러즈가 가끔씩 사용하는 영국 중부지방의 사투리를 표현하기 위해 역자가 의도적으로 사용한 것이다.)

이런 식으로 계속 나아가서 모든 사람들이, 지식인이고 예술가고 정부고 산업가고 노동자고 모두 다. 자신들의 마지막 남은 인간적 감정과 마지막 한 조각 남은 직관력, 그리고 마지막 남은 건강한 본능까지 미친 듯이 죽여 없앤다면, 그리하여 지금 계속되고 있듯이 그렇게 계속 대수학(代數學)적인 진행으로 나아간다면, 그러면 마침내 인류여, 안

녕! 하고 종치는 날이 도래하고 말 것이오!

－《채털리 부인의 연인》, 데이비드 허버트 로렌스 저, 이인규 역, 민음사, 2권 128쪽

뭔가 다른 거슬 위해 살자. 우리 자시늘 위해서든 다른 누구를 위한
거시든, 돈만 벌기 위해서 사는 삶을 그만두자. 지금 우리는 그러케
살도록 강요받고 이따. 우리 자시늘 위해서 눈곱만큼 벌고 사장드레겐
거액을 버러다 바치면서 그러케 살도록 강요받고 이따. 이제 그런 삶
을 그만두자! 조금씩, 그걸 멈춰나가자. 고래고래 소리치며 떠드러댈
피료가 업따. 그저 조금씩, 산업에 물든 그 모든 삶을 떨쳐버리고 본연
으로 도라가자. 돈은 아주 최소한만 이쓰면 충분할 거시다. 이게 모든
사라믈, 나와 당신, 사장과 주인, 심지어 왕까지도 위하는 일이다.

－《채털리 부인의 연인》, 데이비드 허버트 로렌스 저, 이인규 역, 민음사, 2권 131쪽

　말하자면 이 작품은 산업화로 조성된 최첨단의 현대적 시스템
이 인간의 행복을 증대시키기는커녕 인간을 마치 진보하는 것만 같
은 착각에 빠뜨린 채 알게 모르게 조금씩 원초적 삶의 의지 혹은 신
성한 생명의 에너지를 갉아먹고 있다고 진단한 것이다. 그래서 두
남녀가 삶의 의지 혹은 생명의 에너지를 상징하는 육감적 섹스를 통
해 그리도 처절하게 현대적 시스템에 저항한 일종의 레지스탕스 문
학이라고도 평할 수 있는 것이다.
　고로 향후 이 책에 대한 읽은 척을 해야 할 사태가 발생할 경우,
앞서 언급했던 '살며시 눈 내리깔며 수줍은 미소 짓기' 신공은 사실

시류에 영합한 얼치기 읽은 척에 다름 아니므로 그보다는 어디 응달에라도 들어가 보란 듯이 얼굴에 그늘을 드리운 채 침울한 목소리로, 다음과 같은 멘트를 날려주는 것이 차라리 효과적이라 할 것이다.

"난 채털리 부인 얘기를 들을 때면 전태일이 떠오르곤 해⋯⋯." 혹은 "혹시 〈터미네이터〉는 《채털리 부인의 연인》에서 영감을 받은 게 아닐까⋯⋯."

단, 여기서 주의점 하나, 자본주의와 산업화를 혐오한다고 했을 때 너무도 자연스럽게, 그러면 《채털리 부인의 연인》은 허리하학적으로도 빨갛고 이념적으로도 빨간 그야말로 본격 좌경 에로소설 아니냐는 성급한 판단은 금물이다. 약육강식의 냉혈 자본주의도 싫지만 볼셰비키로 대변되는 기계적 사회주의에 대한 불신 역시 이 책의 테마 중 일부이기 때문이다. 자고로 명작이라고 평가받는 문학 작품 중에 어느 한 가지 정치 이념만을 지향하는 명작은 거의 없음을 기억하자.

주의점 둘, 《채털리 부인의 연인》을 읽지 않은 사람들끼리 모여 어떻게 하면 민망하지 않고 자연스럽게 섹스 얘기를 할 수 있을까 싶어 이 책을 거론하는 경우라면 그냥 아무 소리 말고 뭔가 사연 있어 보이는 쓴웃음의 여운 정도만을 남기고 넘어가도록 하자. 본 서적의 취지가 원만한 대인관계를 형성시키는 데 그 총체적 목적이 있는 공리주의적 텍스트라 했던 만큼 거지에게 동냥은 못 하더라도 쪽박은 깨지 않는 것이 읽은 척보다 선행되어야 할 인간에 대한 예의이기 때문이다.

꼭 기억해야 할 등장인물, 존 토머스 경과 제인 부인

역사적 사실을 기반으로 한 위인전도 아니고 독후감을 읊어야만 될 회사 회장님의 자서전도 아닌데 무슨 등장인물의 이름까지 기억해야 하느냐며 반문할 수 있을 것이다. 당연히 책을 읽다가 자연스럽게 기억되는 이름이 아니고서야 억지스럽게 등장인물의 이름을 외워대는 것은 매우 저급한 읽은 척 스킬임에 틀림없다. 하지만 《채털리 부인의 연인》에 등장하는 존 토머스 경과 제인 부인은 예외라 하겠다.

아마도 전 인류의 문학사를 통틀어 존 토머스 경과 제인 부인만큼 그토록 짧은 출연 분량에, 게다가 아무런 말도 없는 등장인물이 이토록 강한 임팩트를 남긴 선례는 없다 해도 과언이 아닐 것이기 때문이다. 700쪽 분량의 소설에 존 토머스경과 제인 부인이 언급되는 부분은 단 몇 줄에 불과하다.

사내는 탱탱하게 그대로 계속 솟아 있는 남근을 말없이 내려다보았다. "그래!" 그가 마침내 입을 열어 작은 목소리로 말했다. "그래, 이 녀석아! 이제 그만 됐따. 그래, 그러케 대가릴 계속 쳐들고 이써야겐냐! 거기 그러케 니 맘대로, 응? 남 생가근 조금도 안코서 말야! 네 녀석이 날 똥으로 보는구나. 존 토머스 이놈! 네가 주인이냐? 내 주인이냐고? 허 참, 나보다 더 거만한 녀석이로군. 말도 별로 안코 인는 걸 보니 말야. 야, 존 토머스! 너 저기 저 여자를 원하는 거야? 내 제인 부인을 원하는 거냐고? 이 녀석아, 네놈은 날 다시 어려운 지경에 빠져들게 한 거야. 알아? 그래, 미소를 지으며 네놈은 고갤 잘도 쳐드는구나. 그러면 그녀에게 부탁글 해봐. 이노마! 제인 부인에게 부탁글 하라구! 이러케 말해 봐. '문들아, 너희 머리를 들지어다. 영광의 왕께서 드러가고자 하시니.' 하고 말야. 그래, 이 낯짝도 두껀 놈아! 바로 씹이지? 네놈이 원하는 건 바로 그거지. 제인 부인한테 터러놔, 이 녀석아, 네놈이 씹을 원한다고 말야. 존 토머스, 그리고 제인 부인의 씹……!"

– 《채털리 부인의 연인》, 데이비드 허버트 로렌스 저, 이인규 역, 민음사, 2권 110~111쪽

그렇다. 존 토머스 경과 제인 부인은 멜러즈와 채털리 부인의 성기를 의인화하여 지칭한 것으로, 작가의 유머감각 내지는 귀족계급에 대한 간접적 엿 먹이기 정신을 짐작할 수 있는 부분이기도 하겠거니와 SM 설정극과 마찬가지로 가장 자극적인 애무는 바로 뇌의 자극임을, 그러니까 정력은 곧 상상력임을 간파한 작가의 관능미가 엿보이는 대목이라 할 수 있다.

《존 토머스와 제인 부인》

게다가 이 책의 두 번째 판본의 영어 원본이 1972년에 '존 토머스와 제인 부인(John Thomas and Lady Jane)'이라는 제목으로 출판된 바가 있는 만큼 어쩌면 주인공인 멜러즈나 채털리 부인보다 더 상징적인 이름이라 할 것이므로, 그들의 이름을 기억해주는 것은 원색

적 소재를 활용한 읽은 척의 잔재주가 결코 아니라 할 것이다.

눈치 빠른 독자라면 여기서, 우리가 언제까지 서구열강의 문화적 노예가 될 수는 없는 노릇 아니냐며 잠시 눈치껏 비분강개한 후, 우리도 질세라 남녀의 성기에 '철수와 영희' 혹은 '이몽룡과 성춘향' 등의 자주적 이름을 부여하자고 느닷없이 제안함으로써 마치 하나를 보면 열을 알 수 있다는 속담의 교훈을 역이용하는 필살기적 읽은 척 선빵이 시전될 수도 있음을 캐치할 수 있을 것이다.

로렌스와 프로이트

헤르만 헤세가 니체를 사랑하고, 니체는 도스토옙스키를 사모했듯 어느 작가나 자신의 관점과 성향에 영향을 준 선배와 스승이 있게 마련이다. 《채털리 부인의 연인》의 저자인 로렌스라고 해서 다를 바가 없겠으나 그가 지대한 영향을 받은 것으로 회자되곤 하는 인물은 공교롭게도 프로이트다.

필자가 왜 20세기의 가장 위대한 과학자 중 한 사람으로 꼽히는 프로이트를 공교로운 인물이라 표현했는지는 독자들도 짐작할 수 있을 것이다. 앞서 언급한, 천문학자이기보다는 분노의 역류자로 기억되는 티코 브라헤가 그러했듯 로렌스가 야설 문학사의 서막을 올린 대표적 작가로 각인되어 있다면 프로이트는 마치 야설의 이론적 토대를 구축한 관련 업계의 창시자쯤으로 세인들의 오해를 사고 있으므로 프로이트와 로렌스의 멘토적 궁합은 마치 히딩크와 박지성 혹은 〈타짜〉의 평경장과 고니의 관계처럼 너무도 자연스럽고 운명적이어서 아름다워 보이기까지 하는 그 무엇처럼 인지될 수 있기 때문이다.

실제로 로렌스의 대표작으로 《아들과 연인》, 《채털리 부인의 연인》 두 작품을 꼽는다고 했을 때 《아들과 연인》은 프로이트의 그 유명한 오이디푸스 콤플렉스를 형상화한 전형적인 작품인 것처럼 보일 수도 있다. 그리고 《채털리 부인의 연인》 역시 프로이트의 여성의 클리토리스 오르가슴에 대한 질 오르가슴의 비교우위론을 지지하는 듯해 보일 수도 있다. 채털리 부인이 초기 마이클리스를 통해 클리토리스 오르가슴을 추구하다가 멜러즈를 통해 질 오르가슴을 경험함으로써 더 큰 육체적 · 정신적 만족을 얻는 듯해 보이는 장면이 있다.

물론 로렌스의 활동 시기에 프로이트의 저작물이 유럽 사회에 큰 파장을 일으킨 것이 주지의 사실이고 로렌스 역시 정신분석학 및 심리학에 큰 관심을 가졌던 것으로 전해지므로 그가 니체와 더불어 프로이트에게도 적지 않은 영향을 받은 것은 부인할 수 없는 사실이라 하겠으나 그의 작품들, 특히 《채털리 부인의 연인》을 프로이트에게 갖다 바치는 오마주쯤으로 간주하는 것은 마치 가재는 게 편일 것이라는 종속과목강문계적 선입관에 다름 아닌 성급한 일반화라 하겠다(특히 마광수 교수의 시각이 그러하다).

왜냐하면 이 책에서 채털리 부인이 마치 질 오르가슴을 통해 보다 나은 성적 만족을 얻는 것처럼 보이는 장면은 그 진위 여부 자체가 명확치 않은 데다 설령 그 점을 인정한다 치더라도 그녀가 멜러즈와 야반도주를 결심한 결정적 요인은 그가 눈알을 희뜩 뒤집히게 만드는 질 오르가슴의 달인이라 그런 게 아니다. 멜러즈가 이 세상에 남은 몇 안 되는 진짜 남자이기 때문이라는 점, 즉 그가 남성적이면서도 여성적이고, 정신적이면서도 육체적이고, 거만하면서도 소심하고, 까칠하면서도 부드러운 입체적·양면적·역동적·비전형적인 사람이기 때문에 가질 수 있었던 그의 '터프한 달콤함'이 채털리 부인에게는 세상 그 무엇보다 중요했던 것이다.

게다가 로렌스의 작품 《아들과 연인》은 작가 자신의 생 전반기를, 《채털리 부인의 연인》은 그 후반기를 배경으로 재구성한 자전적 작품이므로 프로이트와의 관련성을 통해 읽은 척을 하는 것보다는 오히려 작가의 삶의 발자취를 탐색해보는 것이 적합하다 하겠다. 요컨대 로렌스를 어떻게든 프로이트와 결부시켜 그의 작품을 해석하고 논하는 것은 마치 애인이 밤중에 전화를 받지 않으면 분명 다른 사람과 바람을 피느라 받지 않는 것이라 확신하는 것처럼 전혀 근거가 없지는 않으나 지나치게 비약적인 심증을 기반으로 한 편견이라 할 수 있다.

고로 이 책을 읽은 척함에 있어 한사코 프로이트를 운운하며 갑작스런 혼란을 주는 누군가를 만날 경우에는 결코 당황할 필요가 없다. 사실 그도 이 책을 직접 읽는 대신 이 책에 대한 각종 평론을 근거로 읽은 척을 하고 있는 동병상련의 아군임에 틀림없기 때문이다.

참고로 《채털리 부인의 연인》을 읽은 척하는 데 지원사격이 될 만한 서적으로 니코스 카잔차키스의 《그리스인 조르바》를 들 수 있

채털리 부인의 실제 모델이라 할 수 있는 프리다
폰 리히트호펜

다. 로렌스나 카잔차키스나 모두 니체의 영향으로 그 주제가 엇비슷하기도 하고, 《채털리 부인의 연인》의 주인공 멜러즈와 《그리스인 조르바》의 주인공 조르바 사이에도 묘한 접점이 있다. 다시 말해 둘 다 형이상학적 개똥철학보다는 직관과 욕망을 중시하는 본능주의자라 할 수 있으며, 둘 모두 진정한 연애란 이런 것이라는 가치관이 견고한 터프가이들이라는 점에서도 그러하다. 다만 다른 점은 멜러즈는 책을 읽는 대신, 조르바는 책을 혐오한다는 데 있다.

굳이 우열을 가리자면 조르바가 멜러즈보다는 한참 형님격이라 하겠다. 나이를 봐서도 그렇고, 그 대담함 면에서도 그러하다. 멜러즈는 소심한 은둔형 본능주의자라면, 조르바는 그보다는 훨씬 호방한 모험가적 본능주의자라 할 수 있다. 조르바에 대한 구체적 면면은 《그리스인 조르바》에 대한 읽은 척 매뉴얼에서 확인할 수 있으니 이를 참조하시라.

자아에 치명상을 입었을 때

3

데미안

Demian

헤르만 헤세

헤세(1877~1962)는 독일의 소설가이자 시인이다. 현대 문명을 비판하고 인간 내부에 숨어 있는 지성과 감성의 이중성을 파헤치는 작품을 선보였으며, 동양적 신비 사상에도 깊은 관심을 보였다. 1946년에 노벨문학상과 괴테상을 받았다. 주요 작품으로 《수레바퀴 밑에서》, 《데미안》, 《싯다르타》, 《유리알 유희》 등이 있다.

등장인물

나(에밀 싱클레어) 이 작품의 화자. 책 제목이 '데미안'이다 보니 주인공 역시 데미안일 것만 같은 신기루가 아른거릴 수 있겠다. 하지만 이 작품의 주인공은 1인칭 시점의 화자인 에밀 싱클레어이고, 데미안의 비중은 사실 동네 아는 형 정도에 불과하다. 이 작품의 부제가 '에밀 싱클레어의 청년 시절의 이야기'라는 걸 기억해두면 유용할 것이다.

데미안 데미안(Demian)은 사람 이름이기도 하지만 그리스어에서 파생된 '악마 숭배자'를 의미하기도 한다. Demon이란 단어를 떠올리면 되겠다. 바로 여기에 데미안이 어떤 유형의 인물일지 유추할 수 있는 소중한 단초가 있다. 왠지 이름의 어감상 금발의 곱슬머리 미소년이 연상되면서, '미소년이니까 착하겠지 뭐……'라는 식의 관습적 논리가 발동할 수 있겠으나 이는 자칫 큰 화를 불러올 수 있다.

에바 부인 데미안의 모친. 데미안이 데미안일 수 있게끔 만들어준 근본이라 할 수 있다. 데미안의 육체적 근본일 뿐만 아니라 그의 남다른 영적 능력 역시 어머니의 영향을 받았다 할 수 있다.

크로머 유년기의 싱클레어를 협박, 갈취했던 범죄 영재.

피스토리우스 오르간 연주자. 싱클레어에게 압락사스에 대한 무료 과외 교습을 해주는 남자다.

크나우어 싱클레어가 김나지움(우리나라의 고등학교쯤)에서 만난 동급생. 성욕에 대한 과도한 죄의식으로 자살을 시도하려다가 주인공에 의해 구원받는 것처럼 묘사된다.

베아트리체 주인공이 유년기를 지나 사춘기 방황을 하던 중, 말도 한 번 못 붙여보면서 운명적 여인이네 완벽한 여신이네 하며 각종 오바질을 내뿜던 대상이다. 베아트리체라는 이름은 진짜 이름이 아니라 단테가 아홉 살부터 평생을 사랑했다고 알려진 전설 속 여인의 이름을 따다 붙인 것이다.

생텍쥐페리의 《어린왕자》와 더불어 읽지 않았다는 사실이 스스로도 믿기지 않아 자신도 모르게 자동 반사적으로 읽은 척을 하는 대표적인 작품이 바로 헤르만 헤세의 《데미안》이라 하겠다.

그도 그럴 것이, 이 작품은 워낙 많은 사람들에게 언급될 뿐만 아니라 다른 고전작품에 비한다면 너무나 인간적이라 할 수 있는 200쪽 안팎의 분량에 불과해 《데미안》을 읽어본 바 없다고 실토하는 것은 자신의 무지에 대한 커밍아웃만 되는 것이 아니라, '어떻게 하루면 다 읽을 수 있는 책을 아직도 읽어보지 못했느냐'는 식의 나태한 삶에 대한 총체적 손가락질까지 덤으로 불러올 가능성이 농후하기 때문이다.

게다가 새는 알에서 나오려고 투쟁하고 그 알은 세계라느니, 선과 악을 모두 갖고 있는 신(神) 압락사스니 하는, 거의 유행가 가사처럼 들먹여지는 《데미안》의 일부 내용은 다들 어디선가 한 번쯤 들어본 바 있어, 한 줌의 귀동냥으로 호기롭게 읽은 척을 하고 싶은 유혹이 커질 수 있다.

하지만 괜히 아는 척하고 나섰다가는 그만큼 평생 지울 수 없는 개망신을 당할 가능성도 동시에 커지는 위험한 작품이라 할 것이므로 그 어떤 고전작품보다 읽은 척 매뉴얼 편찬 작업이 시급했다는 데 이 책의 선정 이유가 있다 하겠다.

교양이 바닥 난 당신을 위한
읽은 척 뻔뻔 스킬

　나름 유복한 집안에서 자란 주인공 싱클레어는 후진 공립학교에 다니던 크로머와 어울리며 어쩌다 뱉은 거짓말로 인생의 쓴맛을 보게 된다. 그야말로 빵셔틀, 돈셔틀이 된 것. 막판에는 친누나까지 데리고 나오라는 크로머의 요구에 고뇌하던 중, 새로 전학 온 데미안을 통해 그 고뇌를 해결한다. 정확히 말하면 데미안이 모든 걸 혼자 해결해준다. 데미안의 설득이나 격려로 주인공이 반 푼어치의 용기라도 짜내서 문제를 해결한 것이 결코 아니라는 뜻이다. 이 점이 중요하다.

　이후 유년기가 지나 사춘기가 된 싱클레어는 김나지움에서 다시 한 번 고뇌에 빠진다. 해결할 수 없는 성적 욕망과 그로 인해 더욱 커지는 외로움을 술과 허세로 달래기 시작하다 나중에는 술과 허세에 중독되어 퇴학 직전의 문제아가 되어버린 것이다. 그러다 베아트리체를 만나고 갑자기 경건해지기 시작하면서 베아트리체의 얼굴을 그리겠다고 한 게 데미안의 얼굴이 되더니, 다시 자기 자신의 얼굴이 됐다가, 결국에는 데미안도 아니고 자신도 아닌 미지의 어떤 여인의 얼굴이 되는 미스터리한 일을 겪는다.

　그리고 이후에도 신기한 영적 체험 같은 것들이 계속 일어난다. 이를 테면 이상한 꿈들이 반복되어 꿈속에서 본 새를 그려 발신인 표시도 없이 한참을 소원했던 데미안에게 보냈더니 데미안은 척하

데미안　　　　　　　　　　　　　　　　　　　　　187

니 아래와 같은 꿈 해몽서를 보내온다.

〈새는 알에서 나오려고 투쟁한다. 알은 세계이다. 태어나려는 자는 하나의 세계를 깨뜨려야 한다. 새는 신에게로 날아간다. 신의 이름은 압락사스.〉

– 《데미안》, 헤르만 헤세 저, 전영애 역, 민음사, 123쪽

이후 압락사스에 꽂혀 본의 아니게 열심히 책을 뒤지는 모범생으로 거듭나게 된 싱클레어는 대학에 들어가고, 대학에 가서는 우연히 교회 앞을 지나다 오르간 연주를 듣는데, 역시 또 우연히 그 연주자는 압락사스에 대해 잘 알고 있는 기인이었던 것이다.

이 모든 것이 다 우연 같지만 사실은 운명이란 걸 직감한 싱클레어는 옛날 데미안처럼 사람의 마음을 꿰뚫어보는 독심술에도 능숙해지고, 생각을 집중하면 그 생각이 실제로 이뤄지는 마음의 연금술도 경험하면서 결국 또 우연 같지만 결코 우연이 아닌 데미안과의 재회를 갖는다. 처음으로 데미안 집에 놀러 가서는 그의 어머니인 에바 부인이 바로 자신이 그려왔던 미지의 여인이었다는 것을 발견하고 깜짝 놀라지만 이 역시 우연이 아닌 운명임을 알기에 기쁜 마음으로 매일같이 데미안의 집에 놀러 간다.

주인공과 데미안, 그리고 에바 부인과 함께 단란한 한때를 보내던 어느 날 뭔가 불길한 기운을 느껴, 텔레파시로 에바 부인을 애타게 부르던 중(주인공이 왜 에바 부인을 애타게 불렀는지는 '읽은 척 꼼꼼 스

킬'을 참조하시라) 에바 부인 대신 데미안이 나타나 전쟁(제1차 세계대전) 소식을 알려준다.

이후 전쟁터에 끌려간 싱클레어는 폭격에 부상을 입고 쓰러지지만 꿈인지 현실인지 분간이 잘 안 가는 가운데 에바 부인이 아닌 빌어먹을 데미안의 키스를 받고서 깨어난다.

어떤 질문에도 당황하지 않는 읽은 척 꼼꼼 스킬

위대한 고전의 찌질한 주인공

고전작품을 읽은 척할 때 범하기 쉬운 자충수 중 하나가 대가들이 쓴 위대한 작품의 주인공이니만큼 당연히 반듯하고 훌륭할 것이라는 지레짐작에서 비롯된, 인물에 대한 과대평가라 할 수 있다. 그도 그럴 것이 고전으로 불릴 정도로 유명해진 작품은 벅찬 감동에 대한 수많은 사람들의 간증으로 자리매김된 것이라 할 수 있기 때문에 읽은 척의 팔 할은 유사간증 혹은 묻지 마 오두방정으로 이뤄지는 것이 통상적이라 하겠다.

특히 이 작품에 대한 가장 흔한 요약이 '한 소년이 자아를 찾아가는 과정'인 만큼 어른들도 못 찾는 자아를 수소문하는 독일 소년이라면 왠지 철학적이지만 금발이고, 조숙하지만 늘씬할 것만 같은 예감이 들면서 주인공에 대한 닥치고 찬양 모드가 읽은 척에 효과적일 것 같은 반사적 생존 본능이 들겠으나 오히려 이때가 읽은 척의 고난도 변칙 스킬인 '까대기적 읽은 척'을 구사해볼 만한 절호의 순간이라 하겠다.

이는 마치 한 번도 먹어보지 못한 샥스핀에 대하여 유명 음식이니 당연히 맛있을 거라는 천편일률적 감수성으로 먹은 척을 하는 것보다는, 양 미간을 살짝 찌푸리며 '탈색이 덜 된 MSG의 맛이 느껴지는 것 같아서 불쾌했다'는 식의 까대기로, 무슨 말인지는 잘 모르겠지만 저 사람이 젊은 나이에 샥스핀을 먹어봤음엔 틀림이 없어 보인다는 식의 공감대를 좌중으로부터 이끌어낼 수 있는 오히려 효과적인 먹은 척의 원리와 유사하다 할 것이다.

게다가 실제로 《데미안》의 주인공인 싱클레어는 까대기적 읽은 척의 풍부한 빌미를 제공한다. 주인공이 겪는 소위 성장의 아픔들은 대체로 자신의 허세가 초래한 자승자박의 참사들이기 때문이다.

좀 놀아본 척의 허세가 불러온 참사

싱클레어의 생애 첫 참사는 바로 동네 초딩 일진 크로머와의 만남에서 비롯된다. 독일에서 좀 있는 집 애들이 다니는 사립학교에 재학 중인 싱클레어가 크로머를 비롯한 공립학교의 불량한 무리들과 어울리던 어느 날, 자신이 경험한 비행에 대한 고백, 말하자면 어둠의 무용담 소그룹 발표회를 갖는다. 왜 술자리에서 남자들이 많이 하는 거 있잖은가. 17대 1로 싸워봤다느니, 군대에서 간첩을 잡았다느니, 자기를 못 잊는 여자들이 모여 촛불집회를 한다느니 하는 진실과 거짓의 경계선 사이를 마치 줄타기하듯 넘나드는 대하 구라들 말이다.

유복하게 자라 이렇다 할 어둠의 추억이 없던 주인공이 순간의 존재감 위축을 견디지 못하고 택한 건 결국 거짓말. 그러니까 동네 과수원에서 최상급의 사과를 한두 개도 아니고 자루째 훔쳤다는 거짓말을 그럴듯하게 해치운 주인공은 나름 의기양양하였으나 그 과수원 주인이 사과 도둑에게 2마르크의 현상금을 걸었다는 크로머의 주장이 나오면서 상황은 급반전되고 만다. 크로머가 과수원 주인에게 일러바치지 않는 조건으로 현상금 2마르크를 대납할 것을 싱클레어에게 요구한 것이다(여기서 크로머의 현상금 관련 주장이 사실인지, 아니면 주인공의 구라를 간파한 또 다른 구라인지는 분명치 않다).

결국 싱클레어는 자신이 내뱉은 거짓말과 거짓 맹세에 발목이 묶여 크로머의 전용 셔틀이 되는 처지에 놓이는 것이다. 심지어 이렇게 사느니 죽는 게 차라리 낫겠다는 생각까지 하면서 말이다.

아래는 싱클레어가 크로머의 협박을 받은 직후 집으로 돌아오면서 가졌던 상념들이다.

나는 계단을 올라갈 수가 없었다. 나의 인생이 산산이 부수어져 있었다. 달아나 다시는 돌아오지 않거나 물에 빠져 죽을 생각을 했다. 그렇지만 그러면 어떨지는 똑똑하게 떠오르지 않았다.

(중략)

유리문 곁의 옷걸이에는 아버지의 모자가 걸려 있었다. 어머니의 양산도 걸려 있었다. 이 모든 물건으로부터 왈칵 고향과 애정이 나에게로 밀려왔다. 나의 마음은 뭉클하게 그것들을 반겼다. 애원하며 감사하며, 탕아가 옛 고향의 방을 보고 냄새 맡으며 그러듯이. 그러나 그 모든 것은 이제 내 것이 아니었다. 그 모든 것은 아버지와 어머니의 밝은 세계였으며 나는 깊이 죄 지은 채 낯선 홍수에 잠겨 있었다. 모험과 죄악에 얽혀들어, 적의 위협을 받고 있었다. 위험, 불안, 치욕이 기다리고 있었다.

(중략)

나는 내 구두에다 더러움을 묻혀왔다. 발깔개에 문질러 닦아낼 수 없는 더러움이었다. 고향의 세계는 알지 못하는 그림자를 나는 끌고 왔던 것이다.

(중략)

나의 죄악은 이것이냐 저것이냐가 아니었다. 나의 죄악은 내가 악마에게 손을 내밀었다는 사실 자체였다. 왜 나는 함께 갔던가? 왜 나는 일찍이 아버지 말에 귀기울인 것보다 더 크로머의 말에 귀를 기울였던가? 왜 나는 저 도둑질 이야기를 지어내고 영웅적 행위라도 되는 양 범행을 뽐냈을까? 이제 악마가 내 손을 잡았다. 이제 적이 나를 뒤쫓고 있었다.

– 《데미안》, 헤르만 헤세 저, 전영애 역, 민음사, 23~24쪽

이건 말이지 정말…… 병신 같지 않은가!
주인공의 이런 정황을 근거로 다음과 같은 까대기적 읽은 척이

가능하다 하겠다.

***

싱클레어는 아무래도 좀 찌질한 거 같아. 자기가 한 거짓말로 덫에 빠진 거면서 마치 무슨 거대 악에 억압당하는 저주받은 영혼처럼 오바질을 하잖아. 자기가 한 말이 다 거짓말이었다고 고백할 수 있었던 수많은 기회들을 외면한 건 마치 거부할 수 없었던 운명처럼 과장하고 말이야. 물론 자존심 때문이었겠지. 그래, 사람에게 자존심이란 중요한 거야. 하지만 잘못된 자존심은 지킬 필요가 없다는 것도 깨달았어야 한다고 봐. 잘못된 자존심은 버리는 게 진정한 자존심일 테니까 말이야.

이는 어쩌면 주인공의 부모한테 문제가 있었던 건지도 몰라. 주님께 기도하는 목회자의 집안이 무슨 대단한 선의 세계요, 빛의 세계인 것처럼 규정하고 있지만 자식새끼가 거짓말 하나 때문에 영혼이 피폐해지고 있는데 그것도 눈치 채지 못하고 그냥 한숨이나 쉬는 게 다잖아. 그동안 얼마나 겉보기에만 좋은 선의 세계를 강요해왔으면 애가 부모한테도 말을 못했겠냐고.

이건 선악에 대한 주입식 교육이 빚어낸 촌극이란 말이지. 주인공은 나쁜 짓을 한 게 아니라 멍청한 짓을 한 거거든. 어린 나이에 얼마든지 실수할 수도 있는 멍청한 짓을 부모가 얼마나 큰 나쁜 짓으로 규정하고 겁을 줘왔으면 애가 멍청한 짓과 나쁜 짓도 구분하지 못하는 그야말로 진정한 멍청이가 돼버렸느냐 이 말이야. 이런 면에

데미안

서 보면 크로머도 그냥 민주 시민의 투철한 신고정신을 밑천 삼아 용돈푼이나 벌려고 했던 멍청이에 불과해. 악의 화신이 아니라 그냥 멍청이 말이야.

사춘기 위악의 허세가 불러온 참사

데미안의 일방적인 도움으로 크로머의 멍청한 지배 행위에서 벗어난 주인공은 상급학교에 진학하기 위해 처음으로 고향을 떠나 하숙집에 들어앉는다. 당연히 외로웠을 것이다. 자기를 늘 지켜봐주던 가족이라는 충실한 관객의 부재로 자신의 존재감을 느끼지 못할 때 사람은 외로워지는 법이니까. 그래서 주인공이 당시 선택한 허세의 처세는 또 이러했다.

하숙집에서 나는 처음에는 사랑받지도 주목받지도 못했다. 사람들은 처음에는 나를 놀리다가, 그 다음에는 나로부터 물러났으며 나에게서 음침하고 패기 없는 사람, 불쾌한 괴짜를 보았다. 그런 역할을 하는 자신이 마음에 들어, 나는 그 역을 더 과장했으며, 고독 속으로 칩거하였다. 남몰래 자주 비애와 절망의 좀먹히는 발작에 짓눌렸는데도 그 고독은 바깥에서 보면 지극히 남자답게 세상을 경멸하는 것처럼 견고해 보였다.

－《데미안》, 헤르만 헤세 저, 전영애 역, 민음사, 93~94쪽

싱클레어가 불쾌한 괴짜로서 남자답게 세상을 경멸하는 사람처

럼 위악을 떨게 된 그 시작은 바로 사랑받지 못함에 있었다는 얘기로 해석할 수 있는 부분이라 하겠다. 남자답게 세상을 경멸하는 것, 그러고 보면 많은 경우 '남자답다'는 표현은 '병신답다'로 바꿔도 맥락상 별 차이가 없다는 것을 발견할 수 있다.

아무튼, 이후 주인공은 같은 하숙집의 가장 나이 많은 학생인 알폰스 벡을 만나면서 그동안 3년 묵은 변비처럼 삭혀왔던 존재감을 일거에 싸지르기 시작한다. 어디서? 술집에서.

우리는 어느 조그만 교외 술집에 앉아, 품질이 수상한 포도주를 마시며 두꺼운 유리잔을 부딪쳤다. 처음에는 별로 마음에 들지 않았지만 어쨌든 그건 뭔가 새로운 것이기는 했다. 나는 술에 익숙지 않은 터라, 곧 몹시 말이 많아졌다.

(중략)

벡은 즐겁게 내 말에 귀기울였다. 마침내 누군가가 내 말에 귀기울이고, 그에게 내가 무언가를 주는 것이었다! 그는 내 어깨를 두드렸다. 나를 굉장한 녀석이라고 불렀다. 그리고 나는 이야기하고 싶고 뭔가를 전하고 싶은 고이고 고인 욕구를 실컷 쏟아내는 기쁨에, 인정을 받는다는 기쁨에, 연장자에게서 다소 인정받는다는 기쁨에 가슴이 부풀어 올랐다. 그가 나를 천재적인 멋들어진 녀석이라고 불렀을 때는 그 말이 감미로운 독주처럼 영혼 속으로 번졌다.

– 《데미안》, 헤르만 헤세 저, 전영애 역, 민음사, 96쪽

그리고 다음 날, 그러니까 처음으로 경험한 술기운과 더불어 자기보다 나이도 많은 호의적 청중 앞에서 주둥이로 존재감을 배설하는 동안에는 천재가 된 것도 같았고, 세상도 다 가진 것 같았던 주인공의 패기가 술이 깬 뒤엔 이렇게 바뀐다.

잠깐 죽은 듯 잠을 잔 후 나는 고통스럽게 깨어났다. 술이 깨고 보니, 멍한 고통이 나를 엄습했다. 나는 침대에 앉아 있었다. 낮에 입었던 셔츠를 아직도 입고 있고, 내 옷가지며 신발은 바닥에 널려 있고 담배 냄새와 토사물 냄새가 났다. 두통과 메스꺼움과 심한 갈증 사이에서 내가 오래 직시하지 않았던 영상 하나가 떠올랐다. 고향과 부모님의 집, 아버지, 어머니, 누이들과 정원이 보였다. 조용하고 아늑한 내 침실이 보였다. 학교와 시장 광장이 보였다. 데미안과 견진성사 수업 시간들이 보였다. 그리고 그 모든 것은 환했다. 모든 것이 흐르는 광채로 에워싸여 있었다. 모든 것이 놀라웠다. 신성하고 깨끗했다. 그리고 모든 것, 모든 것이 어제만 해도, 몇 시간 전만 해도 나의 것이었고, 나를 기다렸는데 지금은, 지금 이 시각에는, 타락하고 저주받아 있다는 것을 알게 되었다. 더 이상 내 것이 아니었다. 나를 밀쳐내고 있었다. 구역질을 내며 나를 주시하고 있었다! 가장 먼 유년의 황금빛 정원들까지 되돌아가 부모님으로부터 경험한 모든 사랑스럽고 친근한 것, 어머니의 입맞춤 하나하나, 성탄절 하나하나, 집에서의 경건하고 환한 일요일 아침 하나하나, 정원의 꽃 하나하나, 이 모든 것이 황폐화되었다. 모든 것을 내 자신의 두 발로 짓밟아버렸던 것이다! 지금 추적자가 와서 나를 묶어서 인간 폐물이며 신전 모독자라고 교수대로 데리고 간다면, 나는 동의하고 기꺼이 따라갔으리라. 그렇게 하는 것이 바르고 합당한 처사라고 느꼈을 것이다.

— 《데미안》, 헤르만 헤세 저, 전영애 역, 민음사, 98~99쪽

이건 말이지 정말…… 남자답지 않은가! 부모가 비싼 돈 들여서 도시로 유학까지 보냈더니만 하라는 공부는 안 하고 밤새 술이나 퍼마신 것이 분명 아름답고 건전한 일이라 할 수는 없겠지만, 그렇다고 고작 그깟 일로 과거 가족과의 시간에다 천사의 깃털을 처바르며 과장을 하고, 이제는 저주받고 타락했으니 기꺼이 교수대에서 박력 있게 죽을 준비가 되었다고 표효하는, 그런 남자 중의 상남자 말이다!

고로 이를 근거로 대략 다음과 같은 까대기적 읽은 척을 구사해볼 수도 있을 것이다.

***

사람은 누구나 존재감을 드러내고, 확인받고 싶어 하지. 왜냐하면 존재니까. 존재니까 내가 존재하고 있다는 걸 나 스스로 느끼고 싶고, 또 다른 존재를 통해서도 확인하고 싶은 거야. 인간에게 일차적으로 의식주 문제가 중요한 것도 바로 그런 이유에서 비롯되는 거라 할 수 있어. 의식주와 관련된 행위, 즉 먹고 싸고 입고 자는 건 존재한다는 걸, 그리고 앞으로도 계속 존재할 수 있다는 걸 스스로 확인(그게 만족이든 불만족이든)할 수 있는 가장 원초적 행위니까 말이

야. 일차적 존재감의 갈증이 해결된 후에는 이차적 존재감을 욕망하게 될 거야. 타인을 통해서 얻게 되는 존재감 말이야. '나'라는 존재에 대한 타인들의 총체적 반응이 바로 이차적 존재감을 확인하는 지표가 되는 거지. 이때의 존재감은 크게 빛(양, 선, 긍정, 사랑, 존중 등)의 존재감과 어둠(음, 악, 부정, 증오, 폭력 등)의 존재감으로 나눌 수 있을 것 같아.

아마도 모든 사람은 처음엔 빛의 존재감을 욕망할 것 같아. 그렇잖아. 갓 태어난 아이는 어둠의 존재감을 감당할 수도 없고 적극적으로 발휘할 수도 없을 테니까. 애초에 나약할 뿐이잖아. 어쩌면 누구도 위협할 수 없는 나약함 자체가 빛의 존재감인지도 모르겠어. 그리고 애초에 약한 존재가 자기의 존재를 유지하기 위해서는 다른 타인들(대체로 부모)의 호의, 즉 빛의 존재감에 기반한 보살핌을 욕망하고 그에 의지할 수밖에 없을 거야.

하지만 욕망한다고 해서 모든 것이 이뤄지지는 않잖아. 환경의 문제든 개인의 역량 탓이든. 결국 아이는 커가면서 빛의 존재감 획득에 실패하는 경험을 흔히 겪게 돼. 특히 어려서는 부모에게 일방적인 보살핌을 받은 죄(?)로 커서 또 일방적인 기대(학업과 취업의 문제, 착한 자식 되기 등)에 부응해야 할 순간이 왔을 때 그런 좌절이 많을 거야. 좌절의 순간에 기어코 빛의 존재감 쟁취를 위해 노력하는 아이도 있겠지만 차라리 어둠의 존재감으로 방향을 틀게 되는 경우도 많아. 왜냐면 그게 더 쉽고 빠르니까.

누군가가 나를 사랑하게 만드는 것보다는 누군가가 나를 두려

위하게 만드는 게 더 쉽고 빨라. 누군가의 기대에 부응하기 위해 노력하기보다, 기대에 부응할 수 없는 어떤 거대한 이유를 만들어 속이는 게 더 쉽고 빠른 거고 말이야(좀 더 생각해보면 그게 더 쉽고 빠르다고 단언할 수는 없을 것 같아. 대체로는 그게 더 쉽고 빠른 것처럼 느낀다고 하는 게 보다 정확한 표현일 거야. 게다가 부응하고자 했던 누군가의 사랑과 기대가 애초 모순된 욕망에서 비롯된 거라면 그런 모순된 사랑과 기대를 충족할 이유가 없어지는 경우도 있고 말이지).

또 어떤 면에서는 그런 어둠의 존재감을 발휘하는 것에서 비롯된 만족감이 보다 강렬하게 느껴지는 때도 많고 말이야(밀란 쿤데라가 《불멸》에서 표현한 '배반의 쾌락'이란 게 아마 이런 상황을 말하는 걸 거야). 그래서 우리 주변에는 어려서 멀쩡하다가 커서 이유 없이 비뚤어진 것 같은 사람들이 많은 거야. 사실은 다 이유가 있는 거라고. 나름 가장 효율적으로 존재감을 발산하기 위해 벌인 치열한 투쟁의 결과물이라고나 할까.

결국 싱클레어도 마찬가지인 것 같아. 어려서는 공부 잘하고 말 잘 듣는 엄친아로서의 존재감을 발휘하며 그에 대한 타인의 반응에 흡족해하다가, 가족이 없는 환경 그러니까 자신의 존재감에 무감각한 하숙집의 타인들 앞에 섰을 때 겁을 집어먹은 거지. 하숙집 사람들은 자신을 빛의 존재감으로 인식하지도 않을 뿐만 아니라, 앞으로도 그럴 가능성이 별로 없어 보였을 거거든.

그래, 사실은 또 겁을 먹은 거야. 크로머 앞에서 존재감을 입증하기 위해 거짓 도둑질을 꾸몄을 때와 마찬가지로 말이지. 싱클레어가 거짓말을 한 게 중요한 게 아니라, 그 거짓말의 이유가 존재감을 얻지 못할까 봐 두려워서였다는 게 중요한 거야.

양치기 소년의 우화를 통해 거짓말쟁이의 비참한 말로라는 교훈만을 얻어서는 안 돼. 혼자 들판에서 하루 종일 양만 돌보던 어린 소년의 절절한 외로움을 가늠해봐야 한다고. 나 같으면 늑대가 나타났다 정도가 아니라 늑대와 양의 불륜 동영상을 갖고 있다 소리치고 싶었을지도 몰라. 그러니 제발 나한테 좀 와달라고 말이야. 그냥 솔직하게 내가 지금 좀 많이 외로우니까 나한테 좀 와달라고 소리치면 사람들이 거들떠보지도 않을 것 같아서, 그 솔직함이 가져다줄 잔인한 결과가 너무 두려워서 거짓말을 한 건지도 모르잖아.

그러니까 중요한 건 거짓말 자체가 아니라 거짓말을 하게 된 맥락이 중요하다는 거지. 거짓말쟁이의 비참한 말로가 다가 아니라 사람이 외로우면, 즉 자기 존재감이 충만하지 않으면 그렇게 거짓말을 반복해서라도 사람들의 반응을 확인하고 싶어 한다는 거, 그리고 존재감 확인을 위해 거짓을 말하고 다른 사람을 골탕 먹이는 건, 즉 어둠의 존재감을 통해 사람들의 반응을 도모하는 건 처음 몇 번은 통할지 몰라도 결국 자신을 더 외롭게 만드는 자충수가 될 수 있다는 거, 그게 바로 진짜 중요한 교훈이라고.

싱클레어가 딱 그랬단 말이지. 사랑받고 싶었지만 사랑받고 싶어 하는 사람처럼 보이기는 싫었던 거야. 못나 보이니까. 자존심 상하니까. 남자답지 않으니까. 그래서 마치 사랑 따위 개나 줘버려라고 외치는 사람의 냉소와 위악을 택한 거고 말이야. 사랑에 대한 갈

증과 정확히 비례하는 사랑에 대한 혐오인 거지. 술은 그냥 위악하는 남자에게 딱 어울리는 소품에 불과했던 거고.

그래서 결국 어떻게 됐어. 남자, 아니 병신이 돼버렸잖아. 자신의 유치한 허세를 불가사의한 절대 악의 강림으로 비약하는 그런 병신 말이야. 빛의 존재감 획득에 연연해하는 병신처럼 보이기 싫어서 택한 어둠의 존재감이 결국 더욱 적나라한 병신 인증의 길로 인도한 셈인 거지.

주인공의 남다른 성적 취향?

앞서 언급한 바 있듯, 이 작품의 대미는 싱클레어와 데미안의 키스신이 장식한다. 다분히 동성애적 혹은 야오이(남성 사이의 동성 연애물)적 분위기를 풍기는 대목이라 할 것이다. 아닌 게 아니라 싱클레어는 데미안에 대해 얘기할 때 연정 깊은 관찰자가 아니고서는 불가능한 수위의 비릿한 묘사를 되풀이한다.

나는 독특하게 나를 매료시키는 데미안의 얼굴을 자주 건너다보았다. 그 총명하고, 환하고, 엄청나게 단호한 얼굴이 작문 과제 위로 주의 깊고도 명민하게 숙여져 있는 모습이 보였다. 그는 전혀 숙제를 하고 있는 학생처럼 보이지 않고, 자기 자신의 문제들에 전념하고 있는 연구자 같았다. 사실 호감이 가지는 않았다. 반대로 왠지 거부감을 주었다. 그는 나보다 우월하고 침착했다. 그 본질에 있어서 너무나도 도전적일 만큼 안정되어 있었다. 그리고 그의 눈은 아이들이 결코 좋아하지 않는 어른의 표정을 띠고 있었는데, 약간 슬픈 냉소를 담고 있었다. 그렇지만 그를 줄곧 바라보지 않을 수 없었다. 그가 호감을 주었던 것 같기도 하고 반감을 주었던 것 같기도 하다.

– 《데미안》, 헤르만 헤세 저, 전영애 역, 민음사, 37쪽

나는 데미안의 얼굴을 보았다. 그가 소년의 얼굴을 가지지 않고 어른의 얼굴을 가졌다는 것뿐만 아니라 더 많은 것을 보았다. 보았다고, 혹은 감지했다고 믿었다. 그것이 남자의 얼굴만이 아니며 또 다른 무엇이라는 것을. 여자 얼굴도 조금 그 안에 들어 있는 듯했다. 특히 그 얼굴은 내게, 한순간, 남자답거나 어린이답지 않고, 나이 들었거나 어리지 않고, 왠지 수천 살은 되게, 왠지 시간을 초월한 듯, 우리가 사는 것과는 다른 시대의 인장이 찍힌 듯 보였다. 짐승들이 아니면 나무들, 아니면 별들이 그렇게 보일 수 있었다.

– 《데미안》, 헤르만 헤세 저, 전영애 역, 민음사, 69쪽

어쩌면 바로 이 은은한 야오이적 서사가 많은 문학소녀들로 하여금 《데미안》을 필독서로 꼽는 데 주저함이 없게 만든 밀알 중 하나였던 게 아닐까 싶기도 하다.

하지만 주인공의 관념적 엽색 행각은 여기서 멈추지 않는다. 아래 내용은 친구 엄마, 그러니까 데미안의 엄마인 에바 부인에 대한 끈적한 묘사를 발췌한 부분이다.

그녀의 목소리, 또 그녀의 말은 아들과 매우 닮았으면서도 전혀 달랐다. 모든 것이 더 성숙하고, 더 따뜻하고, 더 자명했다. 그러나 막스가 예전에 그 누구에게도 소년의 인상을 주지 않았던 것과 똑같이 그의 어머니는 전혀 장성한 아들을 둔 어머니처럼 보이지 않았다. 그녀의 얼굴과 머리카락 주위로 감도는 숨결은 그토록 젊고 감미로웠다. 그녀의 금빛 도는 피부는 그렇게 팽팽하고 주름이 없었다. 입은 그렇게 꽃피고 있었다. 내 꿈속에서보다도 더 당당하게 그녀는 내 앞에 서 있었다. 그녀 곁에 있음은 사랑의 행복이었다. 그녀의 시선은 성취였다.

– 《데미안》, 헤르만 헤세 저, 전영애 역, 민음사, 188쪽

내가 그녀 곁에서 관능적 욕구로 불타며 그녀가 닿았던 물건들에 입 맞추는 순간들이 있었다. 그리고 점차 관능적이며 비관능적인 사랑이, 현실과 상징이 서로 포개지며 밀려왔다. 그 다음에는 내가 내 방에서 고요히 열렬하게 그녀를 생각하면, 그럴 때 그녀의 손이 나의 손에, 그녀의 입술이 내 입술 위에 느껴진다고 생각하는 일이 있었다.

– 《데미안》, 헤르만 헤세 저, 전영애 역, 민음사, 202쪽

사실 이 부분은 주인공의 찌질함을 방증하는 요소라 단언할 수는 없는 부분이다. 사랑은 죄가 아니니까. 그 상대가 친구 엄마가 됐든, 친구 애완견이 됐든.

하지만 본 서적의 존재 목적은 등장인물에 대한 속 깊은 공감이 아니라 어떻게든 읽은 척을 할 수 있게 도와주는 밑거름으로 삭혀

지는 데 있다 할 것이므로, 마치 《상실의 시대》에서 난데없이 펼쳐지는 섹스 장면을 들먹임으로써 읽은 척의 유리한 고지를 선점할 수 있듯, 주인공 싱클레어가 그야말로 허를 찌르듯 고백하는 중년 페티시적 취향을 거론하는 것은, 비록 지성인이라면 취해서는 안 될 편협한 태도라 하겠으나 읽은 척에는 매우 유용한 어둠의 스킬이라 할 수 있는 바, 제 살을 베어 먹는 심정으로 여기에 기록하는 것이다.

압락사스와 데미안의 정체

앞서 이 작품에 대한 까대기적 읽은 척이 가능한 부분을 소개했다고 해서 《데미안》을 주인공 싱클레어의 찌질함 그 자체로 혼동하는 것은 금물이다. 이 작품의 미덕은, 믿기지 않겠지만 주인공의 바로 그 찌질함에서 싹트기 때문이다. 자신이 저지른 찌질함을 인지하고 그 찌질한 자신에 대한 자기혐오의 살풀이가 있은 후, 결국 그 혐오의 살풀이를 되풀이하지 않기 위해 애쓰다 보니 어느 순간 덜 찌질한 인간이 돼 있더라, 이게 바로 고전문학의 세계에서뿐만 아니라 실제 세계에서도 발생할 수 있는 가장 전형적인 방식의 인간 각성 과정이라 할 수 있기 때문이다.

뭔가 시적인 표현으로 바꿔 말하자면 이렇게 정리할 수도 있을 것이다.

"태초에 병신이 있었다."

말인즉슨 애초에 훌륭한 사람이란 존재할 수 없다는 얘기이다. 날 때부터 존귀했다고 하는 천상천하 유아독존의 전설은 그야말로 종교의 영역에서나 가능한 SF일 뿐, 거의 모든 사람은 자기 욕망에 눈이 어두워 탐욕을 부리고, 그 탐욕을 감추기 위해 거짓을 떠벌리는 찌질이에서 출발한다는 얘기인 것이다. 예외 없이. 다만, 자신이 태초에 찌질이였다는 걸 사는 동안 지각하느냐 못하느냐, 혹은 나의 병신성을 좀 더 빨리 깨닫느냐 늦게 깨닫느냐의 차이가 있을 뿐.

> 그러니까 나의 내면의 모습이 그랬던 것이다! 빙빙 돌며 세상을 경멸하던 나! 정신에 있어서 자부심이 충만했고 데미안과 생각을 함께 했던 나! 나의 모습이 그랬다, 취하고 더럽혀지고, 구역질나고 비열한 인간 폐물이자 잡놈, 야비한 충동의 기습을 받은 살벌한 야수였다! 모든 것이 정결함, 광채 그리고 우아한 사랑스러움인 저 정원에서 온 내가, 바하의 음악과 아름다운 시를 사랑했던 내가! 아직도 속이 메스껍고 격분한 내 귀에 자제력 없이 멍청하게 헉헉 터뜨려대는 취한 웃음소리가 들렸다. 그게 나였다!
>
> – 《데미안》, 헤르만 헤세 저, 전영애 역, 민음사, 99~100쪽

고로 이쯤에서 아래와 같은 대사를 쳐준다면 읽은 척은 물론이고 《데미안》 따위와는 체급이 다른 실존주의적 거대담론의 방향으로 대화의 물꼬를 틂으로써 읽은 척 자체가 다 부질없어 보이는 상황으로 유도할 수도 있을 것이다.

"고대 그리스의 잠언인 '너 자신을 알라'는 사실 '너 자신이 병신임을 알라'는 말을 완곡하게 표현한 것인지도 모르겠어. 그래서 진

정한 '나'를 찾는 게 어려운 거지. 찾는 것은 '나'인데 자꾸 병신만 보이니까 내가 아닌 것 같거든."

그렇다면 우린 모두 태초에 병신이니 앞으로도 계속 병신인 걸까? 그럴 수도 있고 아닐 수도 있겠다. 그럴 수도 있다는 건 첫 번째는 자신의 병신성을 평생 인지조차 못하거나, 두 번째는 인지했다 하더라도 게으름, 불신, 망각, 착각 등 다종다양한 이유로 그냥 널브러진 채 결국 병신으로 일생을 마감하는 경우가 그러할 것이다. 아니면 남의 병신성을 위안 삼아 안분지족하거나. 아닐 수도 있는 경우는 그럴 수도 있는 경우의 두 번째 상황을 공유하면서 출발한다 하겠다. 즉 병신성의 '인지'에서, 인지했지만 계속 병신이 되는 경우와 인지했으므로 병신 탈출에 성공하는 갈림길 앞에 놓인다는 얘기이다. 자신이 사실은 병신이었음을 인식하는 바로 그 절망의 순간이 병신에서 벗어날 수 있는 희망의 출발선도 되기 때문이다.

이는 마치 암에 걸렸다는 진단이, 치명적인 병에 걸렸음을 선고받는 절망임과 동시에 이제 알았으니까 그에 적합한 치료를 시작할 수 있다는 희망이 될 수 있는 것과 같은 이치라 하겠다. 하지만 치료를 게을리하거나 객기로 술을 마시거나 함으로써 그 희망마저 물거품이 되는 더 큰 절망이 닥칠 수 있다. 하지만 더 큰 절망의 지점에는 '이제부터라도 다시 시작하자'는 보다 절박한 희망 역시 자리할 수 있을 것이다. 또 그 앞에는 절망, 또 그 뒤에는 희망.

결국 절망과 희망의 무한 반복, 니체의 표현을 빌리자면 영원회귀, 영화 〈인셉션〉의 한 장면을 예로 들자면 거울과 거울이 마주 섰

영화 〈인셉션〉 중

을 때 펼쳐지는 무한 반사의 이미지가 바로 인간이 병신성을 극복할
수 있느냐 없느냐의 운명을 예고하는 무엇이라 할 수 있다.

　절망과 희망 말고도 선과 악, 사랑과 증오, 탐욕과 결핍 등 관
념적으로는 완전히 상반되어 보이는 여타 대립항들 역시 마찬가지
다. 서로 멀리 떨어져 있는 쌍들 같지만 사실은 뒤통수끼리 붙어 있
는 야누스여서 어떤 얼굴을 대면할지는 전적으로 바라보는 사람의
위치 선정과 시선 고정에 달려 있는 것이라 할 수 있겠다.

　바로 여기에 《데미안》의 가장 중요한 테마인 압락사스에 대한
이해와, 데미안은 과연 어떤 종류의 인간인가를 가늠할 수 있는 맥
락이 존재한다.

　　희열과 오싹함이 섞이고, 남자와 여자가 섞이고, 지고와 추악이 뒤얽
　　혔고, 깊은 죄에는 지극한 청순함을 통해 충격을 주며. 나의 사랑의
　　꿈의 영상은 그러했다. 그리고 압락사스도 그러했다. 사랑은 이제 더

이상, 처음에 겁을 먹고 느꼈던 것처럼 동물적인 어두운 충동이 아니었다. 그리고 그것은 이제 또한 더 이상 내가 베아트리체의 영상에다 바친 것 같은 경건하게 정신화된 숭배 감정도 아니었다. 사랑은 그 둘 다였다. 둘 다이며 또 훨씬 그 이상이었다. 사랑은 천사이며 사탄이고, 남자와 여자가 하나였고, 인간과 동물, 지고의 선이자 극단적 악이었다. 이 양극단을 살아가는 것이 나에게는 운명으로 정해져 있는 것처럼 보였다. 이것을 맛보는 것이 나의 운명으로 보였다. 나는 운명을 동경했고, 운명을 두려워했지만, 운명은 늘 거기 있었다. 늘 내 위에 있었다.

— 《데미안》, 헤르만 헤세 저, 전영애 역, 민음사, 128쪽

결국 어떤 한 지점에서만 볼 수 있는 야누스의 얼굴 한쪽만을 두고 '이것이 야누스다'라고 규정하는 건 그것이 얼마나 명백하건 간에 반은 맞고 반은 틀린 모순으로 귀결될 수밖에 없다 할 것이다. 다른 반대편의 야누스를 명백히 배제한 규정이 될 것이기 때문에.

그래서 《데미안》의 신 압락사스는 천사와 사탄, 남과 여, 인간과 동물, 선과 악을 동시에 갖추고 있다. 이원론적 관습에서는 둘을 동시에 품는다는 게 있을 수 없는 모순처럼 여겨지겠지만 압락사스의 세계에서는 둘을 한 몸으로 여기는 맥락의 연장, 범주의 확대가 오히려 모순을 없애는 방법이니까. 없애지는 못할지라도 모순을 최대한 줄일 수 있는 관점이니까.

그리고 여기서 이 작품의 실질적 주인공이라 할 수 있는 데미

안의 정체가 밝혀진다 하겠다. 앞서 등장인물 소개에서 살짝 언급한 바 있듯 미소년이라서, 아니 곤경에 처한 싱클레어를 아무런 조건 없이 구해주니까 천사일 것만 같은 데미안은 어떤 면에서는 악마라고 볼 수도 있다. 데미안은 일반적 기독교인이라면 혐오할 수밖에 없을 인류 최초의 살인자 카인이 사실은 뭔가 남다른 능력자였을지도 모른다는 의구심을 갖기도 한다. 왜냐하면 아벨을 죽였음에도 이마의 표식으로 오히려 사람들로부터 보호받았다는 기록은 뭔가 모순돼 보이니까. 또한 예수 옆에서 함께 십자가에 못 박힌 죄수 중 끝까지 개종하지 않은 한 명이 악마의 입장에서는 오히려 의리 있는 남자일 수 있다는 가능성을 제기하기도 한다. 그야말로 이단적인 생각과 발언을 서슴지 않는 인물인 것이다.

그렇다면 결론은?

"데미안은 천사이기도 하고 악마이기도 하다."

이것이 아마도 선과 악을 동시에 갖는 신 압락사스의 신봉자로서의 데미안을 평가하는 가장 모범적인 대답이라 할 것이다.

'데미안은 천사도 아니고 악마도 아니다. 천사의 맥락과 악마의 범주를 동시에 인지함으로써 모순을 최소화하려 했던 각성인(人).'

이것은 필자가 생각하는 데미안의 정체이다. 적절한 선택은 상황에 따른 독자의 몫이라 하겠다.

이방인

L'Étranger

알베르 카뮈

카뮈(1913~1960)는 프랑스의 소설가이자 극작가이다. 대학 졸업 후 신문기자로 활동했으며, 1942년 발표한 《이방인》으로 유럽 문단에서 두각을 나타내기 시작했다. 《시시포스의 신화》에서 부조리의 철학을 논하여 실존주의를 더욱 심화시켰고, 전후(戰後)의 사상과 문학에 크게 영향을 끼쳤다. 1957년에는 《이방인》으로 노벨문학상을 받았다. 그 밖의 주요 작품으로 《칼리굴라》, 《페스트》, 《독일인 친구에게 보내는 편지》 등이 있다.

등 장 인 물

뫼르소 겉과 속이 늘 같은 주인공. 피노키오가 거짓말을 해서 코가 길어지는 봉변을 당했다면 뫼르소는 거짓말을 하지 못해서 명이 짧아지는 봉변을 당한다.

뫼르소 엄마 소설의 시작에서 이미 죽은 고인으로 나오기 때문에 대사 한 줄 없는 등장인물이지만 이 책을 읽은 척하는 데 있어서는 매우 중요한 인물이다.

마리 뫼르소와 같은 직장에 다녔던 여인. 뫼르소가 엄마 장례식을 치른 다음 날, 해변에서 우연히 재회한다.

레몽 뫼르소 이웃집의 범죄형 남자. 뫼르소가 자신의 애인에게 대신 편지를 써준 것을 계기로 친구가 된다. 참고로 그 편지는 단순한 연애편지가 아니라 변심한 애인을 골탕 먹이기 위해 잠시 돌아오게 하려는 의도로 쓴 악의적 편지다.

마송 레몽의 친구. 주인공이 저지른 살인사건이 발생한 해변의 별장 주인이다.

아랍인들 원래 아랍인들은 레몽과 마찰이 있었을 뿐 주인공과는 아무런 관계가 없었다. 레몽이 아랍인 여자를 자주 때리곤 했기 때문에 그녀의 오빠가 나선 것이고, 그 오빠 역시 두들겨 맞자 아랍인 패거리가 레몽에게 칼침을 놓는다. 이후 공교롭게 그 오빠는 뫼르소의 총에 맞아 죽는다.

교도소 부속 사제 뫼르소에 대한 사형 판결이 있은 후 무신론자인 뫼르소를 종교에 귀의시키려 노력을 기울이지만 결국 실패한다.

카뮈의 작품을 읽은 척한다는 것은 쉽지 않은 일이다. 인간 내면의 심연을 건드리는 작가의 날카로움과 치밀함 때문에 그렇기도 하고, 소위 '부조리'라 통칭되는 인간과 세계의 불화에 대한 얘기가 그의 대부분 저서의 주제다 보니 분명 쉽게 읽힐 수 있는 그런 책은 아닌 것이다. 게다가 카뮈 하면 늘 따라다니는 것이 실존주의 작가라는 태그이다 보니(실상 카뮈는 실존주의자라는 타이틀을 거부했지만) 그 꼬리표 자체에서 느껴지는 뭔가 심오해보이는 철학적 포스와 정확히 비례하게, 분명 나와는 인연이 없는 저 먼 세상의 책일 것이라는 믿음 역시 확고해질 것이다.

사실 철학이라고 하는 것은 '어떻게 사는 것이 잘사는 것인가.'라는 문제를 출발점으로 하는 단순한 학문이라 할 수 있다. 다만 그 잘사는 방법이 누구에게는 돈이 우선이고, 누구에게는 신이 우선이며, 또 누구에게는 사랑이 우선이라는 식으로 다양한 욕구가 난무하다 보니 복잡하고 난해한 학문처럼 보일 수밖에. 어쩌면 철학이 어렵다기보다는 인간이 혹은 인간의 욕망이 어렵다고 얘기하는 것이 더욱 적당한 표현이라 할 것이다.

그리고 그 난해한 인간에 대해 무슨 운명이라느니, 신의 뜻이라느니 하는 소리들은 뜬구름 위에서 학 잡아먹는 소리에 다름 아니며, 오직 개별 인간의 주체성에 의한 적극적 판단과 행동만이 부조리한 세상에 맞설 수 있는 유일한 방법이라 외치는 것, 이것이 바로 실존주의 문학의 핵심이라 할 수 있다.

고로 이 책을 읽은 척함에 있어 가장 중요한 것 역시 마치 실존주의 철학을 근간으로 하는 것만 같은 적극적 판단과 행동의 선제적 태도를 취하는 것이라 하겠다. 적들의 질문에 답을 하는 수세적 읽은 척은 언젠가는 밑천을 드러낼 수밖에 없을 뿐만 아니라, 이 책의 주인공인 뫼르소적 인간형과도 동떨어진, 그러니까 세상과 대충 타협하려는 가식적 행동양식이 될 수 있기 때문이다.

물론 십자포화와도 같은 공격적 읽은 척을 시전할 경우, 놀라 지친 적들이 어느 순간에는 "너는 지금 알고서 지껄이는 것이냐"라며 반격을 시도할 수도 있을 것이다. 하지만 그때의 답변은 간단하다.

"물론 나도 모르지. 이 부조리한 세상을 어떻게 알겠어. 알면 부조리가 아니게."

교양이 바닥 난 당신을 위한
읽은 척 뻔뻔 스킬

어머니가 돌아가셨다는 소식을 전해들은 뫼르소는 '어쩔 수 없이' 양로원으로 향한다. 뫼르소가 모친의 가정 폭력에 시달렸던 어둠의 추억이 있달지, 엄마인 줄 알았는데 사실은 누나였달지 뭐 이런 막장 드라마적 사연이 있어 '어쩔 수 없이' 가는 것은 아니다. 뫼르소는 어머니를 매우 사랑한다. 다만 그는 사람은 언젠간 모두 죽는 게 당연하다고 여겼기 때문에, 어머니가 돌아가신 것에 대해 딱히 평소와 다른 감정을 느끼지 않을 뿐이다. 어머니의 죽음 때문에 슬픈 것보다는 오히려 어머니 장례식에 가기 위한 휴가 신청에 못마땅한 표정을 짓는 사장이 뫼르소를 더 힘들게 했던 것이다.

'이런 젠장, 내가 엄마를 죽인 것도 아니고. 나도 별로 가고 싶지 않은데 어쩔 수 없이 가는 거란 말입니다. 사장님!'이라 외치고 싶었지만 뫼르소는 꾹 참는다. 어차피 달라질 건 없을 테니까.

양로원에 도착해서도 뫼르소는 일관된 무심함을 보인다. 어머니의 시신을 보는 것도 거부하는 뫼르소를 보며 주위 사람들은 놀라지만, 그는 그저 그래 봐야 아무 소용없다고 생각해서 그랬을 뿐이다. 담배와 커피의 힘으로 겨우 밤을 지새운 후, 무덤을 향하던 뫼르소는 태양이 자기 뺨을 후려갈기는 것 같다고 생각한다. 그러니까 어머니의 죽음은 현재의 뫼르소에게 별 영향을 주지 않았지만, 여름 한낮의 뜨거운 태양은 실존의 뫼르소에게 지대한 영향을 미친 것이다. 물론 주변 사람들은 어머니의 관을 땅속에 묻는 그 순간에도 눈물이 아닌 땀방울만 흘리며 쩔쩔매는 뫼르소를 못마땅한 시선으로 바라본다.

어머니의 장례식을 마치고 집에 돌아와 이제 푹 잘 수 있다는 생각에 행복하기까지 했던 뫼르소는 정말 꿀잠을 자고 일어난 후, 해수욕을 하러 갔다가 우연히 예전 직장 동료였던 마리를 만난다. 둘은 바닷가에서 단란한 한때를 보낸 후, 시내로 가 코미디 영화를 보며 낄낄거리다가 집으로 돌아와 뜨거운 하룻밤을 보낸다. 혹자는 이 대목에서 무슨 이런 후레자식이 다 있냐며 분통을 터뜨릴 수도 있을 것이다. 어머니를 땅에 묻고 온 지 하루 만에 어떻게 그렇게 달게 잘 수 있으며, 코미디 영화를 보며 웃을 수 있으며, 결정적으로는 아무렇지도 않게 섹스까지 할 수 있냐면서 말이다.

그런 사람들에게 뫼르소는 이렇게 대답할 것이다.

"그게 대체 무슨 상관인데 이 씨바들아!"

며칠 후 뫼르소는 이웃집에 사는 불량배 레몽과 친구를 먹는다. 동네의 유명한 깡패이자 포주인 레몽과 친구가 된 이유 역시 별다른 게 없다. 레몽이 동네에서 얼마나 욕을 먹든 말든 그것이 자신과는 상관없는 일이라 생각했고, 게다가 레몽이 먼저 자신과 친구가 되길 원했기 때문에 뫼르소는 그저 응했을 뿐이다.

뫼르소는 레몽의 친구 마송이 소유한 별장에 놀러 가 레몽, 마송과 함께 해변을 거닐던 중 아랍인들과 시비가 붙는다. 아랍인 중 한 명이 과거 레몽에게 폭행당한 바 있고, 그의 여동생 또한 레몽에게 매를 맞은 바 있기 때문이다. 아랍인과의 싸움에서 칼에 찔린 레몽은 흥분해 집에 있던 총을 들고 나와 위협하는데, 이때 뫼르소가 나서서 그를 진정시키고 총을 건네받는다. 그렇게 일이 수습되는가 싶었으나 후텁지근한 날씨가 싫어 시원한 곳을 찾아 뫼르소 혼자 다시 집을 나섰다가 예상치 못한 살인사건이 벌어진다. 좀 전의 싸움에서 칼을 휘둘렀던 아랍인과 다시 마주치게 되어 잠시 서로 탐색전을 벌이던 중 갑자기 뫼르소가 레몽의 총으로 그를 쏜 것이다.

이후 뫼르소는 살인범으로 체포되어 사형을 선고받는데 이때도 그는 특유의 쿨함 혹은 권태로운 반응으로 일관한다.

이방인

'내가 사형을 당하든 상고를 통해 감형이 되든 무슨 상관인가! 어떤 결과가 나오든 별 차이는 없다. 인생이 살 만한 가치가 없다는 것은 누구나 알고 있지 않은가.'

이런 뫼르소를 설득하기 위해 교도소의 부속 사제가 찾아오지만 그는 한결같이 면회를 거절한다. 하느님을 믿지 않으니까. 그러던 어느 날, 뫼르소의 허락도 없이 찾아온 사제는 뫼르소가 하느님을 믿지 않는다는 말을 믿지 못하겠다며 끈질기게 믿음을 가질 것을 요구하고, 이에 뫼르소는 결국 분노의 사자후를 터뜨린다.

"아무것도 중요한 것은 없어. 나는 그 까닭을 알아. 분명 당신도 그 까닭을 알고 있어. 내가 살아온 이 부조리한 생애 전체에 걸쳐, 내 미래의 저 밑바닥으로부터 항시 한 줄기 어두운 바람이, 아직도 오지 않은 세월을 거쳐서 내게로 불어 올라오고 있다는 걸 말이야."

결국 사제는 눈물을 흘리며 나가고, 뫼르소는 이 우주의 정다운 무관심이 자신과 꼭 닮았다고 느끼면서 이제 자신에게 남은 소원은, 사형집행을 받는 날에 가능하면 많은 구경꾼들이 와서 증오의 함성으로 자신을 맞아주는 것이라 생각한다. 그럼 좀 덜 외로울 테니까.

세 줄 요약

나는 부조리하다.

이 우주 역시 부조리하다.

고로 나는 행복하다.

어떤 질문에도 당황하지 않는
읽은 척 꼼꼼 스킬

주인공은 왜 사람을 죽였는가

뫼르소는 왜 아랍인에게 총을 쏘았을까? 한낮의 뜨거운 태양 때문에 사람을 죽였다는 이 책의 테마는 마치 파우스트가 악마에게 영혼을 판다는 테마만큼이나 유명하다.

고로 대부분의 읽은 척 초보자의 경우, 누군가 《이방인》의 주인공이 왜 사람을 죽였는가를 물었을 때 행여 늦을세라 "그야 물론 태양 때문이지"라는 식의 경거망동을 연출할 확률이 높다. 물론 그 질문을 던진 사람 역시 태양 때문이라는 답변에 목이 부러질 듯 크게 고개를 끄덕거리며 만족해한다면 더욱 볼 만한 광경이 되겠지만 말이다. 괴테의 《파우스트》가 악마에게 영혼을 일시불로 팔았는지 혹은 6개월 무이자 할부로 팔았는지 등등의 계약 성사 과정을 이야기하기 위해 일만이천 행의 방대한 글이 소비된 것은 아니듯, 《이방인》 역시 주인공 뫼르소가 백주대낮에 사람에게 총질하는 묻지 마 살인극을 실감 나게 연출할 목적으로 쓰인 작품이 아님은 당연하다 할 것이다.

읽은 척 뽀록의 비극은 이와 같이 늘 이미 알고 있는 것만 같은 유명 작품의 한 줌 줄거리에서 시작된 무성생식의 세포 분화가 톰소여를 허클베리 핀으로, 신드바드를 알라딘으로 만들곤 한다는 사실을 잊지 말자.

먼저, 주인공 뫼르소가 자신의 살인 동기를 태양 때문이라고 말하는 부분을 살펴보자.

재판장이 잔기침을 하고 나서 아주 낮은 목소리로 나에게, 덧붙여 할 말은 없느냐고 물었다. 나는 이야기하고 싶었으므로 일어서서 그저 생각나는 대로, 아랍인을 죽이려는 의도는 없었다고 말했다. 재판장은 그건 하나의 의사 표시라고 대답하고, 지금까지 자기는 나의 변호 방식을 잘 이해하지 못하고 있으니 변호사의 말을 듣기 전에 내가 그런 행동을 하게 된 동기를 명확히 말해주면 좋겠다고 했다. 나는 빠른 어조로 좀 뒤죽박죽이 된 말로, 그리고 우스꽝스러운 말인 줄 알면서도, 그것은 태양 때문이었다고 말했다. 장내에서 웃음이 터졌다.

– 《이방인》, 알베르 카뮈 저, 김화영 역, 책세상, 134쪽

주인공이 태양 때문에 사람을 죽였다는 증언은 뒤죽박죽이 된 우스꽝스러운 말임을 스스로 알면서도 얼버무린 말이지, 마치 소원을 묻는 알렉산더 대왕에게 햇볕을 가리지 말고 비켜달라고 했던 디오게네스처럼 일조권에 대한 강한 집착이라든지, 아니면 해가 뜨면 매로 변하는 영화 〈레이디호크〉의 그것처럼 뭔가 각별한 사연이 있는 것은 아니라는 얘기이다.

거두절미하고, 《이방인》에서 주인공이 사람을 죽인 논리적 이유를 찾고자 하는 것은 마치 플로베르의 《보바리 부인》을 읽으면서 언젠가는 화끈한 정사 장면이 한 번쯤은 나오겠지 하고 기대했던 것

만큼이나 헛된 일이다. 뫼르소는 피해자인 아랍인에게 무슨 원한이 있었던 것도 아니고, 그날 따라 사람을 죽이고 싶은 변태성욕 같은 게 발동된 것도 아니며, 평소 누적된 사회에 대한 불만이 터졌기 때문도 아니며, 그야말로 태양 때문만도 아니다(여기서 주의할 것은 무엇 때문'만'은 아니라는 얘기는 무엇 때문이기'도' 하다는 말과 같은 의미란 점이다. 즉 주인공의 살인 동기에 특정한 뭔가를 손꼽을 수 없다는 건 그 뭔가가 모두 포함된 합이기 때문일 수 있다는 얘기이다).

아무리 유추를 하고, 분석을 해도 그 논리적 이유를 정확히 말할 수 없다는 것이 그 이유라면 이유라 할 것이다. 왜냐하면 이 책의 작가인 카뮈는 논리적으로 앞뒤가 맞지 않아 보이는 소위 '부조리'에 대해 말하고자 주인공을 어처구니없는 살인자로 만들었기 때문이다.

부조리와 실존주의

미리 강조하건대, 누군가 이 책을 언급하며 부조리에 대해 장시간 썰을 풀 경우에는 십중팔구 사르트르에서 니체, 심지어는 키에르케고르와 파스칼까지, 그야말로 실존철학의 족보 낭송회가 시작되는 재난 사태가 발생할 확률이 높다 할 것이므로 가능한 빨리 자리를 뜨는 것이 상책이라 하겠다.

알아먹지 못할 각종의 철학적 논제들이 튀어나오는 것도 문제지만 정작 끔찍한 것은 진짜로 니체가 그런 말을 했는지, 케로로 중사와 깊은 관련이 있을 것만 같은 키에르케고르는 대체 누구인지 모르기 때문에 더욱 물어볼 수 없는 지적 소외의 무한 루프가 발동될 수 있기 때문이다.

　만약 자리를 피할 수 없다면, 가령 오래전부터 마음에 두었던 누군가와 동석을 하게 되어 어떻게든 끈질긴 생명력을 피력해야 한다면, 그런 피치 못할 사정이 생기면 적들이 떠드는 동안 최대한 침묵한 채, 상대가 혹시 저것은 경멸의 눈빛이 아닐까 하고 막연한 심증만 가질 수 있을 정도의 무심한 눈길로 응시하는 것이 그 차선책이라 하겠다. 왜냐하면 카뮈는 《반항하는 인간》에서 자신이 탄생시켰던 부조리에 대해 "완전한 부조리는 침묵하려고 애쓴다. 만약 부조리가 말을 한다면, 그것은 그 부조리가 스스로에 만족하고 있거나 혹은 스스로를 잠정적인 것으로 간주하고 있기 때문이다"라고 언급한 바 있기 때문이다.

　부조리란 조리에 맞지 않음을 의미한다. 자칫 《이방인》에서 연출되는 부조리 역시, 태양 때문에 사람에게 총질을 했다는 말도 안 되는 이유의 살인 사건에 초점이 맞춰질 가능성이 높아 보인다. 하지만 이 책의 결정적 부조리는 주인공 뫼르소가 왜 부조리하게 사람을 죽였느냐가 아니라, 그가 왜 초범임에도 불구하고 그동안의 판례와는 다르게 사형선고라는 중형을 받는 부조리가 발생했느냐에 무게중심이 있음을 유의해야 할 것이다.

　뫼르소가 사형선고를 받은 이유는 그가 이미 죽어가는 사람에게 불필요하게 총알 네 방을 더 먹였던 잔인함 때문도 아니고, 태양 때문에 사람을 죽였다고 하니 앞으로도 맑은 날이면 얼마든 이런 일을 저지를 수 있겠다는 재발 가능성 때문도 아니다. 앞서 살펴보았듯, 어머니의 장례식에서 눈물 한 방울 보이지 않고, 급기야는 장례식 다음 날 코미디 영화를 보러 가고, 잘 알지도 못했던 여성과 질펀한 섹스를 나누는 등의 관습적 상식으로는 납득하기 힘든 그만의 이방인적 행동양식 때문이었던 것이다.

그러자 검사는 배심원들에게로 돌아서며 말했다. "어머니가 사망한 다음 날 가장 수치스러운 정사에 골몰했던 바로 그 사람이 하찮은 이유로, 차마 입에 담을 수 없는 치정 사건을 정리하려고 살인을 한 것입니다."

검사는 그제야 자리에 앉았다. 그러나 나의 변호사는 참다 못 해, 두 팔을 높이 쳐들어 올리며 외쳤다. 그 때문에 소매가 다시 흘러 내리면서 풀 먹인 셔츠의 주름이 드러나 보였다. "도대체 피고는 어머니를 매장한 것으로 해서 기소된 것입니까, 아니면 살인을 한 것으로 해서 기소된 것입니까?" 방청객들이 웃었다. 그러나 검사는 다시 벌떡 일어서서 법복을 바로잡고 나더니 존경하는 변호인처럼 순진하다면 어쩔지 모르겠지만, 그 두 범주의 사실 사이에 어떤 근본적이며 비장하고 본질적인 관계가 있다는 것을 느끼지 않을 수는 없다고 잘라 말했다. "그렇습니다." 하고 그는 힘차게 외쳤다. "범죄자의 마음으로 자기의 어머니를 매장했으므로, 나는 이 사람의 유죄를 주장하는 것입니다."

이 논고는 방청객들에게 엄청나게 강한 인상을 준 것 같았다.

─ 《이방인》, 알베르 카뮈 저, 김화영 역, 책세상, 125~126쪽

뫼르소는 형편도 넉넉지 않은 데다가, 어머니에게는 말동무가 필요하다고 생각했기 때문에 어머니를 양로원에 맡긴 것이고, 어머니의 장례식에서 눈물 한 방울 흘리지 않은 이유 역시 그에게는 전혀 문제될 게 없는 자연스러운 현상이었다. 왜냐하면 누구나 언젠가는 죽는 법이고, 게다가 이미 돌아가신 어머니의 시신을 부여잡고 눈물을 펑펑 쏟아낸다 해서 달라질 일은 하나도 없을 것이므로. 그래서 뫼르소는 어머니의 장례식 바로 다음 날에 여자와 함께 요절복통의 코미디 영화를 보고, 영화를 보면서 그녀의 젖가슴을 어루만지고, 집에 돌아와서 함께 섹스를 하는 것이 전혀 이상할 게 없다고 생각한 것이다. 그에게는 어머니의 장례식 다음 날 그런 짓을 하든 3년간 움막 생활을 한 후에 그런 짓을 하든 관념적으로는 모르겠으나 실존적으로는 별반 차이가 없는 것이니 말이다.

물론 대부분의 사람이 어머니가 죽었을 때 몹시 슬퍼하는 것은 사실이므로 배심원이나 독자가 뫼르소에게 뭔가 부조리함을 느끼는 것도 어찌 보면 당연한 일이다. 하지만 그의 행동을 부조리하다고 나름 조리 있게 판단한 배심원들 역시 자신들만의 조리의 덫에 빠져 우발적 초범자를 계획적 살인자로 인식해 사형을 선고하는 부조리한 판결을 내리고 만다. 이는 어머니가 누구에게나 다 똑같은 어머니도 아니고, 슬픔의 방식이 공장에서 찍어낸 플라스틱 세숫대야처럼 일정한 것도 아니며, 섹스가 누구에게나 추잡한 그 무엇이 아님을 간과한 배타적 신념의 전형적인 부조리라 할 수 있다.

그리고 바로 이것이 카뮈 자신은 실존주의자임을 부인하지만 이 책이 실존주의 문학의 대표작으로 손꼽히는 이유라 하겠다. 사르트르를 위시한 실존주의자들의 기본 명제라 할 수 있는 '실존은 본질에 우선한다'에 대한 반례가 극적으로 표현되는 작품이기 때문이다. 즉 실존이 본질에 우선하는 것이 아니라 본질이 실존에 우선했을 경우, 어머니의 죽음이라는 본질 앞에서는 눈물을 펑펑 쏟아내야 하는 것이고 적어도 그다음 날에는 절대로 섹스를 하지 말아야 하기 때문에 뫼르소는 필연적으로 사형선고를 받을 만한 계획적 살인범 혹은 내가 이해할 수 없기 때문에 매우 위험한 뭔가로 둔갑하는 부조리가 성립된다는 얘기 되겠다.

이는 쉬운 예로, 필자가 읽기 싫은 책을 대신 읽어가며 뼈 빠지게 글을 써서 번 돈 백만 원과 재벌 회장의 하루 용돈의 이자의 이자의 이자쯤 될 백만 원이 본질적으로는 똑같은 액수이기 때문에 필자에게나 재벌 회장에게나 백만 원은 똑같은 실존적 의미를 지니는가를 묻는 것과 같은 얘기라 할 수 있다. 그렇지 않다는 것은 너무도 명백하다. 필자는 백만 원이 없어서 죽을 수도 있는 일이지만, 재벌 회장은 백만 원이 없어서 사람이 죽을 수도 있다는 그 얘기에 웃다가 죽으면 모를까 결코 그럴 일은 없을 것이기 때문이다.

다른 예로는 이런 문구도 있다. '내가 하면 로맨스, 남이 하면 불륜.' 사족이지만 필자 개인적으로는 이 문구야말로 양차 대전 후 유럽을 압도했던 실존철학에 대해 가장 적확한 설명을 해주는 문구가 아닐까 싶다.

다시 본문의 내용으로 돌아와서, 이런 부조리한 판결에 대한 뫼르소의 반응은 다음과 같다.

> 다시금 종이 울리고 피고석 문이 열렸을 때 나에게로 밀려온 것은 장
> 내의 침묵, 그리고 그 젊은 신문기자가 눈을 옆으로 돌린 채 있는 것
> 을 보았을 때의 그 야릇한 감각이었다. 나는 마리가 있는 쪽을 보지
> 못했다. 시간의 여유가 없었던 것이다. 왜냐하면 재판장이 나에게 이
> 상스러운 말로, 나는 프랑스 국민의 이름으로 공공 광장에서 목이 잘
> 리게 되리라고 말했기 때문이다. 그때 나는 모든 사람들의 얼굴에서
> 읽히는 감정을 이해할 것 같았다. 그것은 분명 어떤 배려의 표시 같은
> 것이었다고 생각된다. 간수들은 나에게 아주 부드럽게 대했다. 변호사
> 는 나의 손목 위에 그의 손을 올려놓았다. 나는 이미 아무것도 생각하
> 지 않고 있었다. 그러자 재판장이 나에게 무엇이든지 덧붙여 말할 것
> 은 없느냐고 물었다. 나는 깊이 생각해보았다. "없습니다." 하고 나는
> 대답했다. 내가 끌려 나온 것은 그때였다.
>
> – 《이방인》, 알베르 카뮈 저, 김화영 역, 책세상, 138쪽

아마도 '굳이 비난을 하려면 어머니의 장례식 날에도 더위를 느
끼고 성욕을 느낄 수 있도록 설계를 한 신에게 책임을 물을 것이지
왜 나한테 그걸 따져 묻고 지랄이야. 그건 내 탓이 아니란 말이다'
정도가 뫼르소의 본심이었겠지만 그는 아무 말도 하지 않는다.

참고로 카뮈가 뫼르소를 두고 "현재 우리들의 분수에 맞을 수
있는 단 하나의 그리스도"라 언급함으로써 신성모독이라는 종교계

의 거센 비난을 받은 적이 있었는데, 바로 위의 대목이 작가가 뫼르소를 그리스도에 비유한 근거라 할 수 있다. 그리스도가 인류의 죄를 대신 짊어지고 십자가에 못 박혔듯, 뫼르소 역시 인류의 가식과 허위를 대신 짊어지고 군말 없이 사형선고를 수락했으므로.

끝으로 《이방인》에 대한 읽은 척은 도스토옙스키의 《죄와 벌》, 그리고 니체의 《자라투스트라는 이렇게 말했다》에 대한 읽은 척과 병행되었을 때 좀 더 완벽한 효과를 거둘 수 있다. 뫼르소의 살인과 《죄와 벌》의 라스콜니코프의 살인은 모든 것이 허용될 수도 있지 않을까 의문을 품는 초인적 세계관을 기반으로 하고 있다는 점, 둘 다 감옥에 들어간 후 얼마까지도 결코 죄의식을 느끼지 않는다는 점, 그 밖에 《자라투스트라는 이렇게 말했다》에서 피력되는 '신이 인간을 창조한 것이 아니라, 인간이 신을 창조했다'는 식의 무신론적 세계관 등과 여러모로 유사점이 발견되기 때문이다.

물론 니체와 도스토옙스키를 실존철학의 시조로 꼽는 이들도 있고, 《시시포스의 신화》나 《반항하는 인간》 등 카뮈의 다른 저서에서 자주 인용·언급되곤 하는 작가가 니체와 도스토옙스키이므로 카뮈가 어느 정도 그들의 영향을 받은 것은 당연하다 하겠다.

위대한 개츠비

The Great Gatsby

프랜시스 스콧 피츠제럴드

피츠제럴드(1896~1940)는 미국의 소설가로, 제1차 세계대전 참전 중에 집필한 《낙원의 이쪽 편》을 발표하면서 화려하게 데뷔했다. 1925년 발표한 《위대한 개츠비》는 현대 미국 문단의 최고 걸작으로 손꼽힌다. 그 밖의 주요 작품으로 《아가씨와 철학자》, 《벤자민 버튼의 시간은 거꾸로 간다》, 《밤은 부드러워》 등이 있다.

등장인물

닉 이 책의 화자이자 실질적 주인공. 데이지의 친척 오빠이자 데이지의 남편인 톰의 대학 동창이다. 제목이 제목인 만큼 개츠비가 작품의 시작부터 끝까지 종횡무진 뭔가 위대한 짓을 저지르고 다닐 것 같은 예감이 들겠지만 그렇지 않다. 개츠비가 실제로 등장하는 것은 각종 인물들에 대한 소개가 있은 후 책의 거의 중반쯤부터다.

데이지 닉의 친척 여동생. 과거 개츠비와 사랑에 빠졌으나 집안의 반대로 결국 돈 많은 톰과 결혼한다.

톰 데이지와 결혼한 부유한 집안의 탐욕스런 인물. 자동차 정비공의 아내인 머틀과 불륜관계이다.

개츠비 처음에는 그 정체가 가려진 채 화려한 파티만을 벌이는 신비로운 인물로 묘사된다. 각종 사치와 향락에 휩싸여 애들 소꿉놀이 같은 사랑 따위는 안중에도 없을 것 같은 인물이지만 사실 그는 어떻게든 첫사랑 데이지에게 잘 보이고 싶을 뿐이었던 남자다.

조던 나중에 닉의 애인이 되는 유명 골프 선수. 시합의 승리를 위해서라면 서슴없이 골프공을 좋은 위치로 옮기기도 하는 속물이다.

머틀 풍만한 몸에 자신의 정부 톰만큼이나 탐욕적인 여성. 책의 말미에 마치 드라마처럼 개츠비의 차에 치여 죽는다. 중요한 것은 개츠비의 차에 치였다고 해서 운전자가 개츠비는 아니라는 점이다.

울프심 일종의 조폭 두목. 개츠비가 갑자기 많은 돈을 벌 수 있었던 계기를 마련해준 인물이다.

윌슨 머틀의 남편. 자기 부인과 톰의 공공연한 외도의 낌새도 알아채지 못한 채 결국 엉뚱한 사람에게 복수의 총알을 날리는 좀 덜떨어진 인물이다.

피츠제럴드의 《위대한 개츠비》가 국내에 잘 알려진 이유는 그만큼 이 책이 많은 사람들에게 읽혀서라기보다는 다른 유명 작품에서 이 책이 거론되는 경우가 많다 보니, 마치 친구의 친구 얘기를 자주 듣다 보면 자기도 모르게 어느새 친구의 친구와 진짜로 친구가 되어버린 것 같은 착각이 드는 경우가 있는 것처럼, 무라카미 하루키가 이 책을 그렇게 좋아한다 하니, 또 책 많이 읽기로 소문난 《호밀밭의 파수꾼》의 주인공 콜필드가 이 책만큼은 인정한다고 하니 왠지 읽지 않았어도 읽은 것만 같고, 내용은 몰라도 분명 훌륭한 책임에 틀림없어 보이는 문학적 신기루 현상에 기인한다.

말하자면 이 책은 세익스피어의 책만큼이나 모두가 읽은 것 같지만 실제 읽은 사람은 찾아보기 힘든 책 중 하나로, 마치 누군가 자다가 봉창 두들기는 식의 읽은 척을 했음에도 놀라는 사람은 아무도 없는 형국의 집단지성(?)을 드러내기 쉬운 작품이라는 얘기다.

실제로 필자는 이 책에 대한 얘기를 나누던 중에 느닷없이 하운두가 어땠고 페르수가 저땠다는 둥의 만화 《위대한 캣츠비》로의 유체이탈을 빈번히 목도한 바 있다. 하지만 그보다 충격적이었던 것은 그에 대해 누구도 이의를 달거나 반론을 제기하지 않았다는 것이었으며, 심지어 누군가는 어색한 침묵을 깨며 '역시 커피는 갯츠비가 싸고 맛있지'라는 어디서부터 어디까지가 진담이고 농담인지를 헤아리기 힘든 사차원적 읽은 척 혹은 먹어본 척을 목격한 적도 있다.

물론 그러한 이유 때문에 이 책에 대해서는, 섹스를 화두로 삼고자 《채털리 부인의 연인》을 들먹이는 경우와 마찬가지로, 오히려 애써 읽은 척을 하지 않는 것이 원만한 대인관계를 이루는 데 득이 될 수도 있다. 하지만 남들이 방심하고 있을 때 치고 올라가야 눈에 띌 수 있는 법, 특히 이 책의 읽은 척을 요구하는 나이와 성비의 구성은 20~30대의 젊은 여성이 대부분이라 할 수 있으므로 무엇보다 여성과의 원만한 대인관계를 이루고 싶은 남성 독자들이라면 이를 악물고 읽은 척을 할 필요가 있는 작품이라 할 수 있다.

교양이 바닥 난 당신을 위한 읽은 척 뻔뻔 스킬

이 책의 화자인 닉은 사실 부잣집 아들이지만 스스로 돈을 벌기 위해 미국 동부의 롱아일랜드로 이사를 와 증권회사에 다니는 중이다. 그의 집 바로 옆에는 개츠비라는 이름의 신사가 소유한 거대한 저택이 있는데, 그 사람은 대체 돈이 얼마나 많은지 주말마다 오케스트라 급의 공연을 유치하고 유명 연예인들을 출연시키고, 게다가 초대받지 않은 사람도 누구나 찾아와 밤새껏 먹고 즐길 수 있는 요란한 파티를 제공하고 있다. 그것도 완전 무료로. 그런 엄청난 비용의 파티를 매주 여는 사교계의 큰손이지만 정작 개츠비의 정체는 파티에 참석한 어느 누구도 정확히 알지 못했다. 혹자는 그가 옥스퍼드 대학을 졸업한 부유한 귀족이라고도 했고, 또 누군가는 그가 살

위대한 개츠비

인자일지도 모른다고 했다.

어느 날 개츠비가 새로 이웃이 된 닉을 초청한다. 닉은 말로만 듣던 그 화려한 파티를 직접 보곤 깜짝 놀란다. 그리고 개츠비라는 사람이 겨우 30대 초중반쯤의 젊은 남성이라는 점에 더욱 놀란다. 게다가 매주 화개장터 규모의 성대한 파티를 벌일 정도의 재력을 가진 사람치고는 어딘가 촌스럽고 천박한 졸부 느낌이 들었고, 남모를 우울한 고민이 있는 듯 보였다.

나중에 알게 된 개츠비의 우울한 고민은, 그가 사실은 닉의 먼 친척 여동생인 데이지를 5년 전에 만나 사랑에 빠진 바 있고, 지금도 사랑하기 때문에 일부러 그녀 집 건너편 저택을 사서 매일 밤 그녀 집에 걸린 초록색 불빛을 보며 한숨짓다가 매주 동네방네 소문날 만한 파티를 열었지만 정작 그녀는 자신의 파티에 오질 않는다는 것이었다. 그래서 개츠비는 닉이 데이지와 가깝다는 사실을 알고 어떻게 좀 자연스러워 보이는 만남을 주선해줄 수 있을까 싶어 닉을 초대했던 것이다. 어찌 보면 사랑에 올인하는 청순남스럽다고 말할 수도 있겠으나 또 어떤 면에서는 자신의 사랑을 위해서는 그 외의 사람들은 얼마든지 이용해먹을 준비가 되어 있는 '사랑의 자본가'스러운 모습도 갖고 있다 할 것이다.

결국 닉은 데이지에게 자신의 집에 찾아와줄 것을 부탁했고, 그 자리에서 데이지와 개츠비는 5년 만의 감격스러운 해후를 맞이한다. 다시 만난 둘의 사이는 처음엔 좀 어색했지만 곧 급진전된다. 마침 당시 데이지의 남편 톰이 동네 자동차 정비공인 윌슨의 아내인 머틀

과 공공연히 바람을 피우고 있었기 때문에 데이지에게 개츠비는 맞
바람으로 톰에게 복수를 할 수 있는 훌륭한 공범 대상이었으며, 게다
가 돈까지 많아 복수와 별개로도 완벽한 재혼 대상자였기 때문이다.

　하지만 둘의 사이는 오래가지 못한다. 자신의 아내와 개츠비가
가까워지고 있다는 걸 눈치챈 톰이 몰래 개츠비의 뒷조사를 해 개츠
비가 밀주사업 및 각종 사기사건에 연루되어 있는 범죄자란 사실을
알아내 데이지에게 폭로한 것이다. 개츠비의 막대한 재산이 사람들
의 손가락질을 받을 수 있는 위험한 돈이란 사실을 알게 된 데이지는
혼란 상태에 빠지고, 남편과 이혼 후 개츠비와 재혼하려던 결심도 흔
들린다. 밉지만 어쩌면 원래부터 부자였던 남편이 같이 살기에는 여
러모로 맘 편하지 않을까 싶었던 것이다.

　마치 자갈밭에 탱크 지나가는 소리가 날 정도로 심하게 잔머리
를 굴리던 그녀는 개츠비와 함께 집으로 돌아가던 중 손수 차를 몰다
사망사고를 내고 마는데, 그 피해자는 바로 개츠비의 차를 톰의 차로
착각한 머틀이었다. 이쯤에서 우리는 이런 멘트를 날리지 아니할 수
없다 할 것이다. '아아, 이게 대체 무슨 얄궂은 운명의 장난이란 말인
가!' 극도의 혼란 상태에 빠진 데이지는 사람을 즉사시켰음에도 계속
차를 몰아 뺑소니를 쳤고, 그 순간 개츠비는 이렇게 마음먹는다.

　'만약 경찰이 온다면 나는 그녀가 아닌 내가 뺑소니를 친 운전
자라 고백함으로써 죄도 대신 뒤집어쓰고, 감동의 물결도 흠뻑 뒤집
어씀으로써 이번에야말로 꼼짝없이 데이지가 나를 사랑하게끔 만들
테닷!'

개츠비가 사랑의 누명이라는 순진한 계산을 하는 동안, 데이지의 남편 톰은 악랄하면서도 주도면밀한 계산을 한다. 원래 어딘가 좀 어리버리했던 자동차 정비공 윌슨에게 그의 아내인 머틀을 치고 도망간 사람은 바로 개츠비이며, 그동안 줄기차게 바람을 폈던 상대 역시 자신이 아니라 바로 개츠비였다는 식의 언질을 준 것이다. 결국 며칠 후 개츠비의 집에서는 책의 마지막 쪽을 예고하는 총성이 울려 퍼졌고, 엄한 사람에게 복수를 했던 윌슨 역시 자살하고 만다. 톰이 바라던 가장 완벽한 상황이 펼쳐진 것이다.

개츠비의 집에서 열리던 그 화려한 파티는 이제 모두 끝나고 조문객이라곤 딱 세 명뿐인 초라한 장례식을 치루며 닉은 이렇게 생각한다. '개츠비는 위대하다.' 왜냐하면 그는 희망에 대한 탁월한 재능을 가진 인물이었으므로.

어떤 질문에도 당황하지 않는
읽은 척 꼼꼼 스킬

위대한 개츠비

이 책의 제목을 문자 그대로 해석한다 치면 개츠비가 위대한 이유는 다음과 같다.

첫 번째 이유로, 꿈을 이루기 위해 모든 것을 내던졌다는 일종의 위대한 '근성'을 들 수 있겠다. 빈털터리 군인 시절의 개츠비 앞에 처음 나타났던 초절정 매력녀 데이지에게는 함부로 다가갈 수 없는 무엇이 있었다. 그것은 바로 부유한 가정에서 나고 자란 사람만이 가질 수 있는 해맑음과 상냥함이었던 것. 물론 그 다가갈 수 없음이 개츠비의 소유욕을 더욱 불타오르게 했을 것은 불을 보듯 뻔한 일이라 하겠다. 그래서 그에게는 데이지와 대등해지거나 가능하다면 능가할 수 있는 돈이 필요했다. 결국 나이 서른에 밤이면 밤마다 연말 방송대상 시상식과 같은 성대한 파티를 열 수 있을 만큼 막대한 부를 자기 힘으로 쌓았으므로 개츠비는 위대하다 할 수 있을 것이다.

두 번째 이유는 그가 그토록 이루려던 근성을 발휘한 꿈의 정체가 못다 이룬 첫사랑이었을 뿐이라는 위대한 '순정'에 있다 할 것이다. 개츠비가 악착같이 돈을 벌어 거대한 저택을 샀던 이유는 바로 데이지의 집을 멀리서나마 보기 위함이었고, 화려한 파티 역시 이미 유부녀가 되어버린 데이지와 자연스럽게 만날 수 있는 기회를 만들기 위함이었을 뿐 자신의 사치와 향락을 위한 것은 전혀 아니었다. 모두가 술에 쩔어 니나노를 불러 대는 파티를 주최하면서도 정작 본인은 술은 입에 대지도 않고, 담배도 멀리했으며, 여색도 밝히지 않는 금욕적 삶을 실천했다. 게다가 데이지가 운전 미숙으로 교통사고를 냈을 때는 대신 누명을 쓰고 감옥에 갈 생각까지 할 정도로, 데이지에 대한 순정은 마치 영화 〈너는 내 운명〉의 그 농촌총각처럼 무조건적이라 할 만하다.

하지만 살짝 다른 시각으로 본다면 개츠비는 전혀 위대하지 않을 수도 있다는 점을 꼬집는 것이 어쩌면 이 책을 읽은 척하는 가장 핵심적인 스킬이라 할 수 있겠다.

찌질한 개츠비

먼저, 개츠비는 정당한 수단으로 돈을 번 것이 아니다. 그는 울프심이라는 일종의 조직 폭력배를 등에 업은 채 마치 영화 〈원스 어폰 어 타임 인 아메리카(Once Upon A Time In America)〉의 한 장면처럼 금주법 시대에 약국으로 위장한 밀주 판매업을 통해 거금을 벌어들였고, 훔친 증권을 불법으로 판매하기도 했으며, 심지어는 승부 조작을 통한 사기 도박으로 돈을 벌기도 했다.

고로 앞서 언급한 개츠비의 위대한 '근성'이라고 하는 것은 돈을 위해서라면 수단과 방법을 가리지 않는 이른바 천민자본주의의 그것을 보여주는 전형적인 예라며 준엄하게 꾸짖을 수도 있다. 물론 그가 정말 사랑한 것은 돈이 아니라, 사랑하는 여인이 사랑했던 것이 돈이었기 때문에 그의 순정은 여전히 유효하다 할 수도 있겠으나, 데이지뿐만 아니라 돈에 환장한 대부분의 사람들 역시 본질적으로는 타인들에게 사랑받기 위해 돈을 벌고자 하는 것(비록 자주 망각하기는 하지만)임을 고려할 때, 그러니까 사랑받기 위해 사랑받지 못할 수단을 동원한 개츠비의 범죄형 재테크는 정상 참작이 될 뿐 무죄의 근거가 될 수는 없다 할 것이다.

또한 개츠비는 거짓말쟁이에 성질도 더럽다. 군에 있을 때 몇 개월간 옥스퍼드에서 근무했던 것을 가지고 옥스퍼드 대학을 졸업했다며 학력을 위조하기도 하고, 만나기로 약속한 시간이 되기도 전에 왜 사람들은 시간 약속을 지키지 않느냐며 애꿎은 닉에게 분통을 터뜨리기도 하며, 데이지의 심심함을 진압시키려는 눈물겨운 노력임과 동시에 자신의 교양 있음을 우격다짐으로 과시하고픈 마음에 사람을 억지로 앉혀다가 피아노 연주를 강요하기도 한다. 그리고 무엇보다 데이지로 하여금 그녀의 남편 톰을 한순간도 사랑한 적이 없음을 억지로 고백하게 하려던 것은 그가 얼마나 유아기적 생떼스러운 사랑을 추구했는지를 보여주는 대표적인 예라 할 수 있다.

> 그가 원하는 것은 데이지가 톰에게 가서 "난 결코 당신을 사랑한 적이 없어요." 하고 말하는 것뿐이었다. 그 말로 지난 삼 년의 세월을 말끔히 지워 버리고 나면 그들은 좀 더 현실적인 방법을 강구할 수 있을 것이다.
>
> - 《위대한 개츠비》, 프랜시스 스콧 피츠제럴드 저, 김욱동 역, 민음사, 158~159쪽

"데이지, 이젠 모든 게 끝났소. 이제는 그런 건 아무 상관 없어요. 저 사람에게 진실을 말하기만 하면 되는 거요……. 그를 한 번도 사랑한 적이 없다고……. 그러면 그 일은 영원히 말끔하게 지워지는 거요." 그가 진지하게 말했다.

그녀는 멍하니 그를 쳐다보았다. "아니…… 어떻게 내가 저 사람을 사랑할 수 있겠어요……. 정말로 어떻게요?"

"당신은 저 사람을 한 번도 사랑한 적이 없소."

그녀는 잠시 머뭇거렸다. 호소하는 듯한 눈빛으로 조던과 나를 쳐다

보았다. 마치 이제야 자신이 무슨 짓을 하고 있는지 깨달은 것 같았다. 또한 자신은 처음부터 어떤 행동도 하려고 했던 것이 아니라는 것 같았다. 그러나 이미 엎지른 물이었다. 되돌리기에는 너무 늦어 버린 것이다.

"저 사람을 사랑한 적이 없어요." 그녀는 눈에 띄게 내키지 않는 말투로 말했다.

– 《위대한 개츠비》, 프랜시스 스콧 피츠제럴드 저, 김욱동 역, 민음사, 187~188쪽

'그토록 선망하던 미국 동부 상류층을 따라하다가(물론 겉모습만) 결국 그 상류층에게 죽음에 이르는 배신을 당하는 순정남이 바로 개츠비다'라는 정도가 인간 개츠비에 대한 일반적인 해석이라 할 수 있다. 하지만 개츠비는 작품 전반에 걸쳐 인간에 대한 예의가 없는 찌질이거나 혹은 연애에 대한 기본 상식도 없는 작자였음을 지적하지 않을 수 없다. 그녀가 원해서 한 결혼이든 아니든 간에 이미 결혼을 해서 딸까지 낳은 애 엄마에게 그것도 면전에서 자기 남편을 한 번도 사랑한 적이 없었다는 선언을 강요한다는 것은 영혼으로 사랑을 느끼는 것이 아니라 언어로 사랑을 확인해야만 직성이 풀리는 성격의 소유자라 할 것이다. 일종의 구두계약을 선호하는 '사랑의 잡상인'적 마인드라고나 할까.

　게다가 개츠비는 너무도 사랑하는 데이지와 함께 이제라도 남은 미래를 함께 설계하려는 발전적 사랑을 하고 싶었다기보다, 그녀의 과거에 자신이 일정 기간 존재할 수 없었던 공백을 보상받고 싶

은 나머지 톰에 대해 데이지가 강한 존재 부정을 해줘야만 본인의 구겨졌던 존재감이 다리미로 펴지듯 펴질 것이라 믿는 미취학 아동적 똥고집, 그러니까 '사랑이라는 이름의 꼴통짓'을 이 대목에서 맘껏 선보인다 말할 수도 있다.

5년의 세월을 바쳐 겨우 데이지를 되찾을 수도 있었던 결정적 순간에 그녀가 남편을 한 번도 사랑하지 않았든, 죽고 못 살만큼 사랑했든 그게 대체 무슨 상관이란 말인가. 게다가 그녀가 톰의 외도에 하도 분통이 터져 그를 한 번도 사랑한 적 없었다고 거짓으로 선언하거나, 딸의 아빠에 대한 마지막 배려 차원에서라도 조금은 사랑했다고 거짓말을 할 경우 그 거짓말들의 진위 여부는 또 어떻게 구분하겠다는 말인가.

결국 개츠비가 데이지를 못 잊었던 이유는 그녀가 평생을 존중하고 사랑할 만한 소중한 무엇이었기 때문이 아니라, 자기가 듣고 싶은 말을 해줘야만 하는 우는 아이 달래기적 딸랑이 혹은 일종의 전리품으로서의 가치였기 때문이라 해석할 수밖에 없다.

고로 개츠비는 첫사랑 데이지를 향한 자신의 위대한 순정을 보여준다고도 할 수 있지만, 그의 안중에는 오직 데이지 혹은 데이지라는 거울을 통해 들여다볼 수 있는 자기 자신만이 있었을 뿐 그 밖의 다른 사람들은 모두 안드로메다에 존재한다는 식의 중증 인격 장애도 유감없이 보여준다며 마치 정신병 환자를 대하는 듯한 안타까움으로 읽은 척을 대신할 수도 있다 하겠다.

"나 같으면 그녀에게 너무 많은 것을 요구하지는 않을 겁니다. 과거는 반복할 수 없지 않습니까." 내가 불쑥 말했다.

"과거를 반복할 수 없다고요? 아뇨, 반복할 수 있고말고요!" 그는 믿어지지 않는다는 듯 큰 소리로 말했다.

그는 마치 과거가 그의 손이 닿지 않는 곳에, 자기 집 앞 그늘진 구석에 숨어 있기라도 하듯 주위를 두리번거렸다.

"난 모든 것을 옛날과 똑같이 돌려놓을 생각입니다. 그녀도 알게 될 겁니다." 그가 단호하게 고개를 끄덕이며 말했다.

그는 과거에 대해 많은 이야기를 했고, 나는 그가 되돌리고 싶은 것이 데이지를 사랑하는 데 들어간, 그 자신에 대한 어떤 관념이 아닐까 하는 생각이 들었다. 그 뒤로 그의 삶은 혼란스럽고 무질서해졌지만, 만약 다시 한 번 출발점으로 돌아가 천천히 모든 것을 다시 음미할 수만 있다면, 그는 그것이 무엇인지 찾아낼 수 있었으리라…….

– 《위대한 개츠비》, 프랜시스 스콧 피츠제럴드 저, 김욱동 역, 민음사, 159쪽

미국판 〈이수일과 심순애〉

《위대한 개츠비》의 내용과 분위기는 30대 이상의 독자라면 누구나 알 만한 대한민국의 대표적 신파극으로 알려진 〈이수일과 심순애〉와 많은 점에서 유사하다. 다이아몬드에 눈이 멀어 김중배에게 시집간 심순애에게 복수하기 위해 고리대금업으로 큰 부자가 되어 그녀 앞에 다시 나타난다는 내용은 《위대한 개츠비》에 나오는 각종 문학적 상징이니, 시적 묘사니 하는 디테일을 빼고 본다면 꼭 닮

은 줄거리라 할 수 있다. 다만, 〈이수일과 심순애〉의 경우, 마지막에 죽는 인물이 이수일이 아니라 죄의식을 견디지 못해 자살을 택한 심순애라는 점은 아무래도 남존여비 혹은 일부종사의 유교적 생활양식에서 익숙했던 그 시대 동양과 서양의 감수성 차이라 볼 수 있다.

참고로 〈이수일과 심순애〉는 일본의 《금색야차》를 번안한 소설인 《장한몽》의 별칭이므로 20세기 초 우리나라에도 《위대한 개츠비》에 견줄 만한 작품이 이미 존재하고 있었다는 식의 괜한 애국심 마케팅적 읽은 척을 구사할 경우, 본의 아니게 친일파의 후손으로 낙인찍힐 수 있으므로 주의를 요한다.

그 밖에 《위대한 개츠비》는 무라카미 하루키의 《상실의 시대》를 읽은 척함에 있어 매우 유용한 자료가 될 수 있다. 단순히 하루키가 《위대한 개츠비》를 몹시 좋아한다더라 정도에 그치는 것이 아니라, 문체나 전반적인 작품 분위기, 이루지 못한 사랑에 대한 상실감을 주제로 하는 것 등 《상실의 시대》는 《위대한 개츠비》를 오마주한 작품이라 말할 수 있을 정도이기 때문이다. 보다 정확히 말하자면 《상실의 시대》는 《위대한 개츠비》와 《호밀밭의 파수꾼》을 버무려서 오마주한 작품이라 얘기할 수 있겠다.

그리스인 조르바

Vios ke politia tu Aleksi Zorba

니코스 카잔차키스

카잔차키스(1883~1957)는 현대 그리스 문학을 대표하는 소설가이자 시인이다. 종교적이고 철학적인 사색을 바탕으로 진정한 자유와 인생의 의미를 주로 다루었다. 주요 작품으로《그리스인 조르바》,《다시 십자가에 못 박히는 그리스도》,《오디세이아》등이 있다.

등 장 인 물

나 돈 많고, 머리에 든 거 많고, 온정도 많지만 나이는 적은 20세기의 엄친아. 실전 경험 대신 책을 통해 궁극의 도를 깨우치려던 중 노가다 십장 조르바를 만나 책 따위는 아무짝에도 쓸모없다는 둥, 세상에서 가장 중요한 건 여자라는 둥의 평생 듣도 보도 못한 면박을 당하며 몹시 당황하는 척하지만 내심 좋아한다.

조르바 돈 없고, 머리에 든 거 없고, 온정도 없는데 나이는 많은 20세기의 잉여 인간이다. 책이라곤 《신드바드의 모험》을 읽은 게 전부이지만, 소설 속 신드바드만큼이나 초특급 스펙터클 러브 로망 어드벤처를 수없이 경험하고, 그 경험을 통해 자신만의 가치관을 확립했다.

스타브리다키 '나'의 친구. 러시아 혁명으로 처형 위기에 처한 그리스인 15만 명을 본국으로 송환하는 임무를 수행하기 위해 자신의 목숨을 걸고 떠나는, 작중 초반에 등장하는 인물.

과부1(오르탕스 부인) 화류계에서 조르바만큼이나 파란만장한 삶을 떠돌다 이제는 이국 땅 크레타의 촌구석에 정착한 파리지엥이자 마지막 남친을 조르바로 두는 행운 혹은 불행을 거머쥔 여인. 크레타 혁명 당시 항구로 몰려든 영국, 프랑스, 이탈리아, 러시아 4대 열강의 함대 제독들을 차례대로 혹은 한꺼번에 그야말로 맨몸으로 상대했던 4대 1 전설의 소유자다. 당시 크레타 사람들을 포격하려던 4대 열강 제독들의 다른 포를 부여잡음으로써 포격을 중단시킨 게 몇 번인데 이 배은망덕한 크레타 놈들은 그 은혜를 괄시로 갚는다며 분노의 술주정을 부리곤 한다.

과부2(과수댁) 작품에 등장하는 거의 모든 남성의 흠모와 경멸을 동시에 받는 젊은 육체파 과부. 조르바가 저 여인을 홀로 잠들게 하는 건 모든 남자들의 수치며 죄악이라고 '나'에게 좀 어떻게 해보라 닥달하던 대상이기도 하다. 한참을 미적거리다 결국 부활절 직전에 '나'와 섬씽이 생기지만 이후 결과는 비극적이다.

한때 미국발 경제위기의 총체적 원흉으로 각인된 대명사가 리먼브라더스였던 것처럼, 유럽연합(EU) 통합 이후 2011년부터 불어닥친 유럽발 경제난의 1순위 용의자는 그리스라 하겠다. 이에 각종 모임에서 혹시라도 그리스 얘기가 나올 경우 왠지 그 나라는 2010년 남아공 월드컵에서 대한민국에게 진 것 말고는 잘 한 게 아무것도 없는 나라라는 식의 글로벌한 왕따가 횡행할 가능성이 높을 수 있겠다.

　　바로 이때 마치 분하다는 듯 자리에서 벌떡 일어나 "그리스는 카잔차키스를 낳은 것만으로도 충분히 위대한 나라다!" 정도의 절규를 해준다면 당신은 어쩌면 주변 사람들에게 시장의 세계화 대신 고전명작의 세계화를 역설하는 인문학적 인재임과 동시에 평소 그렇게 안 보였는데 남몰래 고전명작을 탐독하는 지성인으로까지 오해받는 일석이조의 행운을 거머쥘지도 모를 일이다.

　　물론 개중에는 프렌치키스는 들어봤어도 카잔차키스는 금시초문이라며, 그게 대체 얼마나 진한 것이기에 그리스가 위대하다는 것이냐며 반문하는 이가 있을지도 모른다. 아니, 반드시 있다. 참으로 고마운 일이라 할 것이다. 읽은 척 행위자의 입장에서는 무지가 인류에게 도움이 되는 것을 목도하는 유일한 순간이 바로 이런 경우이기 때문이다.

　　하지만 여기서 주의할 것은 이런 기적적 무지와 조우했을 때, 너무 반가운 나머지 필요 이상의 면박을 주며 지나치게 성급한 읽은 척을 해서는 안 된다는 것이다. 이 책을 실제로 읽은 독자라면 카잔차키스의 작품들을 대체로, 특히 《그리스인 조르바》의 경우 프렌치 키스만큼이나 진하다고 충분히 공감할 수 있을 것이기 때문이다. 성찰의 측면에서든 성적인 측면에서든.

교양이 바닥 난 당신을 위한
읽은 척 뻔뻔 스킬

이 책은 줄거리에 대한 암기보다는 등장인물에 대한 이해가 읽은 척의 80퍼센트를 차지한다. 마치 도스토옙스키의 《죄와 벌》처럼 사건 사고의 뼈대 자체는 매우 심플하기 때문이다. 벌어진 사건만을 중심으로 초간단 내용 요약을 하자면 다음과 같다.

"크레타 섬에서 광산 사업을 시작한 '나'는 결국 망한다."

여기에 살을 붙이면 다음과 같이 늘릴 수도 있겠다.

"자기 이상을 실현하기 위해 사지로 떠나는 친구와의 동행을 거부한 나에게 친구가 '넌 생각만 많고 실천은 없는 책벌레'라는 말을 하자 삐친 나는 크레타에서의 광산 사업이라면 왠지 관념상 뭔가 실천적일 거 같고, 땅에서 붕 떠 있기는커녕 땅속으로 막 파고 들어가는 모양새라 야심차게 시작을 해보지만 탄광의 케이블이 애니팡 30콤보 터지듯 무너지면서 결국 망하고 만다. 하지만 광산 채굴 공사의 총책임자였던 조르바를 통해 나는 캐려던 갈탄 대신 인간 실존에 대한 무엇, 그러니깐 결국엔 또 형이상학적인 뭔가를 캘 수 있었기 때문에 기뻤다. 자위 아니다 뭐."

결국 주인공이 갈탄 대신 캔 형이상학적인 뭔가가 대체 무엇인지에 대해 아는 척하는 것이 이 책에 대한 읽은 척의 핵심 포인트라 할 수 있다. 이에 대해서는 '읽은 척 꼼꼼 스킬'에서 구체적으로 다루고자 한다.

어떤 질문에도 당황하지 않는 읽은 척 꼼꼼 스킬

읽은 척의 정(正)

《그리스인 조르바》를 읽은 척할 수 있는 가장 핵심적이면서도 일반적인 방식은 다음과 같은 멘트를 치는 것이다.

"나도 조르바 같은 친구(혹은 멘토)가 있었으면 좋겠다."

그도 그럴 것이 조르바는 동서고금의 고전작품을 통틀어 소위 '자유인' 하면 떠오르는 혹은 떠오르는 척해야만 할 가장 대표적인 캐릭터로 손꼽히곤 하기 때문이다.

따라서 지구 대표급 자유인 한 명쯤을 친구로 두고 싶은 바람을 강조하는 것은 읽은 척의 가장 큰 기술이다. 그러니까 이 책을 읽은 사람이든 읽지 않은 사람이든 누구나 가질 수 있는 인류 보편의 정서에 호소함으로써 설령 읽지 않았다는 사실이 들통난다 하더라도

영화 〈희랍인 조르바〉의 한 장면. 오른쪽
이 '나(앨런 베이츠)', 왼쪽이 조르바(앤서
니 퀸)이다.

무려 '자유'를 논하는 자리에서 이 책을 읽었는지의 여부는 그닥 중
요치 않게 되는, 그야말로 안 읽은 공명(제갈공명)이 읽은 중달(사마중
달)을 물리치는 격의 읽은 척의 완전체가 연출될 수 있는 것이다.

그렇다면 조르바가 왜 자유인으로 상징되는지, 가장 대표적 에
피소드 중 하나쯤은 학습해야 하는 수고가 필요하다 할 것이다.

「돌고래요!」 그가 기쁜 듯이 소리를 질렀다.

나는 그제야 그의 왼손 집게손가락이 반 이상 잘려나간 걸 알았다. 나
는 그쪽으로 갔지만 속이 역겨웠다.

「손가락은 어떻게 된 겁니까, 조르바.」 내가 물었다.

「아무것도 아니오.」 그가 이렇게 대답했다. 돌고래를 보고도 아무렇지
않게 생각하는 내가 못마땅한 모양이었다.

「기계 만지다 잘렸어요?」 그의 기분을 모른 체하며 내가 물었다.

「뭘 안다고 기계 어쩌고 하시오? 내 손으로 잘랐소.」

「당신 손으로, 왜요?」

「당신은 모를 거외다, 두목.」그가 어깨를 들었다 놓으며 말했다.

「안 해본 짓이 없다고 했지요? 한때 도자기를 만들었지요. 그 놀음에 미쳤더랬어요. 흙덩이를 가지고 만들고 싶은 건 아무거나 만든다는 게 어떤 건지 아시오? 프르르! 녹로를 돌리면 진흙 덩이가 동그랗게 되는 겁니다. 흡사 당신의 이런 말을 알아들은 듯이 말입니다. 〈항아리를 만들어야지, 접시를 만들어야지. 아니 램프를 만들까, 귀신도 모를 물건을 만들까…….〉사람이라고 할 수 있는 건 모름지기 이런 게 아닐까요, 자유 말이오.」

그는 바다를 잊은 지 오래였다. 그는 더 이상 레몬을 깨물고 있지 않았다. 눈빛이 다시 빛나게 된 것이었다.

「그래서요?」내가 물었다. 「손가락이 어떻게 되었느냐니까?」

「참, 그게 녹로 돌리는 데 자꾸 거치적거리더란 말입니다. 이게 끼어들어 글쎄 내가 만들려던 걸 뭉개어 놓지 뭡니까. 그래서 어느 날 손도끼를 들어…….」

「아프지 않던가요?」

「그게 무슨 말이오. 나는 쓰러진 나무 그루터기는 아니오. 나도 사람입니다. 물론 아팠지요. 하지만 이게 자꾸 거치적거리며 신경을 돋우었어요. 그래서 잘라 버렸지요.」

– 《그리스인 조르바》, 니코스 카잔차키스 저, 이윤기 역, 열린책들, 28~29쪽

도자기를 빚는 데 방해가 된다는 이유로 자기 손가락을 도끼로 찍어내는 조금은 덜떨어져 보이는 결단이 조르바가 자유인임을 설

명할 수 있는 결정적인 뭔가는 아니다. 오히려 그 이후 이어지는 대화를 통해 조르바가 어떤 종류의 자유인인지 짐작 가능하다.

「그건 좀 심한데요, 조르바.」 내가 웃으면서 말했다. 「그 이야기를 들으니 『성인전집(聖人傳集)』의 금욕주의자 이야기가 생각나는군요. 여자를 보고 육욕의 갈등이 견디기 어렵자 이 양반은 도끼를 들어……..」
「참 병신 같은 친구도 다 있네.」 조르바는 나의 다음 말을 짐작했는지 소리를 버럭 질렀다. 「…… 그걸 자르다니! 그런 병신은 지옥에나 가야지. 그것참, 순진하고도 깜깜한 친굴세. 그건 장애물이 아니에요!」
「하지만, 아주 큰 장애물이 될 수도 있겠지요.」 나는 우겼다.
「뭐 하는 데 말인가요?」
「하늘나라로 들어가는 데.」
조르바가 곁눈질로 한심하다는 듯이 나를 바라보다 이렇게 말했다.
「…… 이 답답한 양반아. 그건 천국으로 들어가는 열쇠라는 걸 왜 모르셔?」
그는 고개를 들어 내세(來世)의 삶, 천국, 여자, 성직자 따위의 생각이 복잡하게 오고 가는 내 마음속을 들여다보려는 듯이 나를 노려보았다. 그러나 그는 내 심중을 별로 헤아리지 못한 것 같았다. 그래서 그랬는지 그 커다란 잿빛 머리를 설레설레 흔들었다.
「병신은 천국에 못 들어가요.」 그는 이렇게 말하고는 입을 다물어 버렸다.
　－《그리스인 조르바》, 니코스 카잔차키스 저, 이윤기 역, 열린책들, 29~30쪽

그리스인 조르바

그렇다. 자신의 아랫도리가 천국에 들지 못하게 하는 장애물이 아닌 오히려 천국의 열쇠라 인식하고 있는 만큼 조르바가 천국에 가기 위해 이곳저곳 열쇠를 들이대며 얼마나 많은 노력을 했을지, 혹은 천국에 가기 위해 얼마나 많은 여성들에게 자유의 소중함을 부르짖었을지 쉬 짐작되는 대목이라 하겠다.

더욱 주목해야 할 것은 《성인전집》씩이나 되는 책에 소개될 정도로 딴에는 종교적 고결함을 위해 스스로 거세한 성직자를 '병신'이란 한마디로 정의해버리는 저 가공할 박력, 더불어 무일푼인 자기 자신의 간접적 생사 여탈권을 쥐고 있는 것인지도 모를 고용주를 한심하다는 듯 무시할 수 있는 안하무인적 대범함이라 하겠다.

물론 박력과 대범함 자체가 자유인의 본질인 것은 결코 아니다. 앞서 등장인물 소개에서 언급한 바 있듯, 신드바드만큼이나 많은 경험과 그 경험을 기반으로 한 사색을 통해 자신의 생각과 감정에 모순이 없다는 확신이 들면, 그때는 다른 어떤 종교적·정치적 권위 따위에도 휘둘리지 않는 말과 행동을 할 수 있다는 것이 바로 '조르바표 자유인'의 본질이라 할 수 있다.

고로 이 지점에서 조르바만큼의 경험과 사색을 통해 다져진 내실 없이 조르바스러운 박력과 대범함의 외피(조르바의 질퍽한 언변과 허리하학적 껄떡임)만을 흉내 내며 스스로를 자유인으로 오해받으려는 이가 있다면 그건 그저 또 하나의 병신의 탄생일 뿐이라 경멸하는 읽은 척도 가능하다 할 것이다.

이왕 귀찮은 거 참고, 인용을 시작한 김에 본문 내용 한 토막을 더 소개하는 바이다. 필자가 가장 좋아하는 대목이기도 하다.

「두목! 혼자 사는 여자에게 불평할 겨를을 안 주었다는 잡놈 같은 신
(神)이 누구라지요? 그 양반 이야기는 좀 들어서 아는데요. 그 양반도
수염을 염색하고 심장에다 문신을 새기고 팔뚝에는 세이렌과 화살을
그려 가지고 다녔다나 봐요. 변장도 곧잘 했는데, 들리는 말로는 체면
때문에 황소가 되고 백조가 되고 양이 되고 당나귀도 되었다는군요.
화냥것들이 원하는 대로 말입니다. 이름이 무엇이었죠?」
「제우스 신 이야길 하시나 보군. 어쩌다 제우스 생각을 다 하게 되었지
요?」
「하느님, 제우스의 영혼을 긍휼히 여기소서! 얼마나 고생이 막심했을
까. 아주 애를 먹었을 겁니다. 두목, 그 양반으로 말하자면 위대한 순
교자였어요. 당신은 책에 쓰인 것이면 뭐든 꿀꺽꿀꺽 삼킵니다만, 책
쓰는 사람들이 어떤 것들인지 한번 생각해 봐요! 퉤퉤! 기껏해야 학교
선생들이지. 그런 것들이 여자니, 여자 꽁무니를 쫓는 남자 일을 뭐 알
겠어요? 개코도 모르지!」
「그럼 조르바, 당신이 책을 써보지 그래요? 세상의 신비를 우리에게
설명해 주면 그도 좋은 일 아닌가요?」 내가 비꼬았다.
「못 할 것도 없지요. 하지만 못 했어요. 이유는 간단해요. 나는 당신의
소위 그 〈신비〉를 살아 버리느라고 쓸 시간을 못 냈지요. 때로는 전
쟁, 때로는 계집, 때로는 술, 때로는 산투르를 살아 버렸어요. 그러니
내게 펜대 운전할 시간이 어디 있었겠어요? 그러니 이런 일들이 펜대

운전사들에게 떨어진 거지요. 인생의 신비를 사는 사람들에겐 시간이 없고, 시간이 있는 사람들은 살 줄을 몰라요. 내 말 무슨 뜻인지 아시겠어요?」

「처음 이야기로 되돌아갑시다. 제우스 이야기가 왜 나왔어요?」

「아, 그 양반…… 그 양반의 고민을 알아주는 건 나밖에 없습니다. 그 양반 물론 여자 좋아했지요. 그러나 당신네 펜대잡이들이 생각하는 것과는 차원이 달라요. 다르고말고. 그 양반은 여자들의 고통을 이해하고 그들을 위해 자신을 희생시킨 겁니다. 언젠가 시골 구석을 다니다 이 양반은 욕망과 회한으로 인생을 낭비하고 있는 노처녀, 혹은 아리따운 유부녀를 보았습니다(꼭 아리따운 여자일 필요는 없습니다. 괴물이라도 상관없습니다). 남편은 멀리 떠나고 잠을 이루지 못합니다. 이 양반은 성호를 척 긋고 변장합니다. 여자가 좋아할 모습으로 말입니다. 그러고는 그 여자 방으로 들어갑니다.

그저 적당하게 애무만 바라는 여자는 상대도 하지 않았어요. 턱도 없지. 녹초가 될 판인데도 최선을 다해 주지요. 당신도 무슨 말인지 알 겁니다. 이 암양들을 어떻게 일일이 다 만족시켜요? 오, 제우스, 저 가엾은 숫양, 귀찮은 내색 한 번 하는 법이 없었어요. 좋아서 그 짓 한 것도 아닐 겁니다. 암양을 네댓 마리 해치우고 난 숫양 본 적 있어요? 침을 질질 흘리고 눈깔에는 안개와 눈곱투성이입니다. 기침까지 콜록콜록 해대는 꼴을 보면 그거 어디 서 있을 성싶지도 않습니다. 그래요, 저 불쌍한 제우스도 그런 고역을 적잖게 치렀을 겁니다.

그러곤 새벽이면 이렇게 중얼거리며 집으로 돌아왔을 겁니다. 〈오, 하느님. 언제면 좀 편히 쉴 수 있을까요? 죽을 지경입니다.〉 이러고는 질질 흐르는 침을 닦았을 겁니다.

그때 문득 또 한숨 소리가 들립니다. 저 아래 지구 위에서 한 여자가 반라에 가까운 잠옷 바람으로 발코니로 나와 풍차라도 돌릴 듯이 한숨을 쉬고 있는 것입니다. 우리 제우스는 또 불쌍한 생각이 듭니다. 그는 끙 하고 신음을 토해 냅니다. 〈이런 니기미, 또 내려가야 하게 생겼구나! 신세타령하는 여자가 또 있으니 마땅히 내려가 달래 주어야 할 일!〉

이런 짓도 오래 하다 보니 여자들이 제우스를 한 방울도 남김없이 빨아 버리고 맙니다. 꼼짝도 할 수 없게 된 그는 먹은 것을 토하더니 지체가 마비되어 죽어 버립니다. 그의 뒤를 이어 그리스도가 이 땅에 내려옵니다. 그는 이 제우스의 꼴이 말이 아닌 걸 보고는 가로되. 〈여자를 조심할지니.〉」

— 《그리스인 조르바》, 니코스 카잔차키스 저, 이윤기 역, 열린책들, 314~316쪽

아아, 제우스를 무슨 어렸을 적 동네 노는 형 얘기하듯 하는 저 우주적 스케일. 거기서 노는 형의 남모를 애환마저 짐작해내는 저 풍부한 감수성. 그뿐인가. 제우스의 후임으로 그리스도를 임명하는 과감함과 함께 바로 그래서 그리스도가 금욕을 주장했던 것이라는 거의 완전무결한 논리까지.

아니 대체 누가 어떻게 이런 조르바 같은 친구를 두고 싶다는 말로 읽은 척을 하지 않을 수 있겠는가. 하지만 공교롭게도 이 책에

대한 읽은 척의 가장 큰 함정이 바로 여기에 있다 하겠다.

읽은 척의 반(反)

조르바에 대한 찬양일색의 읽은 척은 자칫 큰 재앙을 불러올 수 있다. 왜냐하면 조르바에게는 자유인스러워 보이는 현재만 존재하는 것이 아니라 전혀 그렇지 않은 그의 과거도 있었기 때문이다.

다음은 두목이 '전쟁'에 관해 묻자 조르바가 처음에는 대답을 회피하다 결국 입을 여는 대목이다.

「두목, 당신 앞에 있는 사람으로 말하면……, 한때는 제 대가리 털로, 터키 놈들이 이슬람 사원으로 쓰고 있던 성 소피아 성당 장식을 엮어 목에 부적처럼 차고 다녔습니다요. 그래요, 두목, 내가 바로 그 사람이오. 나는 당시만 해도 칠흑같이 검던 내 머리카락을 뽑아 이 발가락으로 부적을 엮었소. 파블로스 멜라스와 함께 마케도니아 산맥을 떠돌아다닌 적도 있소. 당시에는 아주 체격이 건장해서 키로 말하면 이 오두막보다 크고 킬트 차림에 빨간 페스모, 은빛 부적, 액막이, 이슬람교도들이 쓰는 칼, 탄대와 권총까지 떡 차고 다녔소. 내가 걸어갈 때면 철꺼덕철꺼덕, 흡사 연대가 마을을 지나가는 것 같았단 말입니다.」

(중략)

「……터무니없는 수작이지!」 그가 화를 버럭 내었다. 「……구역질이 다 나는군. 사람이라는 게 언제쯤 제대로 사람 구실을 하게 될까요? 우리는 바지를 입고 셔츠를 걸치고 칼라를 세우고 모자를 씁니다만 그래 봐야 노새 새끼, 여우 새끼, 이리 새끼, 돼지 새끼를 못 면해요. 하느님 형상으로 만들어졌다고? 누가, 우리가? 나 같으면 인간의 그 멍청한 쌍통에다 침을 탁 뱉겠소!」

쓰라린 추억이 가슴으로 돌아오는 것 같았다. 그는 갈수록 절망적으로 몸을 떨었다. 알 수 없는 말이 덜덜 떨고 있는 이빨 사이에서 새어 나왔다.

그는 일어나서 물통의 물을 벌컥벌컥 들이켜고는 마음이 다소 가라앉는지 한동안 조용했다.

「……당신이 어디를 만지든 나는 소리를 지를 겁니다. 내 몸은 상처와 흉터와 옹이투성이입니다. 계집에 대한 수작에 무슨 의미가 있습니까? 내가 나 자신을 제법 진짜 사내라고 생각했을 때는 계집에게 눈 한 번 돌리지 않았어요. 잠깐 만져보고는, 수탉처럼 오다 가다 말입니다, 그러고는 갈 길을 갔습니다. 나는 자신을 타일렀지요. 〈더러운 족제비들, 저것들은 내 힘을 쭉 빨아 버리고 말 것이야. 퉤! 계집은 지옥에나 가라!」

– 〈그리스인 조르바〉, 니코스 카잔차키스 저, 이윤기 역, 열린책들, 322~324쪽

그는 한동안 그대로 앉아 있다 다시 말을 시작했다. 가슴에 차고 넘치는 격정을 달리 어쩔 수 없었던 것이었다.

「……내게는, 저건 터키 놈, 저건 불가리아 놈, 이건 그리스 놈, 하던 시절이 있었습니다. 두목, 나는 당신이 들으면 머리카락이 쭈뼛할 짓

도 조국을 위해서랍시고 태연하게 했습니다. 나는 사람의 멱도 따고 마을에 불도 지르고 강도 짓도 하고 강간도 하고 일가족을 몰살하기도 했습니다. 왜요? 불가리아 놈, 아니면 터키 놈이기 때문이지요. 나는 때로 자신을 이렇게 질책했습니다. 〈염병할 놈, 지옥에나 떨어져, 이 돼지 같은 놈! 싹 꺼져 버려. 이 병신아!〉 요새 와서는 이 사람은 좋은 사람, 저 사람은 나쁜 놈, 이런 식입니다. 그리스인이든, 불가리아인이든 터키인이든 상관하지 않습니다. 좋은 사람이냐, 나쁜 놈이냐? 요새 내게 문제가 되는 건 이것뿐입니다. 나이를 더 먹으면(마지막으로 입에 들어갈 빵 덩어리에다 놓고 맹세합니다만) 이것도 상관하지 않을 겁니다. 좋은 사람이든 나쁜 놈이든 나는 그것들이 불쌍해요. 모두가 한가집니다. 태연해야지 하고 생각해도 사람만 보면 가슴이 뭉클해요. 오, 여기 또 하나 불쌍한 것이 있구나, 나는 이렇게 생각합니다. 누군지는 모르지만 이자 역시 먹고 마시고 사랑하고 두려워한다. 이자 속에도 하느님과 악마가 있고, 때가 되면 뻗어 땅 밑에 널빤지처럼 꼿꼿하게 눕고, 구더기 밥이 된다. 불쌍한 것! 우리는 모두 한 형제간이지. 모두가 구더기 밥이니까.」

– 《그리스인 조르바》, 니코스 카잔차키스 저, 이윤기 역, 열린책들, 326~327쪽

다시 말해 작품 속에서 현재 65세의 나이에도 불구하고 풍부한 유머감각과 넘치는 박력, 뛰어난 통찰과 빼어난 정력을 자랑하던 조르바는 젊은 시절 애국심이라는 이름의 관념적 뭔가를 위해서라면 살인과 강간도 태연히 자행했던 인간 말종 그 자체였다는 것이다.

심지어는 불가리아 군인들에게 쫓겨 죽을 고비에 처한 조르바가 같은 불가리아 과부의 도움(과부가 자신의 침대에 숨겨줌)으로 목숨도 구하고 심지어는 뜨거운 사랑도 나누지만 그 다음날에는 마을에 불을 질러 그 과부를 포함해 전 주민을 몰살시켰다고 하는 악마적 과거를 고백하는 대목도 나온다.

여기서 대한민국과 일본과의 관계 이상으로 상호 증오심을 당연하게 여겼던 그리스와 터키, 그리스와 불가리아와의 관계에 대한 역사적 맥락을 아는 척하는 것도 읽은 척 고급 스킬이 될 수 있다 할 것이다. 그 역사적 맥락의 구체적 내용에 대해서는 과감히 생략한다. 검색만 하면 다 나오는 거니까.

고로 이 책을 읽은 척함에 있어 마치 만병통치약이라도 되는 것처럼 언제 어디서든 '내게도 조르바 같은 친구가 있었으면 좋겠어!'라는 냅다 불호령만으로 안일하게 자축의 읽은 척 샴페인을 터뜨릴 경우 오히려 그 병으로 뒤통수를 때려 맞는 것과도 같은 역공을 당할 수 있다는 얘기 되겠다.

예를 들자면 이런 식으로 말이다.

진짜로 읽은 자 : 너네 혹시 《그리스인 조르바》 읽어봤니?

읽은 척 시전자 : 아아, 나도 살면서 조르바 같은 친구를 한 번이라도
　　　　　　　　만날 수 있을까?

읽은 척 동조자 : 맞아 맞아. 나도 조르바 같은 친구가 있었으면 좋겠어.

진짜로 읽은 자 : 너네는 살인범, 강간범과 그렇게 친구 하고 싶어?

생각만 해도 끔찍한 상황이라 하겠다. 내가 읽은 책에는 그렇게 번역되지 않았다 할 수도 없고, 그렇다고 이제 와서 '조르바 그렇게 안 봤는데 아주 나쁜 놈이었네'라며 되레 성을 낼 수도 없지 않은가.

특히 자신이 정치·경제적으로 진보좌파 진영에 속한다고 생각하는 사람의 경우 '조르바와 친구 먹기' 읽은 척에 더욱 주의를 요한다. 《그리스인 조르바》에서 두목이 "갈탄광이 성공하면 모든 것을 서로 나누어 갖고 형제들처럼 같은 옷을 입고 같은 음식을 먹는 일종의 공동사회를 만들고 싶다"라는 좌파적 이상을 얘기했을 때 조르바는 이렇게 대답하기 때문이다.

「두목, 이렇게 말한다고 너무 섭섭하게 생각지만 마쇼. 당신 대가리는 아무리 봐도 아직 여문 것 같지 않소. 올해 몇이시오?」

「서른다섯이오.」

「그럼 앞으로도 여물긴 텃군.」

그러고는 웃음을 터뜨렸다. 나는 이 일격에 얼떨떨했다.

「조르바, 당신은 사람을 너무 믿지 않는 것 같은데요?」 내가 반격했다.

「두목, 화내지 마쇼. 나는 아무것도 믿지 않소. 내가 사람을 믿는다면, 하느님도 믿고 악마도 믿을 거요. 그거가 그거나 마찬가지니까. 두목, 그렇게 되면 모든 게 뒤죽박죽이 되고 나는 혼란에 빠지고 말아요.」

(중략)

「두목, 인간이란 짐승이에요.」 단장으로 자갈을 후려치며 그가 말을 이었다. 「……짐승이라도 엄청난 짐승이에요. 그런데도 두목은 이걸 알지 못해요. 당신에겐 이 인간이라는 것, 세상사라는 것이 너무 어려웠던 모양인데…… 내게 물어봐요! 짐승이라고 대답할 게요. 이 짐승을 사납게 대하면, 당신을 존경하고 두려워해요. 친절하게 대하면 눈이라도 뽑아갈 거요. 두목, 거리를 둬요! 놈들 간덩이를 키우지 말아요. 우리는 평등하다, 우리에겐 똑같은 권리가 있다, 이 따위 소리는 하면 안 돼요. 그러면 당신에게 달려들어 당신 권리까지 빼앗고 당신 빵을 훔치고 굶어 죽게 할 거요. 두목, 좋은 걸 다 걸고 충고하던대, 거리를 둬요!」

「하지만, 조르바, 당신은 아무것도 안 믿는다고 하지 않았어요?」 나도 대들었다.

「안 믿지요. 아무것도 안 믿어요. 몇 번이나 얘기해야 알아듣겠소? 나는 아무도, 아무것도 믿지 않아요. 오직 조르바만 믿지. 조르바가 딴 것들보다 나아서가 아니오. 나을 거라고는 눈곱만큼도 없어요. 조르바 역시 딴 놈들과 마찬가지로 짐승이오! 그러나 내가 조르바를 믿는 건, 내가 아는 것 중에서 아직 내 마음대로 할 수 있는 게 조르바뿐이기 때문이오. 나머지는 모조리 허깨비들이오. 나는 이 눈으로 보고 이 귀로 듣고 이 내장으로 삭여 내어요. 나머지야 몽땅 허깨비지. 내가 죽으면 만사가 죽는 거요. 조르바가 죽으면 세계 전부가 나락으로 떨어질 게요.」

「저런 이기주의!」 내가 빈정거리는 투로 말했다.

「어쩔 수 없어요, 두목, 사실이 그러니까. 내가 콩을 먹으면 콩을 말해요, 내가 조르바니까 조르바같이 말하는 거요.」

나는 아무 말도 하지 않았다. 조르바의 말이 채찍이 되어 날아들었다. 강인했기 때문에 그토록 인간을 경멸하면서도 동시에 그들과 함께 살고 일하려는 그를 나는 존경했다. 나라면 그런 사람들과 함께 살아가려면 금욕주의자가 되었거나 그들을 가짜 깃털로 꾸며 놓을 수밖에 없었을 것 같았다.

– 《그리스인 조르바》, 니코스 카잔차키스 저, 이윤기 역, 열린책들, 81~82쪽

읽은 척의 합(合)

결국 조르바는 자유인의 완성형이 아니다. 오히려 일견 숭고해 보이는 신념(애국심 혹은 애국심의 탈을 쓴 증오심) 때문에 살인과 강간을 서슴지 않았던(서슴지 않을수록 신념이 더욱 숭고해지는) 지독한 '관념의 노예'였고, 그랬던 과거를 대못처럼 가슴에 박아둔 채 살아가는 누구보다 자유롭지 못한 사람이라 말할 수 있다.

다만 그런 자신을 자각했기 때문에, 즉 자신이 노예였다는 걸 인식함으로써 그 노예가 너무 혐오스럽다는 가치 기준을 갖게 되고 이후에는 노예적인 모든 걸 거부하려는, 다시 말해 어찌 보면 다시는 혐오스러운 짓에 관련되지 않음으로써 스스로 불행해지는 걸 막으려는 자연스러운 의지의 발현이 마치 자유를 향한 거대한 투쟁처럼 미화되곤 하는 것일 뿐이다.

이는 물론 다른 대부분의 인간이 자연스러운 의지의 발현은 언감생심, 자신이 각종 신념의 노예일지도 모른다는 의심조차 하지 못

하거나 혹은 할 수 있어도 외면하는 현실과 비교되기 때문에 미화되는 것일 테지만 말이다.

　거의 대부분의 사람에게 공과 과는 함께 존재한다. 조르바 역시 그런 대부분의 사람 중 한 명이지만 공과 과의 낙차 폭이 워낙 커서 특별해 보이는 사람일 뿐이라 말할 수도 있겠다. 이 얘기는 곧 조르바 같은 친구를 애써 찾을 필요도 없이 모든 사람이 이미 다 조르바라 말할 수 있다는 것이다. 조르바의 과거를 살고 있느냐, 조르바의 현재를 살고 있느냐의 차이가 있을 뿐이다. 그리고 설령 누군가 현재 조르바의 과거를 살고 있다 해도 조르바가 그랬듯 다시 누군가의 미래는 조르바의 현재가 될 수 있을 것이다. 물론 그 반대도 가능하다.

　결국 조르바의 현재라는 정(正)과 과거라는 반(反)을 관통하는 뭔가는 '변화 가능성'이라 할 수 있다. 어쩌면 바로 이 지점에서 앞서 제기된 읽은 척 역공에 대한 되치기의 기회를 도모할 수 있을지도 모르겠다.

진짜로 읽은 자 : 너네 혹시 《그리스인 조르바》 읽어봤니?

읽은 척 시전자 : 아아, 나도 살면서 조르바 같은 친구를 한 번이라도
　　　　　　　만날 수 있을까?

읽은 척 동조자 : 맞아 맞아. 나도 조르바 같은 친구가 있었으면 좋겠어.

진짜로 읽은 자 : 너네는 살인범, 강간범과 그렇게 친구 하고 싶어?

읽은 척 시전자 : 물론. 사람은 변할 수 있는 거니까 말이야. 마치 조
　　　　　　　르바가 그랬던 것처럼. 사람의 변화 기회 자체를 말

살하는 사형제도를 내가 반대하는 이유도 바로 조르
바 때문이지.

이러한 주제를 도출할 수 있기 때문에, 카잔차키스는 실존주의 문학의 계보에서 빼놓을 수 없는 인물이라는 설레발로 변죽을 울리는 읽은 척도 가능할 수 있겠다. 실존주의 문학에 대한 개론적 읽은 척은 니체의 《자라투스트라는 이렇게 말했다》, 카뮈의 《이방인》에 대한 내용을 참고하기 바란다.

하나 더 읽은 척의 합이 이루어야 하는 것은, 조르바가 자유인으로 규정될 수 있었던 데에는 조르바의 과거와 현재가 합해지는 과정에만 있는 것이 아니라, 남다른 삶을 살아낸 '조르바' 외에 '나'라는 남다른 해설가가 존재했기 때문이라는 점이다.

나는 이따금 친구들에게 이 위대한 인간의 이야기를 했다. 우리는 교육받은 사람들의 이성보다 더 깊고 더 자신만만한 그의 긍지에 찬 태도를 존경했다. 우리들이라면 고통스럽게 몇 년을 걸려 얻을 것을 그는 단숨에 그 정신의 높이에 닿을 수 있었다. 우리는 〈조르바는 위대한 인간〉이라고 말했다. 이 높이에서 더 뛰어나갔더라면 〈조르바는 미쳤다〉고 했으리라.

– 《그리스인 조르바》, 니코스 카잔차키스 저, 이윤기 역, 열린책들, 437쪽

다시 말해 관념 만땅의 나와 경험 만땅의 조르바, 모범생인 나

와 일진인 조르바, 젊은 나와 늙은 조르바, 돈 많은 나와 돈 없는 조르바, 여자 앞에 쑥맥인 나와 열쇠쟁이 조르바 등 상반된 극단끼리 여서 결코 어울릴 것 같지 않은 인물들이 오히려 정반합의 과정을 거쳐 위대한 조르바와 더불어 깨달은 나를 탄생시킨 것이다.

　이는 어쩌면 우리가 습관적으로 상반된 것처럼 인식하는 대립 항들이 사실은 대립된 무엇이 아니라 마치 땅 위로 솟은 나무의 기둥과 땅 밑으로 뻗은 나무의 뿌리처럼 서로 비례해 서 있을 수밖에 없다는 것을 암시하는 것인지도 모르겠다. 결핍과 욕망이 서로 비례해서 커지는 것처럼 말이다.

목로주점

L'Assommoir

에밀 졸라

졸라(1840~1902)는 이상주의적 사회주의자였던 프랑스 소설
가이자 비평가이다. 자연주의 문학을 확립했으며, 사회의 어두
운 면이나 군중의 집단적인 심리를 세밀하게 묘사했다. 주요 작
품으로 《목로주점》, 《나나》, 《제르미날》, 《루공가의 운명》, 《나는
고발한다》 등이 있다.

등 장 인 물

제르베즈 그야말로 비극의 여주인공. 다리를 조금 절지만 금발의 미녀로 마음씨도 곱고 성실한 세탁부. 하지만 비참한 최후를 맞는다.

랑티에 제르베즈의 전 남편. 이 작품에는 폭력을 휘두르는 많은 인물이 등장하는데 거의 유일하게 물리적 폭력을 휘두르지 않는 남성이다. 그렇다고 좋은 남성이라 오판하면 안 된다. 겉에 꿀을 바른 독약처럼 그의 달콤함은 오히려 치명적인 파멸을 가져오기 때문이다.

쿠포 랑티에에게 버림받은 제르베즈와 결혼하는 지붕 수리공. 원래는 익살맞고 성실한 인물이었으나 지붕에서 추락해 몸을 다친 후 파멸의 길로 들어선다.

나나 제르베즈와 쿠포 사이에서 태어난 딸. 에밀 졸라의 《루공—마카르 총서》 내의 또 다른 대표작 중 하나가 《나나》인데 그 나나가 바로 이 나나이다.
(여기서 《루공—마카르 총서》가 무엇인지 궁금해할 독자들 있을 수 있겠다. 졸라가 이십여 년에 걸쳐 만든 이십 편의 장편 소설로, 농부의 후손인 루공의 집안과 주정뱅이의 후손인 마카르의 집안 얘기를 총괄하는 작품이다. 자세한 건 검색해보면 나오겠으나 이 작품을 읽은 척하기 위해 《루공—마카르 총서》까지 들먹이는 것은 필연적으로 '네가 그걸 다 읽어봤다는 얘기냐'라는 되물음을 수반할 수밖에 없다 할 것이므로 실전에서는 사용을 자제하는 것이 효율적이라 하겠다.)

구제 제르베즈를 진심으로 사랑했을 것만 같은 남자로 그려지는 대장장이.

로리외 부인 쿠포의 둘째 누나. 남이 불행할 때 가장 만족스러운 존재감을 느끼는 인물이다.

비자르 등장 분량은 얼마 되지 않지만, 독자들에게 가장 충격을 주는 인물. 그야말로 주취폭력이 무엇인지를 보여주는 인물이다.

대체 얼마나 호래자식이길래 이름이 에밀 졸라냐며 분개할 사람까지는 없겠지만, 누군가 《목로주점》을 언급했을 때 '멋들어진 친구, 내 오랜 친구야~'로 시작하는 이연실의 〈목로주점〉이라는 노래가 가장 먼저 떠오르거나, 아니면 어디 길목에 자리잡은 허름한 단골 술집 정도가 연상되면서 이 작품은 왠지 제목만으로도 충분히 정겹고 푸근해서 읽은 척 역시 얼굴 가득 환한 미소만 지어도 반은 먹고 들어가지 않을까 싶은 순진한 예감이 들 수 있다 하겠다. 물론 그게 아니기 때문에 필자가 읽은 척 매뉴얼 대상 도서로 이 작품을 굳이 애써 선정한 것이겠지만 말이다.

그렇다. 《목로주점》을 읽은 척하면서 오랜 친구와의 우정이랄

참고로 목로주점의 '목로'는 위 그림처럼 잔술을 팔기 위한 직사각형의 나무판을 말한다. '바(bar)'를 연상하면 되겠다.

지, 변두리의 정겨운 술집 분위기 따위를 연상하며 환한 미소를 짓는다는 것은 남의 불행이 자신에게 얼마나 큰 행복인지, 혹은 남녀 사이의 패륜적 육체관계가 자신에게 얼마나 큰 기쁨인지를 고백하는 본의 아닌 도덕적 커밍아웃의 대참사를 불러오는 행위라 하겠다. 물론 실제로도 그럴 것이기 때문에 그다지 억울할 건 없겠지만 말이다.

교양이 바닥 난 당신을 위한 읽은 척 뻔뻔 스킬

사실혼 관계의 남편 랑티에가 다른 여자와 눈이 맞아 도망가버림으로써 제르베즈는 생애 첫 파국을 맞는다. 하지만 야무진 세탁 솜씨로 두 아들과 함께 근근이 버티던 중 지붕 수리공 쿠포의 끈질긴 구애에 못 이겨 정식 결혼까지 하면서 제르베즈는 새로운 삶의 희망을 갖게 된다. 남편 쿠포는 자상했고, 부지런했으며 결정적으로 술을 절대 입에도 대지 않는 건실한 노동자였던 것이다.

몇 년이 흘러 예쁜 딸 나나도 태어나고, 집안 세간도 업그레이드할 수 있을 만큼 돈을 모은 제르베즈는 동네 번듯한 건물의 가게가 빈 것을 알고 흥분한다. 어쩌면 자신이 그 가게에 세탁소를 열어 사장이 될 수도 있겠다는 기대로 말이다. 하지만 기쁨은 잠시. 가게를 함께 둘러보고 계약을 하기 위해 쿠포의 공사장에 찾아갔던 날, 쿠포가 지붕에서 떨어지는 불운의 사고를 당한다.

결국 가게를 세내기 위해 모았던 돈이 모두 남편 치료비로 들어가는 바람에 창업의 꿈이 물거품이 되어버릴 찰나, 남편을 살리기 위해 초인적 인내심으로 간병을 했던 제르베즈의 모습을 보고 격한 감동을 먹은 이웃집 대장장이 구제가 자신의 결혼 비용으로 모아둔 돈을 선뜻 빌려줌으로써 주인공은 마침내 개인사업자가 되어 동네 사람들의 부러움과 질시를 한 몸에 받는다. 늘 밑바닥에만 있을 것 같던 세탁부가 사장이 되었기 때문에 받은 질시겠지만 또 어쩌면 유부녀가 총각에게 전 재산을 빌릴 수도 있을 만큼의 두터운 신망 혹은 타고난 섹시함이 부러움과 질시의 대상이었을 수도 있겠다.

아무튼.

신장개업한 예쁜 세탁소에 텍사스 소떼처럼 밀려드는 일감으로 금세 부자가 될 것 같았지만 현실은 그렇지 못했다. 왜냐하면 사고를 당한 후부터 쿠포는 술을 입에 대더니만 아이들을 때리기 시작했으며, 일을 나가지도 않고 집안에서 돈을 야금야금 까먹고 앉아 있었던 것이다. 설상가상으로 제르베즈 역시 비정상적인 식탐 버릇이 생겨 엥겔지수는 치솟고 가세는 바닥을 치기 시작한다.

그리고 탕자의 귀향. 그러니까 집 나간 랑티에가 돌아오면서 상황은 급물살을 탄다. 이미 과도한 음주로 판단 능력을 상실한 쿠포는 처음엔 랑티에를 잡아먹을 듯했으나 술기운 탓인지 아니면 대범한 남자이고 싶은 허세 때문인지 혹은 둘 다인지, 랑티에와 친구를 먹더니만 급기야는 랑티에를 자기 집에 세입자로 들이는 가공할 임대차 계약서를 작성한다.

이후 쿠포는 더 많은 술을 먹고 더욱 난폭한 폭력을 휘두르며 몰락해갔고, 제르베즈는 한 지붕 아래 현 남편과 전 남편 사이에서 일종의 시간차 쓰리섬을 벌이는 도덕적 타락 혹은 쾌락적 한계 극복 국면에 돌입한다.

정신적 위기감(미래에 대한 불안)을 육체의 쾌락(섹스, 과식)으로 극복하고, 육체의 위기감(비만, 알코올 중독)을 정신적 나태(어떻게 되겠지 뭐……)로 돌려 막기를 하며 버티던 제르베즈는 결국 마지막 자존심처럼 여겼던 세탁소까지 말아먹고 다시 밑바닥으로 고꾸라진다. 이후 입은 셋(쿠포, 제르베즈, 나나)인데 벌거나 저축하는 사람은 없어 서로에 대한 증오의 힘으로 연명하던 와중에 결국 나나는 집을 나가 창녀로 자수성가하고, 쿠포는 술에 의한 착란 증세로 정신병원을 오가다 비참한 최후를 맞으며, 제르베즈 역시 자살을 택할 자존감마저 상실한 채 술과 영혼을 맞바꾸며 쿠포의 전철을 밟는다.

어떤 질문에도 당황하지 않는
읽은 척 꼼꼼 스킬

인생 막장의 서

이 작품을 실제로 읽은 사람이라면 중간중간 다음과 같은 단말마의 비명을 지를 수밖에 없었을 것이다.

'이제 좀 그만하지??!!'

이는 《목로주점》에서 그려지는 주인공의 삶이 그냥 기구하다 말하기에는 너무 밋밋할 정도로 점입가경의 인생 막장을 보여주기 때문이다. 마치 포르노의 클로즈업 화면을 3D 아이맥스로 장시간 관찰하는 것만 같은 피로감이 몰려든다 하겠다. 그만큼 이 책은 한 여인의 SF적 '좆망사'를 너무도 리얼하게 그려낸 작품이라 하겠다.

그렇다. 한 여인의 좆망사.

믿기지 않겠지만 사실 필자는 아랫도리와 호형호제하는 노골적 표현을 매우 싫어한다. 하지만 읽은 척의 대업을 달성하기 위해 이 작품을 뭐라 한마디로 규정해야만 한다면 아무리 고민해봐도 '좆망'이라는 표현 이상의 적합한 언어를 찾을 수가 없다는 것이 필자의 결론이다. 그만큼 에밀 졸라는 이 작품에서 등장인물의 삶을 '들었다 놨다, 들었다 놨다' 2단 콤보 기술을 무한 작렬시키다가 끝내 주인공을 참혹한 비극의 정중앙으로 몰아간다는 얘기다.

물론 리얼 라이프도 그러하듯, 고통과 좌절의 중간중간에 잠시 잠깐의 행복과 희망이 전혀 존재하지 않는 것은 아니다. 아들 둘까지 둔 상태에서 남편에게 버림받은 제르베즈가 건실한 노동자 쿠포와 결혼해 이제 좀 잘살겠거니 싶은 희망이 싹트기도 하고, 악착같이 모은 돈으로 창업을 해 사장님이 되는 달콤한 스토리도 나오며, 절망의 상황마다 무조건적인 사랑을 정부 대출금처럼 퍼주는 대장장이 구제도 등장한다.

하지만 마치 롤러코스터가 그러하듯 잠시 잠깐의 성공과 행복은 이후의 추락에 가속도를 내기 위한 점프대에 불과했다고나 할까,

아니면 지옥은 천국의 한가운데에 있다는 걸 모른 채 환호했던 지옥행 특급열차의 차창 밖 풍경이라고나 할까.

> 7층으로 올라가면서 그녀는 어둠 속에서 웃음 짓지 않을 수 없었다. 그것은 뼈에 사무치는 쓰디쓴 웃음이었다. 그녀는 그 옛날 자신의 이상을 떠올렸다. 조용히 일하고, 언제나 빵을 먹고, 잠자기 위한 깨끗한 집을 가지고, 아이들을 잘 키우고, 매를 맞지 않고, 자기 침대에서 죽는 것. 그래, 말도 안 돼. 웃기는 생각이었어. 뭐 하나 이루어진 게 없잖아! 지금 그녀는 일을 하지 않았고, 더 이상 먹을 것이 없었고, 쓰레기 더미 위에서 잠을 잤고, 딸은 화냥질을 했고, 남편은 자기를 두들겨 팼다. 그녀에게 남은 일은 길바닥에서 쓰러져 죽는 것뿐이었는데, 그것은 집으로 돌아가서 창문으로 몸을 던질 용기만 있다면 지금 당장이라도 가능한 일이었다.
>
> ─《목로주점》, 에밀 졸라 저, 유기환 역, 열린책들, 하권 599~600쪽

게다가 그녀의 삶이 파멸에 이르는 데 있어 아랫도리 사용량의 과부하가 어느 정도는 단초로 작용하기 때문에 '좆망'이라는 표현은 이 작품의 구체적 에피소드를 면밀히 이해하고 있는 척함에 있어서도 유용하다 할 수 있다.

앞서 언급했듯, 제르베즈는 자기 집에서 두 명의 시간차 남편들과 동거를 하는 엽기적 애정행각을 벌인다. 쿠포의 엄마와 나나, 그러니까 시어머니와 어린 딸도 함께 거주하는 집에서 말이다. 이는

단순히 시어머니와 딸이 함께 거주하는 공동의 장소임에도 불구하고 눈을 피해 난교를 하는 제르베즈의 대범함을 강조하려는 게 아니다. 나나는 어려서부터 자기 집에서 아빠가 아닌 다른 남자와 교성을 지르는 엄마의 무규칙 이종 섹스를 현장학습함으로써 일종의 영재 교육을 받고 자라는데, 결국 창녀가 되어 배운 바를 몸소 실천하는, 그야말로 행동하는 음심으로 거듭난다. 시어머니 역시 당시의 목격을 만지작거리다가 결정적 순간에, 그러니까 제르베즈의 경제적 파멸의 순간에 마치 양심 고백하듯 동네방네 떠듦으로써 여주인공의 도덕적 파산까지 양수겸장으로 가져오는 메신저의 역할을 한다.

여기서 혼동하지 말아야 할 것은 원시공동사회의 일처다부제를 연상시키는 셋의 동거가 제르베즈의 강력한 의지나 면밀한 설계로 결성된 것은 아니라는 점이다.

봄이 오자, 한집 식구 같은 랑티에가 친구들과 더 가까이서 살 수 있도록 동네로 들어오고 싶어 했다. 그는 깨끗한 집의 가구 딸린 방을 원했다. 보슈 부인, 심지어 제르베즈조차 그런 방을 찾아 주려고 백방으로 알아보았다. 그들은 이웃 거리까지 샅샅이 뒤졌다. 하지만 그는 너무 까다로웠다. 커다란 안마당을 원했고, 1층을 요구했고, 요컨대 상상할 수 있는 편의 시설을 다 들먹였다. 이제 저녁마다 쿠포네 집으로 와서 천장 높이를 재고 방의 배치를 살피는 척했고, 이 같은 거처가 몹시 탐난다는 표정을 지었다. 이런 집이 있다면 더 볼 필요도 없이, 이처럼 조용하고 따뜻한 집 한쪽 구석에 기어들 수 있다면 더 바랄 게 뭐가 있겠어. 그는 매번 이런 말로 집 둘러보기를 마쳤다.

「제기랄! 진짜 좋은 집이야, 정말!」

어느 날 저녁 그가 그 집에서 식사를 하고 디저트 시간에 똑같은 말을 지껄였을 때, 그와 말을 놓고 지내기 시작하던 쿠포가 별안간 소리쳤다.

「그럼 여기서 지내, 이 친구야, 그렇게 마음에 든다면……. 어떻게 방법을 찾아보자고…….」

(중략)

그는 일부러 제르베즈를 쳐다보지 않았다. 하지만 분명히 그는 그녀가 좋다고 한마디 해주기를 기다리고 있었다. 그녀는 남편의 제안에 몹시 당황했다. 그러나 랑티에가 자기 집에 산다는 생각이 그녀에게 상처가 되거나 불안감을 불러일으킨 것은 아니었다. 다만 그녀는 더러운 세탁물을 어디에 둬야 할지 걱정이 되었다.

(중략)

「폐가 될 건 없어요, 전혀.」마침내 그녀가 말했다. 「방법이 있겠죠…….」

– 《목로주점》, 에밀 졸라 저, 유기환 역, 열린책들, 하권 341~343쪽

쿠포 부부에게 기생하기 위해 오래전부터 치밀하게 떡밥을 뿌린 사악한 전 남편과, 독주를 장복하면서 바보가 되어버린 현 남편이 그 미끼를 덥석 삼키는 바람에 초래된 상황이라 할 수 있다. 그러나 '나만 정조를 지키면 됐지. 그 덕에 하숙비도 벌고……'라며 일견 그럴듯해 보이지만 위험해질 수 있는 상황이란 걸 알면서도 굳이 애써 원천봉쇄하지 않으려 했던 제르베즈 역시 암묵적 방조의 혐의 정

도는 존재한다 하겠다.

「오귀스트, 놔줘요, 이러다 모두 깨겠어.」 그녀가 두 손을 모아 애원했다. 「정신 차려요. 다음에, 다른 곳에서……. 여기선 안 돼. 딸 앞에서는…….」

그는 더 이상 말을 하지 않았다. 그는 미소 짓고 있었다. 그러면서 옛날에 그녀의 몸을 달아오르게 하고 얼을 빼놓기 위해 그랬던 것처럼 그녀의 귀에 입을 맞추었다. 그러자 그녀는 힘이 쫙 빠졌고, 귀가 윙윙거렸고, 거대한 전율이 온몸을 관통하는 것을 느꼈다. 그럼에도 그녀는 다시 한 걸음을 뗐다. 하지만 뒤로 물러나지 않을 수 없었다. 어쩔 도리가 없었다. 역겨움이 너무도 크고 악취가 너무나 심해서 그녀 자신마저 침대 시트에 토할지도 모를 일이었다. 술로 녹초가 된 쿠포는 보료에 누운 듯 바닥에 누워 입이 비틀어진 채 시체처럼 꼼짝 않고 취기를 식히고 있었다. 동네의 모든 사내들이 들어와서 자기 아내를 껴안아도 털끝 하나 까딱하지 않았으리라.

「안됐지만 할 수 없지.」 그녀는 더듬거렸다. 「그이 잘못이야. 어쩔 수 없어…… 아! 어쩌면 좋아! 아! 어쩌면 좋아! 그이가 날 침대에서 쫓아냈어, 난 더 이상 침대가 없어…… 아, 어쩔 수 없어, 그이 잘못이야.」

그녀는 몸을 떨었다, 정신이 아득했다. 랑티에가 그녀를 방으로 밀고 들어가는 동안, 나나의 얼굴이 작은방 문에 달린 유리창에 나타났다.

— 《목로주점》, 에밀 졸라 저, 유기환 역, 열린책들, 386~387쪽

게다가 그녀는 결국 들통났음에도 그 평범치 않은 삼각관계를 굳이 애써 청산하지 않는, 그러니까 소를 잃고도 외양간을 고치지 않는 혹은 이미 소를 잃었기 때문에 외양간을 고칠 필요가 없다고 생각하는 사후수습적 자기 합리화까지 선보인다.

온 동네가 분개하고 있음에도 제르베즈는 나른하고 졸린 듯한 표정으로 태연히 살고 있었다. 처음에는 그녀도 자신이 죄인이고 더럽기 짝이 없는 여자라고 생각하면서 스스로를 혐오했었다. 랑티에의 방에서 나올 때면 그녀는 손을 씻었고, 수건을 적셔서 더러움을 없애려는 듯 껍질이 벗겨지도록 어깨를 문질렀다. 그럴 때 쿠포가 장난을 치려 하면 그녀는 화를 내었고, 몸을 덜덜 떨며 가게 안쪽으로 옷을 입으러 갔다. 더욱이 남편이 자기를 안은 직후에 모자장이가 자기 몸을 만진다는 것은 견디기 힘든 일이었다. 남자를 바꿀 때마다 피부를 바꾸고 싶었다. 그러나 서서히 그녀는 익숙해져 갔다. 매번 몸을 깨끗이 씻는 것도 피곤하기 그지없는 일이었다. 나태함이 그녀를 둔감하게 했고, 행복해지려는 욕구가 현재의 골치 아픈 삶으로부터 온갖 행복을 끌어내게 했다. 그녀는 자기에게도 남에게도 관대했고, 아무도 힘겨워하지 않도록 모든 일을 조정하려 애썼다. 그렇지 않은가? 남편도 애인도 만족한다면, 집이 문제없이 그럭저럭 굴러간다면, 모두가 통통하게 살지고 불만 없이 평온하게 아침부터 저녁까지 웃고 산다면, 정말이지 불평할 게 뭐가 있을까. 결국 일이 각자의 만족 속에서 잘 굴러가고 있으니, 내가 크게 잘못한 것도 아닐 거야. 통상 잘못을 저지르면 벌을 받아야 하잖아. 그리하여 방종이 습관이 되어 버렸다.

– 《목로주점》, 에밀 졸라 저, 유기환 역, 열린책들, 하권 392~393쪽

정리하자면, 그녀의 '좆망'에는 실제 '좆'의 관습적 윤리문제와도 어느 정도는 관련이 있기 때문에 《목로주점》을 '한 여인의 좆망사'라 표현하는 것은 천박한 축약이기 전에, 매우 디테일하면서도 중의적인 읽은 척이 될 수 있다는 것이다.

그리고 하나 더. 에밀 졸라의 《목로주점》이 갖는 문학사적 의미를 이해하는 척함에 있어서도 '좆망'이라는 표현은 공교롭게도 적절하다.

『목로주점』은 확실히 내가 쓴 소설 가운데 가장 정숙한 소설이다. 그럼에도 나는 유달리 끔찍한 고통을 겪지 않으면 안 되었다. 우선 형식만으로도 사람들을 질겁하게 했다. 그들은 어휘에 대해 분개했다. 나의 죄는 민중의 언어를 모아서 그것을 무척 공들여 만든 거푸집에 붓는 문학적 호기심을 가졌다는 데 있다. 아! 형식, 거기에 대죄가 있다니! 그렇지만 민중 언어의 사전도 이미 존재하고 있고, 또 박식한 사람들은 그것을 연구하고 그 대담성, 의외성, 이미지 생산력을 즐기기까지 한다. 민중 언어는 꼬치꼬치 캐기를 좋아하는 문법학자들에게는 그야말로 하나의 보물섬인 것이다. 하지만 그러면 무엇하랴, 아무도 나의 의도가 역사적으로 그리고 사회적으로 매우 흥미로운 작업이라고 여겨지는, 순수하게 문헌학적인 작업을 하는 데 있다는 것을 알아주지

않았으니까 말이다.

그렇다고 여기서 나 자신을 변호할 생각은 추호도 없다. 나의 작품이 나를 변호해 주리라. 이것은 진실의 작품이요, 거짓말을 하지 않는, 민중의 냄새가 나는 최초의 민중 소설이다.

－《목로주점》, 에밀 졸라 저, 유기환 역, 열린책들, 상권 7〜8쪽

위는 작가의 서문을 발췌한 부분으로, 졸라가 자신의 작품을 두고 파리 노동자들이 사용하는 원색적 언어를 있는 그대로 구현한 최초의 민중 소설이라고 자평한 만큼 이 작품에 대해 '한 여인의 좆망사'라며 민중의 냄새가 물씬한 표현을 쓰는 것은 《목로주점》에 대한 내용 이해뿐 아니라 세계문학사에서 이 작품이 차지하는 위상마저 숙지하고 있는 것만 같은 착시 현상을 제공한다 하겠다.

가정폭력의 서

이 작품에는 제르베즈의 막장 인생 얘기만 나오는 것은 아니다. 또한 그녀가 막장의 끝판왕이라 단언하기도 힘들다. 왜냐하면 아래와 같은 인물들도 등장하기 때문이다.

「비자르 영감이 마누라를 두들겨 패고 있어요.」 다림질장이가 말했다. 「정문 현관 밑에서 곤드레만드레 취한 영감이 세탁장에서 돌아오는 마누라를 기다리고 있었대요……. 마누라가 들어오자마자 주먹질로 계단으로 끌고 갔고, 지금은 방에서 죽도록 때리고 있어요……. 봐요, 비

명 소리가 들리죠?」

(중략)

「맞아 죽게 내버려 둘 순 없어!」 제르베즈가 와들와들 몸을 떨면서 말했다.

그녀는 안으로 들어갔다. 망사르드식 창이 달린 방은 무척 깨끗했지만, 남편이 주벽으로 침대 시트까지 팔아서 술을 마신 탓에 헐벗고 서늘했다. 소란에 식탁은 창가까지 밀려나 있었고, 뒤집힌 의자 두 개는 다리를 공중으로 쳐들고 있었다. 방바닥 한가운데서, 물에 젖은 치마가 허벅지에 달라붙고 머리칼이 산발이 된 비자르 부인이 피를 흘리면서 비자르가 발길질을 할 때마다 아이쿠! 아이쿠! 소리를 지르며 거친 숨결로 헐떡였다. 처음에 주먹으로 때리던 비자르는 이제 아예 발로 짓밟고 있었다.

「에잇! 망할 년아!…… 에잇! 망할 년아!…… 에잇! 망할 년아!」 그는 때릴 때마다 끈덕지게 그 말을 되풀이하면서 숨넘어가는 목소리로 으르렁거렸고, 숨이 막히면 막힐수록 더 격렬하게 때렸다.

(중략)

바닥에서는 비자르 부인이 입을 크게 벌리고 눈을 감은 채 숨을 거칠게 몰아쉬었다. 비자르는 잠시 마누라를 손에서 놓쳤다. 그는 다시 돌아와서 미친 듯 날뛰며 때렸지만 발길질이 빗나갔고, 눈에 초점이 사라진 채 허공에 대고 주먹질을 하다가 급기야 자기 가슴을 쳤다. 이런 단말마의 참극 속에서 제르베즈의 눈에 네 살짜리 여자아이 랄리의 모습이 보였는데, 방 한구석에서 랄리는 아빠가 엄마를 때려잡는 것을 말없이 지켜보았다. 아이는 그 전날 젖을 뗀 여동생 앙리에트를 보호하려는 듯 두 팔로 감싸고 있었다. 그 자리에 가만히 서 있는 아이의 머리에는 옥양목 머리쓰개가 덮여 있었고, 심각한 표정을 담은 얼굴은 파랗게 질려 있었다. 생각에 잠긴 듯 아이는 미동도 하지 않았으며, 눈물 한 방울 없이 커다란 검은 눈망울로 가만히 바라보기만 했다.

― 《목로주점》, 에밀 졸라 저, 유기환 역, 열린책들, 상권 273~275쪽

입사 면접이랄지, 독후감 과제 제출이랄지, 애인 앞에서 교양 뽐기랄지 아무리 읽은 척이 절박한 상황이라 할지라도 이런 내용을 소재로 읽은 척 깐죽 스킬을 시전했다가는 득보다 실이 훨씬 클 수 있겠다.

위와 같은 끔찍한 가정폭력의 에피소드는 이 작품이 비록 19세기에 쓰여진 소설이라 하더라도, 소설은 늘 현실을 반영하는 법인데다가 21세기에도 여전히 이런 지옥은 곳곳에 현존하기 때문에(마침 필자가 이 글을 쓸 때, 초등학교 소풍을 가고 싶다는 여덟 살 딸아이의 갈비뼈 16개를 부러뜨려 죽음에 이르게 한 엄마에 대한 뉴스가 있었다) 나에게는 자아 호 신용 읽은 척이었을 뿐이지만 누구에게는 깊은 영혼의 상처를 헤집는 2차 가해가 될 수도 있다는 얘기이다. 게다가 이 작품에 등장하는 비자르 영감의 막장질은 자기 아내를 때려죽이는 비극에서 멈추지 않는다.

꼬마 랄리, 2수짜리 버터 조각만큼 조그마한 이 여덟 살짜리 계집애

가 어른처럼 훌륭하게 살림을 꾸리고 있었던 것이다. 정말 힘든 일이었다. 계집애는 세 살짜리 남동생 쥘과 다섯 살짜리 여동생 앙리에트를 책임지고 있었다. 온종일, 심지어 청소를 하고 설거지를 할 때에도 그 조무래기들을 돌보지 않으면 안 되었다. 비자르 영감이 마누라를 발로 차서 죽인 이후, 랄리는 온 가족의 작은 엄마가 되었다. 아무 말 없이 아이는 스스로 죽은 엄마를 대신했는데, 그 짐승 같은 아비는 진짜로 아이를 마누라로 착각했는지 예전에 엄마를 두들겨 팼던 것처럼 지금은 딸을 두들겨 팼다. 술에 취해 집에 돌아오면, 이자는 여자들을 죽도록 두들겨 패야 직성이 풀렸다. 그는 랄리가 몹시 어리다는 것도 깨닫지 못했다. 나이 든 여자였다 해도 더 세게 때리지는 않았으리라. 따귀 한 대가 아이의 얼굴 전체를 덮었고, 아직 살이 여려서 다섯 개의 손가락 자국이 이틀이나 남아 있었다. 그것은 비열한 구타였다. 그렇다고 해도 때렸고 그렇지 않다고 해도 때렸다. 그것은 사나운 늑대가 겁에 질려 아양을 떠는 불쌍한 작은 고양이, 눈물이 날 정도로 깡마른 작은 고양이에게 덤벼드는 격이었는데, 그 불쌍한 작은 고양이는 불평 한마디 없이 체념 어린 아름다운 눈으로 조용히 구타를 받아들였다. 그렇다, 랄리는 결코 반항하지 않았다. 얼굴을 보호하기 위해 고개를 약간 숙일 뿐이었다. 건물을 시끄럽게 하지 않으려고 이를 악물고 소리를 참았다. 이윽고 아버지가 구둣발로 차서 이 구석 저 구석으로 몰고 다니는 데 싫증이 났을 때, 아이는 다시 일어날 힘이 생길 때까지 가만히 기다렸다. 그런 다음 일을 시작했고, 동생들을 씻겨 주었고, 식사를 준비했고, 가구에 먼지 하나 없도록 깨끗이 청소를 했다.

얻어맞는 것도 하루 일과 중의 하나였던 것이다.

– 《목로주점》, 에밀 졸라 저, 유기환 역, 열린책들, 하권 469~470쪽

고로 《목로주점》을 읽은 척함에 있어서는 가정폭력의 심각성에 대한 문제의식을 기반으로 대략 다음과 같은 수준의 절규에 가까운 읽은 척을 권장하는 바이다.

***

인류 최초의 범죄라 언급되는 카인과 아벨의 얘기는 많은 걸 시사해. 아벨만 예뻐하던 하느님의 편애가 형제간 살인의 비극을 낳았다는 거, 그러니까 인류 최초의 범죄는 애정 결핍 때문에 벌어진 걸 수도 있다는 점과 그 살인자는 어마어마한 괴물이나 멀리서 찾아온 외계인이 아니라 바로 아벨의 친형인 카인이었다는 점 말이야.

사람들이 가끔 묻지 마 살인을 저지르는 사이코패스 얘기를 하면서 세상 참 무섭다고 할 때가 있잖아. 하지만 《목로주점》을 보면 세상에서 가장 무서운 건 사이코패스가 아니라 바로 가족인 것 같아. 비자르 영감을 봐봐. 아빠면 뭐해. 자기 아내를 발로 차서 죽이고 여덟 살짜리 딸을 채찍으로 때려죽이잖아. 그러니까 정말 위험한 건 언제 만날지 모를 사이코패스가 아니라 늘 내 곁에 있는 가족이라는 거야.

물론 모든 가족이 위험하다고 말할 수는 없겠지. 충분히 서로 사랑하며 단란하게 사는 가족들도 많으니까. 하지만 가족의 구성원

중 누군가가 일방적 폭력을 휘두르기 시작하면 그때는 가족이기 때문에 더 위험해질 수밖에 없다는 거야. 사이코패스가 나를 괴롭힐 수 있는 시간과 가족이 나를 고문할 수 있는 시간의 양은 비교가 안 되잖아. 게다가 사이코패스한테 당하면 정말 재수없고 억울하다는 생각이라도 할 수 있지만, 아빠에게 당하는 건 그렇지가 않아.

내가 딱히 잘못한 게 없어도 사랑이 아닌 증오를 주는 현실의 부조리를, 같은 수준의 육체적 물리력이 없는 아이가 관념상으로나마 감당하기 위해서는 그냥 아빠는 옳고 나는 맞을 짓을 한 거여야만 해. 진짜 억울한데 억울할 기회도 없는 게, 진짜 이해 안 되지만 억지 이해를 해야만 하는 게 바로 가정폭력이라는 거지. 그래서 랄리가, 그 꼬마가 그 매를 맞으면서도 이를 악물고 소리를 참을 수밖에 없었던 것 같아. 이런 모순된 상황을 별 도움도 안 되는 동네 사람들한테까지 알리고 싶지는 않았을 테니까 말이야.

그런 면에서 가정폭력의 본질은 어쩌면 '매'에 있는 게 아니라 '모순'에 있는 건지도 몰라. 사람들이 가정폭력을 얘기할 때 '사랑의 매'를 두고, 그러니까 아이를 때리는 게 효과가 있나 없나를 두고 논쟁을 벌이곤 하는데 그거 다 개소리들이라는 거지. 단적으로 얘기해서 모순이 없는 매라면, 그렇다면 네 맘대로 때리라는 거야.

예를 들어 거짓말하는 아이는 매로 따끔히 다스려야 정직하게 기를 수 있다는 나름 그럴듯해 보이는 원칙을 가진 부모가 있다 쳐 봐. 그 원칙을 지키기 위해 매를 드는 부모 스스로가 늘 거짓이 없다면 그런 매는 존중받아 마땅하다고 봐. 아마 매를 맞는 아이도 그런 경우엔 부모의 매를 폭력이라 생각하지는 않을 것 같아. 모순이 없는 매는 아이를 다치게 할 수는 있어도 미치게 하지는 않을 테니까 말이야. 게다가 아이는 자기 부모를 따라 하는 법이니 정말 정직한 부모에게 매를 맞아야 할 정도로 심각한 거짓을 행하는 아이는 별로 없을 거 같아.

하지만 현실은 그렇지가 않잖아. 거짓말한다고 때리고, 그럼 아빠 엄마는 왜 거짓말하냐고 따져 물으면 말대꾸한다고 때리고, 그래서 억울해 울면 뭘 잘했다고 우냐며 또 때리고. 이러니 애들이 어떻게 안 미쳐?

매가 꼭 필요하다면 적어도 어떻게 하면 맞고 어떻게 하면 안 맞는다는 명확한 기준이라도 있어야 하는데 대부분의 가정폭력은 이런 기준이 없잖아. 그냥 때리는 사람 마음인 거지. 그렇다고 '내가 평소 다른 사람들한테 좀 무시받는 것 같아 열받고, 되는 일이 하나도 없어서 속상하니깐 누군가 울고 불며 잘못했다는 말이라도 좀 들음으로써 나도 누구에게는 이렇듯 존재감의 맹위를 떨치는 사람이라는 걸 좀 증명하면서 마음의 평화를 얻고 싶어. 자 그러니까 지금부터 네가 좀 맞아야 할 것 같아'라는 식으로 속마음을 설명해주는 것도 아니잖아. 어떻게든 아이의 잘못을 만들어 가해자가 정의의 심판자까지 되려고 이중의 지랄뼝을 치잖아. 이러니 애들이 안 미치고 배기겠냐고. 이렇게 각 가정에서 사이코패스 선행학습에 열을 올리는데 사이코패스 선진국이 안 되겠냐 이 말이야.

그리고 하나 더. 가정폭력의 본질 중 또 하나는 '비열함'인 것 같아, 그러니까 가정폭력은 타고나길 다혈질인 남편 혹은 엄격함을 추구하는 부모의 필요악적인 뭔가이기 전에 그냥 비열한 인간들의 특징일 수 있다는 얘기야.

《목로주점》에서는 실로 다양하고 끔찍한 가정폭력이 재현돼. 제르베즈도 어려서부터 하도 아빠한테 맞고 자라서 열네 살 어린 나이에 랑티에와 함께 집을 나간 거였거든.

「정말이에요! 난 야심이 없어요, 큰 걸 바라지 않죠……. 내 이상은 그저 조용히 일하고, 언제나 먹을 빵이 있고, 잠자기에 적당한 집이 있고, 글쎄, 침대 하나, 식탁 하나, 의자 둘, 더 이상은 아녜요……. 아! 그리고 아이들도 키워야죠, 가능하면 훌륭한 사람으로……. 한 가지 더 있다면, 그건 언젠가 살림을 다시 차린다 해도 더 이상 얻어맞지 않는 거죠. 안 돼요, 얻어맞는 건 정말 못 참겠어요……. 그뿐이에요, 정말 그뿐이에요…….」

– 《목로주점》, 에밀 졸라 저, 유기환 역, 열린책들, 상권 63쪽

술을 입에 대면서부터는 착한 가장이던 쿠포도 아이들에게 발길질을 하고 나중에는 제르베즈도 마구 때리지.

쿠포는 자기가 암나귀의 부채라고 이름 붙인 몽둥이를 갖고 있었다. 그가 마누라에게 그 부채를 부쳐 주는 광경이란, 정말 굉장했다! 그럴 때면 그녀는 땀에 흠뻑 젖었다. 물론 그녀 또한 사납게 할퀴고 물어뜯

었다. 텅 빈 방에서 난투극이 벌어지는 것이다. 허기조차 잊게 하는 주먹질 말이다. 그러나 마침내 그녀는 다른 것과 마찬가지로 주먹다짐도 예사로 여기게 되었다.

– 《목로주점》, 에밀 졸라 저, 유기환 역, 열린책들, 하권 559쪽

그렇다면 제르베즈는 온전히 피해자였을까? 그렇지 않아. 쿠포와 함께 술을 먹으며 머리에 독이 차오르면서부터는 제르베즈 역시 자기 딸 나나를 두들겨 패기 시작해. 그렇게 폭력을 싫어하던 제르베즈마저도 말이야.

겨울로 접어들면서 쿠포네 집의 살림은 엉망진창이 되었다. 저녁마다 나나는 두들겨맞았다. 아버지가 때리다 지치면, 어머니가 행실을 가르쳐 준다며 따귀를 날렸다. 그리하여 집은 난장판이 되기 일쑤였다. 한쪽이 때리면, 다른 쪽이 말렸고, 그러다 보면 결국 셋 모두 접시가 깨진 가운데 방바닥에서 뒹굴었다.

– 《목로주점》, 에밀 졸라 저, 유기환 역, 열린책들, 하권 522쪽

남편이 아내를 때리고, 엄마가 자식을 패고, 형이 동생을 조지고, 그 동생은 하다 못해 개미나 잠자리라도 해체하고……. 그러니까 가정폭력이란 건 마치 물이 위에서 아래로 흐르는 것처럼, 어김없이 자기보다 약한 상대를 향한다는 데 그 비열함의 본질이 있다는 거지.

그렇잖아. 아무리 성격이 불같고 다혈질인 사람이라 하더라도 시베리아 호랑이의 머리통을 쥐어박는 일은 없을 거라고. 다시 말해 아무리 가정폭력의 이유에 훈육의 원대한 목표가 있고, 고육지책의 가슴 아픔이 있다손 치더라도 가정폭력의 본질은 그냥 '때릴 수 있으니까 때린다'에 있다는 걸 간과해서는 안 된다는 얘기야.

그래서 비열한 폭력에는 늘 증오심(혹은 과장된 분노)이 세트로 따라오는 것 같아. 그것이 불의에 대한 증오든, 나태에 대한 증오든, 비열함에 대한 증오든, 증오에 대한 증오든 뭐든 간에. 강력한 증오는 그 증오의 이유가 얼마나 합리적인지 여부와는 상관없이 종종 폭력의 비열함을 감춰주거든.

놀랍게도 증오가 아닌 사랑이 비열한 폭력에 물타기를 할 때도 있어. 적에 대한 강력한 증오는 곧 자기편에 대한 무한한 애정이니까. 이단을 불태워 교인을 보호한다는 명목의 마녀사냥이 그렇고, 흑인을 노예로 백인의 이득을 추구한 인종차별이 그렇고, 적군을 말살해 아군의 안녕을 도모하려는 온갖 전쟁이 다 그렇잖아. 예나 지금이나 사람들이 정말 이해되지 않는 미친 짓들을 되풀이하는 이유는 참으로 역설적이게도 자신들은 정말 옳은 일 혹은 필요한 일을 하고 있다고 생각하기 때문일 거야. 그도 그럴 것이 피아가 정해진 상황에서 적에게 가해지는 참혹한 고문은 우리 편에게는 정의의 구현이 될 테니까 말이야.

결국 근본적인 건 피아를 규정하는 인간의 머릿속 개념에서 비롯되는 것 같아. 개념에 변화가 생기지 않는 이상, 그러니까 뇌세포의 일대 전환이 없는 이상 이런 반쪽짜리 정의와 사랑, 반쪽짜리 불의와 증오는 내가 어떤 반쪽의 위치에 놓일 것인가의 입장만 바뀔 뿐 계속 무한 반복될 수밖에 없는 건지도 몰라.

사실 이 작품에서 가정폭력의 주요 원인으로 제시되는 건 술과 가난이야. 비자르 영감은 늘 술에 쩔어 있는 중증의 주정뱅이였고, 멀쩡하던 쿠포도 술을 마시기 시작하면서 변하기 시작했으니까. 제르베즈도 마찬가지고. 또한 폭력을 휘두르는 등장인물 모두는 현재 괄약근이 찢어지게 가난하다는 공통점을 갖고 있어. 하지만 술과 가난이 가정폭력의 근본적 원인이라 말할 수는 없을 것 같아. 술에 취한 모든 사람, 찢어지게 가난한 모든 사람이 그런 끔찍한 폭력을 휘두르는 건 아니잖아. 술도 안 마시고 가난하지도 않은 사람이 가정폭력을 행사하는 경우도 비일비재하거든.

물론 술과 가난이 그럴 가능성을 굉장히 높이기는 할 것 같아. 왜냐하면 술과 가난은 결국 사람을 모순되게 만들고, 비열하게 만드는 데 아주 특효가 있는 조건들일 테니까 말이야. 술과 가난은 물리적으로 뇌세포를 직접 파괴하기도 하고 사람의 감정을 총체적 불안에 빠뜨리는 대표적 요소들이잖아. 알코올에 파괴된 뇌세포에서 모순 없는 현명함이 나올 리 만무하고 당장 배를 곯는 가난에서 비열하지 않은 우아함이 샘솟기는 정말 힘들 거야. 그 점 때문에 이 작품에서는 술과 가난이 거의 모든 악의 배후인 것처럼 설정되지만, 다시 그 배후에는 특히 술과 가난에 의해 쉽게 무너지는 인간의 이성이 있다는 점을 간과해서는 안 된다는 거지.

목로주점

이런 점에서 볼 때 아내와 딸 랄리를 죽인 비자르 영감도 한 줌의 변호를 받을 자격은 있을 것 같아. 비자르 영감이 구제불능의 악마이기 전에, 한 번도 구제받아본 적 없이 자라 어른이 되어버린 경우일 수도 있겠다는 생각이 들어서야. 비자르 영감이 날 때부터 온갖 사랑과 보살핌을 받고 살아왔음에도 불구하고 자기 부인과 딸에게 그런 짓을 한 거라면 순도 99.99%의 악마를 향해 맘껏 분노하고 심판할 수도 있을 것 같아.

그런데 만약 비자르 영감 역시 어려서부터 끔찍한 가정폭력에 길들어진 사람이었다면, 그러니까 자기와 똑같은 아버지 밑에서 랄리처럼 고문을 당했음에도 용케 죽지 않고 버텨 어른이 되어버린 거라면, 게다가 자라면서 제대로 된 이성적 판단 과정(자기는 억울한 고문을 당했다는 사실, 그런 억울한 경험을 전염시키면 누군가는 또 자기처럼 될 거라는 개연성, 누구보다 그 지옥을 잘 알기 때문에 더욱 잔인한 악마가 될 수 있음에도 불구하고 자기 선에서 그 지옥을 봉인한다면 그건 정말 찬사받아 마땅한 훌륭한 일이라는 사실 등)을 다질 수 있는 환경과 기회를 박탈당한 채 술과 가난으로 더욱 견고해진 모순의 늪에서 비열은 선택이 아닌 필수인 삶을 살아야 했다면 우리는 과연 비자르 영감을 순도 몇 퍼센트쯤의 악마라 규정할 수 있을까?

그리고 이런 상상은 비단 비자르 영감과 비자르 영감의 아버지까지만 국한시킬 수 있는 게 아니라 거기서 얼마든 더 거슬러 올라갈 수 있을 거야. 성경의 세계관이라면 아담과 이브까지, 단군의 세계관이라면 곰과 호랑이까지도 갈 수 있겠지. 폭력의 역사는 정말

유구할 테니까 말이야.

어디까지 거슬러 올라가야 하는 건지는 나도 잘 모르겠어. 전적으로 각자의 선택이 될 거 같아. 분명한 건 귀찮고 복잡하지만 거슬러 올라감으로써 확장되는 맥락에 따라 악마가 사람이 되기도 하고, 사람이 병신이 되기도 하며, 또 그 병신이 천사가 되기도 하는 다양한 결과물들이 도출될 거라는 사실이지.

결정적 장면들

이 작품의 주제 의식과는 별 상관없지만, 읽은 척에는 매우 유용한 결정적 장면들이 있다.

하나는 작품 초반 제르베즈와 비르지니가 벌이는 세탁장의 격투다. 마치 서부영화의 한 장면을 연상시키는 이 에피소드는 진보적 개차반(입은 정치적 진보를 떠들지만 행실은 개차반이라는 점에서)인 랑티에가 집을 나간 후 제르베즈가 공동 세탁장에서 묵은 빨래에 화풀이를 하던 중, 마침 남편과 눈 맞은 여인의 언니인 비르지니가 나타나자 제르베즈가 좀 더 현실감 있는 대체재를 향해 분노의 방망이를 냅다 꽂는 장면이다.

이 과정에서, 우아한 필자로서는 차마 일일이 옮겨 적을 수 없는 기괴망측한 육두문자들이 오가고, 급기야는 빨랫방망이로 서로의 치부를 난타하는 진풍경까지 연출된다. 그것도 온수와 수증기 때문에 젖은 옷이 착 달라붙은 안쓰러운 상황에서. 나중에는 상대의 빤스까지 강제 이탈시키는 더욱 안쓰러운 상태에서······.

이 장면은 파리 노동자의 변두리적 삶을 풀HD급 묘사로 생생하게 보여준다는 문학사적 가치뿐 아니라, 그 비주얼이 인간의 동물적 행태를 적나라하게 담고 있기 때문에 읽은 척을 위한 학습의 가치가 충분하다 할 것이다. 쉽게 말해 야하기 때문에 이 작품을 읽은 누군가라면 반드시 기억하고 있을 장면이므로 써먹으면 유용하다 하겠다.

또 하나는 제르베즈가 세탁소 사장이 된 후 첫 생일잔치를 개최하는 장면으로, 쿠포의 탈선에서 비롯된 불안함과 살림살이가 살짝 펴진 것에서 비롯된 보상심리가 제르베즈의 거대한 식욕으로 전이되어 펼쳐지는 일종의 식자재 테러식이라 할 만하다. 그중에서도 압권은 바로 12파운드 반짜리 거위 바비큐를 향해 벌이는 거의 차력쇼에 가까운 폭식 장면 되겠다.

> 그런 다음 개선의 행진이 펼쳐졌다. 만면에 조용한 웃음을 머금은 제르베즈가 땀에 흠뻑 젖은 채 두 팔을 뻗어 거위를 들고 들어온 것이다. 여자들이 그녀를 뒤따라 행진했고, 그녀처럼 웃었다. 맨 뒤에 서 있던 나나는 눈을 동그랗게 뜨고 그 광경을 보기 위해 자꾸만 발돋움을 했다. 비 오듯 기름을 흘리는 거대한 황금빛 거위를 식탁에 올려놓았을 때, 아무도 곧바로 덤벼들지 못했다. 존경에 가까운 놀라움과 감탄이 좌중의 말문을 막았다. 모두가 눈을 깜박이고 고개를 끄덕이며 거위를 바라보았다.
>
> – 《목로주점》, 에미 졸라 저, 유기환 역, 열린책들, 상권 302쪽

그야말로 포크의 일제 공격이었다. 말하자면 참석자 그 누구도 이처럼 질리도록 음식을 먹어 본 기억이 없었다. 통통하게 살진 제르베즈는 팔꿈치를 괴고 한 입이라도 놓칠까 봐 말도 하지 않으면서 커다란 고기 조각을 씹었다.

(중략)

아! 빌어먹을! 배가 터지도록 먹었어! 먹을 땐 먹어야지, 안 그래? 어디서건 회식이 있을 때 목구멍이 차도록 먹어 두지 않는 건 바보짓이야. 사실인즉, 모두의 배가 엄청나게 부풀어 올랐다. 여자들도 임신한 것처럼 배가 불렀다. 금세라도 터질 듯했다. 대식가들이 따로 없어! 입은 헤벌어지고 턱에는 기름이 잔뜩 묻은 채, 그들은 모두 얼굴이 돈더미에 묻힌 부자들의 엉덩이처럼 벌겋게 되었다.

― 《목로주점》, 에밀 졸라 저, 유기환 역, 열린책들, 상권 305~307쪽

이 장면은 인간 한계에 도전하는 소위 '먹방'으로서도 읽은 척의 가치가 있지만, 성경의 '최후의 만찬'과 묘한 대조를 이룬다는 점에서도 회자될 가능성이 높은 중요한 장면이라 하겠다. 제르베즈의 생에서 가장 럭셔리한 저녁을 먹은, 말 그대로 '최후의 만찬'이라는 의미에서도 그렇고, 생일잔치에 모인 참가자의 숫자가 공교롭게도 13명이었다는 점, 그리고 13이 불길한 숫자라서 즉석 추가 섭외한 인물이 바로 당시 제르베즈가 살고 있던 건물에서 가장 비참하게 살던 브뤼 영감인데 이후 제르베즈의 삶은 브뤼 영감의 삶과 서서히 겹쳐져간다는 점 등이 그러하다.

영화 〈목로주점〉의 한 장면

이런 이유로 작품 말미에 배고픔을 견디다 못해 몸이라도 팔아 보려고 동네 야산을 헤매던 제르베즈가 브뤼 영감과 조우하는 장면 역시 이 작품을 읽은 척함에 있어 빼놓을 수 없는 결정적 장면이라 하겠다.

첫 번째 돌풍에 제르베즈는 정신이 번쩍 들어 더욱 빨리 걸었다. 벌써 어깨가 하얗게 된 몇몇 남자들이 달음박질을 치며 서둘러 집으로 돌아 갔다. 나무 아래로 천천히 걸어오는 한 남자가 눈에 띄자, 그녀는 다 가가서 다시 말했다.
「여보세요, 잠깐만요……」
남자가 멈춰 섰다. 그러나 그녀의 말을 들은 것 같지는 않았다. 그는 손을 내밀며, 나지막이 속삭이듯 말했다.

「한 푼 적선합쇼…….」

두 사람을 서로를 바라보았다. 오! 맙소사! 둘이 이렇게 만나다니, 브뤼 영감은 구걸을 하고, 쿠포 부인은 매춘을 하면서! 그들은 서로의 면전에서 어처구니가 없어 입을 벌리고 서 있었다. 이런 시간에, 이렇게 만나 어떻게 서로를 돕는단 말인가. 밤새도록 늙은 노동자는 거리를 배회하면서도 감히 사람들에게 접근하지 못했다. 그런데 그가 다가간 첫 번째 사람이 바로 자기처럼 굶어 죽어 가는 여자였던 것이다. 주여! 불쌍하지도 않으신가요? 50년이나 일하고서, 구걸을 하다뇨! 구트도르 가 최고의 세탁부였는데, 시궁창에서 헤매다뇨! 그들은 여전히 서로를 바라보았다. 그러다가 한마디 말 없이 서로 헤어져 각자 세찬 눈보라 속으로 걸어갔다.

– 《목로주점》, 에밀 졸라 저, 유기환 역, 열린책들, 하권 591~592쪽

그 밖에도 이 작품과 관련해서는 아니어도, 에밀 졸라를 좀 아는 척하기 위해서는 그 유명한 드레퓌스 사건을 빼놓을 수 없을 것이다. 모두가 유죄라고 말할 때 혹은 유죄여야만 한다고 믿었을 때 졸라는 드레퓌스가 무죄임을 선언해 해외 망명까지 해야만 했다. 드레퓌스 사건과 관련해서는 에밀 졸라의 또 다른 역작 《나는 고발한다!》에 대한 읽은 척 매뉴얼에서 본격적으로 다루는 것이 도리라 할 것이므로 여기서는 자세한 언급을 생략하는 바이다.

고전문학 읽은 척 매뉴얼

초판 1쇄 발행 2014년 7월 31일

지은이 김용석
펴낸이 정연금
펴낸곳 멘토르
책임진행 이동근

기획 이수정, 김미숙, 강지예, 조원선
마케팅 나길훈
경영지원 김용희
등록 2004년 12월 30일 제302-2004-00081호
주소 서울시 광진구 능동로 331 2층
전화 02-706-0911
팩스 02-706-0913
홈페이지 http://www.mentorbook.co.kr
Email mentor@mentorbook.co.kr
ISBN 978-89-6305-129-1 (03800)

멘토르출판사와 노란우산은 여러분의 참신한 아이디어와 소중한 원고를 기다리고 있습니다.
좋은 기획안 또는 원고가 있는 분은 mentor@mentorbook.co.kr로 보내주십시오.